百年大师经典

程砚秋

程砚秋 著

天津出版传媒集团

天津人民美术出版社

图书在版编目（CIP）数据

百年大师经典. 程砚秋卷 / 程砚秋著. -- 天津：天津人民美术出版社，2021.12
ISBN 978-7-5305-9819-1

Ⅰ. ①百… Ⅱ. ①程… Ⅲ. ①程砚秋（1904-1958）－文集 Ⅳ. ①J12-53

中国版本图书馆CIP数据核字(2021)第233910号

百年大师经典　程砚秋卷
BAINIAN DASHI JINGDIAN　CHENG YANQIU JUAN

出　版　人	杨惠东
责 任 编 辑	李　慧　袁金荣
技 术 编 辑	何国起　姚德旺
责 任 审 校	李育伟　吕　萌　崔育平
出 版 发 行	天津人民美术出版社
社　　　址	天津市和平区马场道150号
邮　　　编	300050
电　　　话	(022)58352900
网　　　址	http://www.tjrm.cn
经　　　销	全国新华书店
制　　　作	天津市彩虹制版有限公司
印　　　刷	天津印艺通制版印刷股份有限公司
开　　　本	710毫米×1000毫米 1/16
版　　　次	2021年12月第1版
印　　　次	2021年12月第1次印刷
印　　　张	14.25
定　　　价	68.00元

版权所有　侵权必究

目录

学艺之路

我的学艺经过 / 3
我所走过的道路 / 10
我之戏剧观 / 17
检阅我自己 / 20
程砚秋原名艳秋启事 / 25
对各国戏剧之印象谈 / 26

传艺之情

与青年演员谈如何学艺 / 35
戏曲表演艺术的基础 / 47
略谈旦角水袖的运用 / 70
演戏须知 / 77
谈窦娥 / 83
关于身上的事 / 94
丰富多彩的中国戏曲艺术 / 122
戏曲名词研究 / 127
关于全国戏曲音乐调查工作报告书 / 146

目录

京剧交流

赴欧考察戏曲音乐报告书 / 161
致本所同人书 / 184
出行前致梨园公益会同人书 / 187
返国途中在邮船上的谈话 / 189
返国抵北平火车站接受记者访问 194

北平日记

北平沦陷时期日记 / 197

学艺之路

我的学艺经过

我三岁的时候，父亲故去了，家里的生活是每况愈下，全靠着母亲辛勤的操劳维持我们全家的生活。我六岁那年，经人介绍投入荣蝶仙先生门下学艺，写了七年的字据（字据上注明七年满期后还要帮师傅一年，这就是八年，开始这一年还不能计算在内，实际上是九年的合同）。在这几年之内，学生一切的衣食住由先生负责，唱戏收入的包银戏份则应归先生使用，这是当时戏班里收徒弟的制度。

在我投师之前，我母亲曾不断和我商量，问我愿意不愿意去？受得了受不了戏班里的苦？我想我们既不是梨园世家，人家能收咱们就不错，况且家里生活那样困难，出一个人，就减轻母亲一个负担，于是我毅然地答应了。

还记得母亲送我去的那天，她再三地嘱咐我："说话要谨慎，不要占人家的便宜，尤其是钱财上，更不许占便宜。"这几句话，我一生都牢牢地记着，遵循着她的教导去做！

荣先生看见我以后，认为这个小孩不错，当时就想收留我，这时我母亲就像送病人上医院动手术一样签了那张字据，从那天起，我就算正式开始拜师学艺了。

我拜师后的头一天，就开始练起功来，从基本功练起，当时先生还不能肯定将来会把我培养成一个什么样的人才。只好叫我先和一些"试班"的学生一起练练功，开始从撕腿练起。

初学戏的人练撕腿，的确是一件很痛苦的事，练习的时候，把身子坐在地上，背靠着墙，面向外，把腿伸直撕开，磕膝盖绷平，两腿用花盆顶住，姿势摆好后，就开始耗起来。刚练习的时候，耗十分钟，将花盆向后移动，第二天就增加到十五分钟，以后递增到二十分钟、三十分钟，练到两条腿与墙一般齐，身子和腿成为一条直线才算成功。开始练的时候，把腿伸平不许弯曲，到不了几分钟腿就麻了，感到很难坚持。练撕腿的同时，还要练下腰、压腰。这种功，乍练起来也不好受，练的时候要把身子向后仰，什么时候练得手能扶着脚后跟了才算成功。练下腰最忌讳的是吃完东西练，学戏的练功，全是一清早戴着星星就得起来练，不论三伏三九全是一样。有时候早晨饿得难受，我就偷着吃点东西再练，但是一练下腰的时候，先生用手一扶，我就会把刚才吃的东西全吐出来，这样就要受到先生的责罚。先生常说：吃了东西一下腰，肠子会断的。

当我把这两项功夫练得稍稍有些功底时，先生又给我加了功，教给我练习较大的一些功夫了。练虎跳、小翻、抢背等功课。起初，一天搞得腰酸腿痛，特别是几种功课接连着练习；冬天在冰冷的土地上摔过来、翻过去，一冻就是两三个钟头，虽然练得身上发了汗，可是一停下来，简直是冷得难受极了。

将近一年的光景，一般的腰腿功差不多全练习到了，我还和武生教员丁永利先生学了一出《挑滑车》。

这时候，荣先生准备让我向旦行发展，他请来了陈桐云先生教我学花旦戏。那时候花旦戏是要有跷功的，所以先生又给我绑起跷来练习。绑上跷走路，和平常走道简直是两回事，的确有"步履维艰"的感觉。开始练的时候，每天早晨练站功五分钟、十分钟，后来时间逐渐增加了，甚至一天也不许拿下来，练完站功后也不许摘下跷来休息，要整天绑着跷给先生家里做事，像扫地、扫院子、打水等体力劳动，并不能因为绑着跷就减少了这些活。记得那时候徐兰沅先生常去荣先生家串门，他总看见我绑跷在干活。荣先生的脾气很厉害，你干活稍微慢一些，就会挨他的打。

荣先生对我练跷功，看得非常严，他总怕我绑着跷的时候偷懒，把腿弯起来，所以他想出个绝招来，用两头都削尖了的竹筷子扎在我的膝弯（腿洼子）上，你一弯腿筷子尖就扎你一下，这一来我只好老老实实地绷直了腿，毫无办法。这虽等于受酷刑一样，可是日子长了自然也就习惯了，功夫也就出来了。

一边练习着跷功，一边和陈桐云先生学了三出戏，一出《打樱桃》，一出《打杠子》，一出《铁弓缘》。这时候荣先生又教我头本《虹霓关》中的打武把子。打武把子最讲究姿势的美，在练习的时候，就要求全身松弛，膀子抬起，这样拿着刀枪的两只手，必须手腕与肘灵活，才能显着好看。我在练习的时候因为心情紧张怕挨打，起初两只膀子总是抬不起来，为了这样的确没少挨荣先生的打。

在这一年多的学习过程里，我把一般的基本功差不多全都掌握了。花旦戏也学会了几出。这时先生虽然对我的功课还满意，但对我的嗓子有没有希望，还不能肯定。荣先生又请来陈啸云先生教了我一出《彩楼配》。那时候学戏不过是口传心授，先生怎样念，学生就跟着怎样念，先生怎样唱，学生就跟着怎样唱。日子不多，我学完一段西皮二六板后，先生给我上胡琴调调嗓子。经过这一次试验，陈先生认为我的嗓子太有希望了：唱花旦太可惜，改学青衣吧。从此我就开始学青衣戏。先学《彩楼配》，以后又学了《宇宙锋》，后来陆续学到《别宫祭江》《祭塔》等戏。

唱青衣戏就要学习青衣的身段，先生教授的时候，只不过指出怎样站地方、扯四门、出绣房、进花园等。每日要单练习走脚步。走步法的时候，手要捂着肚子，用脚后跟压着脚尖的走法来练习，每天还要我在裆里夹着笤帚在院子里走几百次圆场，走路的时候不许笤帚掉下来，先生说练熟了自然有姿势了，将来上台演出，才能表现出青衣的稳重大方，才能使人感到美观呢！

当时我还没有能力明白这种道理，但我就感觉到一个小姐的角色总是捂着肚子出来进去的怎么能算是美呢？这种怀疑是后来经过长时间的舞台实践才产生的。演旦角必须表现出人物"端庄流丽、刚健婀娜"的姿态。为了要表现端庄，所以先生就叫学生捂着肚子走路，实际上这又如何能表现出端庄的姿态来呢？我懂得这个道理以后，就有意识地向生活中寻找这种身段的根源；但是生活中的步法，哪能硬搬到舞台上来运用呢？这个问题一时没有得到解决。没有解决的事，在我心里总是放不下的，随时在留意揣摩着。有一次我在前门大街看见抬轿子的，脚步走得稳极了，这一来引起了我的注意，于是我就追上去，注意看着抬轿子人的步伐，一直跟了几里地，看见人家走得又平又稳又准，脚步丝毫不乱，好看极了。我发现这个新事之后，就去告诉王瑶卿先生。王先生告诉我，练这种平稳的碎步可不容易了，过去北京抬杠的练碎步，拿一碗水顶在头上，练到走起步来水不洒才算成功。我听到这种练法之后，就照这样开始去练习，最初总练不好，反使腰腿酸痛得厉害，这样并没把我练灰了心，还是不间断地练习，慢慢地找着点门道了。同时我还发现了一个窍门，那就是要走这样的碎步，必须两肩松下来，要腰直顶平，这样走起来才能又美又稳又灵活。从此，我上台再不捂着肚子死板板地走了。后来我在新排的《梨花记》戏里表现一个大家小姐的出场时，就第一次使用上去，走起路来又端庄、又严肃、又大方、又流丽，很受观众的称赞。

从我改学青衣戏以后，练跷的功课算是停止了，但是加上了喊嗓子的功课，每天天不亮就要到陶然亭去喊嗓子去，回来后接着还是练基本功，下腰、撕腿、抢背、小翻、虎跳等。一个整上午不停息地练习着。

以后，又学会《宇宙锋》。有一天我正练完早晨的功课，荣先生请赵砚奎先生拉胡琴给我调调《宇宙锋》的唱腔，他是按老方法拉，我没有听见过，怎么也张不开嘴唱，因为这件事，荣先生狠狠地打了我一顿板子。因为刚练完撕腿，血还没有换过来，忽然挨打，血全聚在腿腕子上了。腿痛了好多日子，直到今天我的腿上还留下创伤呢！由此也可以看出旧戏班的学戏方法，忽然练功，忽然挨打，的确是不好和不科学的。

十三岁到十四岁这一年中，我就正式参加营业戏的演出了。当时余叔岩先生的嗓子坏了，他和许多位票友老生、小生在浙慈会馆以走票形式每日演出，我就以借台学艺的身份参加了他们的演出。这一阶段得到不少舞台实践的经验。

我十五岁的时候，嗓子好极了，当时芙蓉草正在丹桂茶园演戏，我在丹桂唱开场戏，因为我的嗓子好，很多观众都非常欢迎，特别有些老人们欣赏我的唱腔。当时刘鸿升的鸿奎社正缺乏青衣，因为刘鸿升嗓子太高，又脆又亮，一般青衣不愿意和他配戏，这时他约我搭入他的班给他配戏，我演的《斩子》中的穆桂英是当时最受欢迎的。后来，孙菊仙先生也约我去配戏，《朱砂痣》《桑园寄子》等戏我全陪他唱过。

由于不断的演出，我的舞台经验也逐步有了一些。首先我认为多看旁人的演出，对丰富自己的艺术是有更大帮助的；当时我除去学习同台演员的艺术以外，最爱看梅兰芳先生的戏。这时候梅先生正在陆续上演古装戏，我差不多天天从丹桂园下装后，就赶到吉祥戏院看梅先生的戏去。《天女散花》《嫦娥奔月》等戏，就是这样赶场去看会的。

才唱了一年戏，由于我一天的工作太累了，早晨照常的练功，中午到浙慈会馆去唱戏，晚上到丹桂园去演出，空闲的时候还要给荣先生家里做事，就把嗓子唱坏了。记得白天在浙慈会馆唱了一出《祭塔》，晚上在丹桂陪着李桂芬唱完一出《武家坡》后嗓子倒了。倒嗓后本来应该休息，是可以缓过来的。可巧这时候上海许少卿来约我去上海演出，每月给六百元包银，荣先生当然主张我去，可是王瑶卿先生、罗瘿公先生全认为我应当养养嗓子不能去，这样就与荣先生的想法发生抵触了。后来，经过罗瘿公先生与荣先生磋商，由罗先生赔了荣先生七百元的损失费，就算把我接出了荣家，这样不到七年，我就算提前出师了。

从荣家出来后，演出的工作暂时停止了，可是学习的时间多了，更能够有系统地钻研业务了。

罗先生对我的艺术发展给了很多的帮助。当我从荣先生那里回到家后，他给我规定出一个功课表来，并且替我介绍了不少知名的先生。这一阶段的学习是这样安排的：上午由阎岚秋先生教武把子，练基本功，调嗓子。下午由乔蕙兰先生教我学昆曲身段，并由江南名笛师谢昆泉、张云卿教曲子。夜间还要到王瑶卿先生家中去学戏。同时每星期一三五罗先生还要陪我去看电影，学习一下其他种艺术的表现手法。王先生教戏有个习惯，不到夜间十二点以后他的精神不来，他家里的客人又特别多，有时候耗几夜也未必学习到一些东西，等天亮再回家休息不了一会儿，又该开始练早功了。可是我学戏的心切，学不着我也天天去，天天等到天亮再走，这样兢兢业业地等待了不到半个月，王先生看出我诚实求学的态度，他很满意，从此他每天必教导我些东西，日子一长，我的确学习到很多宝贵的知识，后来我演的许多新戏，都是王先生给安的腔，对我一生的艺术成长，奠定了良好的基础。

我十七岁那年，罗先生介绍我拜了梅兰芳先生为师，从此又常到他家去学习。正好当时南通张季直委托欧阳予倩先生在南通成立戏曲学校，梅先生叫我代表他前去致贺，为此，给我排了一出《贵妃醉酒》，这是梅先生亲自教给我的。我到南通后就以这出戏作为祝贺的献礼，这也是我倒嗓后第一次登台。回京后，仍然坚持着每日的课程，并且经常去看梅先生的演出。对他的艺术，尤其是演员的道德修养上得到的教益极为深刻。

经过两年多的休养，十八岁那年，我的嗓子恢复了一些，又开始了演戏生活。这时候唱青衣的人才很缺乏，我当时搭哪个班，颇有举足轻重之势，许多的班社都争着约我合作，我因为在浙慈会馆曾与余叔岩先生同过台，于是我就选择参加了余先生的班社，在这一比较长的合作时期，我与余先生合演过许多出戏；像《御碑亭》《打渔杀家》《审头刺汤》等，对我的艺术成长上起了很大作用。

十九岁那年，高庆奎和朱素云组班，约我参加，有时我与高先生合作，有时我自己唱大轴子，这时我在艺术上略有成就，心情非常兴奋，但我始终没有间断过练功、调嗓子与学戏。当年我患了猩红热病，休息了一个月，病好之后，嗓子并没发生影响，反而完全恢复了。

这时候我对于表演上的身段开始注意了。罗先生给我介绍一位武术先生学武术，因为我们舞台上所表现的手眼身法步等基本动作，与武术的动作是非常有连带关系的，学了武术，对我演戏的帮助很大。我二十岁排演新戏《聂隐娘》时，在台上舞的单剑，就是从武术老师那儿学会了舞双剑后拆出来的姿势，当时舞台上舞单剑的，还是个创举呢。

从此以后，我的学习情况更紧张了。罗先生帮助我根据我自己的条件开辟一条新的路径，也就是应当创造合乎自己个性发展的剧目，特别下决心研究唱腔，发挥自己艺术的特长。由这时候起，就由罗先生帮助我编写剧本，从《龙马姻缘》《梨花记》起，每个月排一本新戏，我不间断地练功、学昆曲，每天还排新戏，由王瑶卿先生给我导演并安腔。

罗先生最后一部名著《青霜剑》刚刚问世后，他就故去了。这时曾有一部分同业们幸灾乐祸地说：罗瘿公死了，程砚秋可要完了。但是，我并没被这句话给吓住，也没被吓得灰心。我感觉到罗先生故去，的确是我很大的损失；可是他几年来对我的帮助与指导，的确已然把我领上了真正的艺术境界，特别是罗先生帮助我找到了自己的艺术个性，使我找到了应当发展的道路，这对我一生的艺术发展，真是一件莫大的帮助。

为了纪念罗先生，我只有继续学习，努力钻研业务，使自己真的不至于垮下来。从此，我就练习着编写剧本，研究结合人物思想感情的唱腔与身段，进一步分析我所演出过的角色，使我在唱腔和表演上，都得到了很多新的知识和启发。

我的学习过程，自然和一些戏曲界的同志都是差不多的；我在学习上抱定了"勤学苦练"四个字，从不间断，不怕困难，要学就学到底，几十年来我始终保持着这种精神。戏曲界的老前辈常说："活到老，学到老"，古人说："业精于勤"，这些道理是一样的。

我所走过的道路

1904年生于北京，出身于城市贫民家庭，现年五十三岁。自幼丧父，六岁时因家赤贫，为减少家中负担写给荣蝶仙为徒弟，签订合同为期八年，若有死病逃亡等，他概不负责。学徒期间荣家日常生活琐事都得去做，常遭受非礼打骂。十一岁时起开始登台演唱，边学边唱边挨打骂，这是我童年时代最惨痛的一页了。

十三岁时倒嗓，声音喑哑，在倒嗓时期，荣蝶仙与上海戏院订立六百元一个月的合同，在这以前演戏时曾遇罗瘿公先生（每日都看我演出），听说我要去上海表演非常着急，因为我若在此时去演出，嗓子会更坏下去，前途将被毁掉。没几天，我就糊糊涂涂离开了荣家，与母亲又住在一起了，后来才知道瘿公先生为此事曾向银行借了七百元给了荣家作为出师的赔偿费用，将我赎出，以后演出有了收入才慢慢还清这笔债。

在十四到十六岁时，这三年中瘿公师曾给我订下每日的课程表：上午练声，阎岚秋先生教刀马，打武把子，下午与乔蕙兰、谢昆泉、张云卿等先生学习昆曲，夜间到王瑶卿先生家学京剧，星期一、三、五到平安电影院看电影。后来嗓音渐渐恢复，又拜在梅兰芳先生门下执弟子礼。这三年中与人合作、陪人演出，靠诸位良师益友的帮助与培植，使我在艺术上打下了很好的基础，尤其深感罗瘿公、王瑶卿两位老师苦心善意的培养，使我终生不忘。

十七岁时开始能够独立成班演唱了，由瘿师编剧，瑶师导演，初次到上海舞台演出时已能获得观众的拥护，有了这些基础后每年都要到上海去演出一次，并由瘿师介绍认识了许多诗人如康南海、陈散原、袁伯夔、周梅泉、樊樊山、陈叔通、金仲荪等诸先生，对我帮助很大。二十岁时瘿师病故，由金仲荪先生帮助编剧代管笔墨事项。到了上海，陈叔通先生协助亦同。

二十五岁时与李石曾认识，听金仲荪先生说他是个热心办社会事业的，经过一年多的联系，就举办了中国戏曲音乐院，金仲荪与我都担任副院长。当时陈叔通先生常常责备劝告我，言金某是失意政客，李某是大政治骗子，为什么同他们接近鬼混呢？那时我的想法觉得金仲荪帮助我好几年，他是政潮退出来的闲散人，他的才能办此事也还适合，旧社会是看不起唱戏的，借此亦可提高我们戏曲演员的身份，同时我也乐意举办此事。李石曾常常发表有关世界和平、国内和平等言论，他不主张杀生，又见他从早至晚在街上到处奔走，一切言论行动给我印象还不坏；联想到别的政治骗子只是拨弄是非，幸灾乐祸，浑水摸鱼，贪图享受，把痛苦加在旁人身上，认为李石曾比这些骗子们总要好些吧。所以叔通先生屡屡劝告，我不听，总是坚持我主观的看法。1932年我赴欧洲旅行考察各国的戏曲音乐艺术，到法国时正当日本帝国主义侵占我东北，法国人看不起中国人，我一气就离开了法国到德国住下，当时李石曾在瑞士，就约我到瑞士日内瓦世界学校去教太极拳，当时我见校内没有中国学生，我提出既然叫世界学校，日本、朝鲜、印度人都有，为什么没有中国人。我觉得太羞耻，我向李石曾建议在法国的中国工人子弟中选择几个儿童参加世校读书，给中国争争面子。我愿回国义演筹款来帮助他们的学费。世界学校的董事长和李石曾都赞成这个办法。以后我即回国筹款，选择学生的事，就交李石曾主持办理。后来谁知事情并没有像我所想的那样，李石曾选的十个自费儿童，内中除了有我自己的一个孩子外，都是张静江、蒋作宾、许静仁、陆仲安等人的子女，并无一个在法国的中国工人子弟。我知道上当了，钱花了不少，但我换到不少经验教训，使我认清了李石曾这个政治骗子的嘴脸。

在欧洲待了一年多，回国后1933年曾出版《赴欧考察戏曲音乐报告书》。1936年又兼北平私立中国高级戏曲职业学校董事长。这一时期还曾主编《剧学月刊》等戏曲书刊，抗战时期日寇占领北京以后，院校及刊物等均停办。后来我也绝迹舞台，不再演出了。日寇当然不会就此放过，三天两头地着人来找，要我演出，我都拒绝了。这自然惹恼了日寇，有次从天津回北京，一到车站汉奸特务和日本宪兵队借口检查，说我态度不好，把我拉到小拘留室内，二十几个人围住打我，由于我从小就练武功,对武术原有根底的,就一面抵抗,一面冲出拘留室,冲出车站,径直跑回家,从此索性搬到颐和园背后青龙桥乡下种地去了。但日寇仍不甘心,不断派人去调查,总见我把着锄头在种地,吃饭是啃的窝窝头、玉米饼子,竟自奈何不得。

我不想隐讳自己,作为一个京剧演员,在那时,尽管我不满意当时的社会,对劳动人民抱有同情,但对政治还是不够关心的。新中国成立前,我对于国内的敌我斗争情况不甚了解。共产党在抗战期间的丰功伟绩,打击了日寇、保全了中国,党在抗战时期有那样多可歌可泣的动人事情我都不知道。在过去我不懂政治,只知是国民党军阀们与日本对打,当时只盼早点把日寇赶出去。精神被压抑得太沉重了,所以"八一五"日本投降的消息传来时,我认为是有生以来最愉快的一天。但北京迟迟没人接收,慢慢地兴奋愉快的心情又渐渐消沉下去了。从那时起才开始注意国事,才知道共产党在很多地区振起民族的精神,流血牺牲,奋勇抗战,而国民党原来是日寇的帮凶。我之真正认识共产党,而且立志要做一个共产党员,那还是新中国成立以后的事。现在就谈谈我对党从不认识到认识的过程:

从1949年北京解放后党就给了我很好的印象,记得是解放后不久,有天下午,我不在家,周总理来看我,家里人对他很不礼貌,以为是来占房子的。他留了一个条说来拜访,我回家看到很高兴。后来在北京饭店和周总理见面了,这是我又一件最愉快的事。不久我到怀仁堂演戏,登台以前和下装以后,总理都要赶到后台来慰问。这时我感动极了,回想在旧社会,像我们这号人,说得好听点是艺人,说得不好听是"唱戏的",在一些人的眼中不过是玩具,是玩物。在新社会里,党对我如此尊重,怎么不使我感动呢!

接着我就出国了,随代表团到布拉格参加第一届世界保卫和平大会,几天的会期中给我印象很深,一路受到兄弟国家人民的欢迎,这不去说它了,只说那时,我们在布拉格,也正是国内解放战争进行得最紧张的时候,几乎每天都有好消息传来。一下子是大军渡长江了,一下子是上海解放了,捷报一来,国际朋友就把我们的代表团长钱俊瑞同志抬起来,在大街上游行。作为一个新中国人民这时会有一种什么样的感觉呢? 我过去也出过国,那时别人一看到你是黄脸皮,连坐都怕和你坐在一起；看到你穿着得好一点，就说你是日本人。现在，所有国际朋友，一看到我们就叫"中国同志，中国同志！"对我们也特别热情。这一切，不能不使我深思一些问题：为什么在共产党领导之下，就一切全变了，国际地位这样空前提高了？也使我逐渐认识到党的伟大，社会主义事业的伟大；和党的关系也就更加密切起来。从国外一回来我就想：我们有了共产党的领导真是太好了，但建设国家是每一个人的事情，每一个人都应当拿出自己的一份力量来，我下定决心要为党为国家贡献出自己的力量。

1950年起，我开始到全国各地巡回演出，从山东各地起，先后到重庆、昆明、西安、兰州、乌鲁木齐，远达喀什，我要把艺术献给人民；同时也想深入研究一下我们的民间戏曲艺术，做一些调查工作，过去我是不敢带上那么一个大剧团到处跑的，这次我则无忧无虑，觉得到什么地方都像很有把握似的，好多地方过去没去过，事前也无联系，但到了之后，都受到当地很好的照顾。在工作中，党对我们的帮助也是无微不至的，并尽量给予我们以支持和鼓励。如我到喀什的时候，听说当地有个老民间音乐家叫哈西木的，会十二套大曲。我想这太宝贵了，得设法把它保存下来，花了好大功夫，才找到他。这位老音乐家已经七十几岁了，看到我们，很是感动，他说："过去几十年谁也没有理会过我，有东西也没人要，我想大概只好带进土里去了。今天，想不到连北京都知道了，你们这样远地来找我。"可是我们既没有带录音机，也没有会记乐谱的人，怎么能把它录下来呢？幸好，沈钧儒先生领导一个慰问团来到了喀什。可是他们带的录音钢丝也只够用四个钟头，而这十二套大曲，每演奏一曲就得两个钟头。还是不能解决问题。回来的时候，路过乌鲁木齐，我见到王震将军，就顺便提起这事。当时觉得西北刚刚解放，军政事务都忙，未必能顾得上这样的问题，也不过提一提好让领导上知道有这么回事。可是我回到北京不久，就听说政府已把哈西木老人用飞机接到了乌鲁木齐，录音后还送了好多钱给这位老先生，这事给我的印象真是深刻极了，这说明我们的党是如何地留心倾听群众的每一项有益的意见，也说明了党对于文化艺术关怀、重视的程度。要在过去，再说什么要紧，也没人理你。

后来剧团又到东北、天津演出，演员们都要求支援前线，我就给西南军区贺龙同志写了信，他回了电报，欢迎我们去。本来按老习惯，年下不在家过年是一年都不吉利的，但大家的热情很高，所以都在年下和我一起去了。在武汉演出了三天，将演出的收入作为路费到了重庆。因赶上重庆正展开"镇反"运动，我们演了十天，就要到昆明去，当地首长说路上不平静要派人护送我们。我很感动，后来派了一班解放军送我们。到了昆明他们还不肯回去，因为上级指示他们，我们在昆明走到哪里，他们护送到哪里。在昆明我们呆了三个月，解放军同志们一直和我们在一起，在戏园里，化装室门口都有警卫，对我们这样的照顾这和过去是无法相比的。后来演出的收入，我都捐献购买了抗美援朝的飞机，以表示我的心意。回来时，经过汉口，听说当地同志们捐献的飞机还差几个"螺丝钉"，我决定再唱五天，票价每张五元，都满座了。刚演出的第二天，有二百多复员军人要回重庆，听说我演戏，非看不可，因为第二天他们就要离开汉口了。而当天票已卖完，复员军人们很早就到剧场里坐着不肯走，要求看我的戏。买了票的观众也来了，相持到九点戏还不能开场。要在过去，我只好避开不演了，但当时我感到不应该这样做。我从爱护党出发，当时想到要是我走了，别人会说什么？他们会说共产党军队跟国民党军队一样，扰乱剧场。其实复员军人只是一心要看我的戏，他们明天就离开汉口，没有机会看了。后来我亲自出台跟同志们说："明天下午照今天的节目一定给同志们加演一场。"于是大家非常满意很有秩序地离开了剧场，要在过去国民党时期，戏园子早给砸了。这次我很满意我这样的做法，这也是由于我和战士们有了感情了。在汉口停留五天我共演了十一场戏，都是义演，虽然很累，我可是心情舒畅的，并不感觉到累。

　　1953年赴朝慰问时，由于当时条件的限制，只允许我带三四个人参加演出，这是自己过去从未有过的事，虽然困难很多，但为了能对最可爱的人——中国人民志愿军有一些微薄的贡献，我克服了一切困难，很高兴地完成了祖国人民所赋予我的光荣任务。同时在朝鲜短短几个月中，让我学习到很多东西，也受到很大的鼓舞与教育。

　　总之，新中国成立后几年来，由于我亲身的体会，深刻地认识了党的伟大，对每一个党员我都怀有敬爱之心，我看到每一个党员同志，上至领导，下至每一个普通工作人员，那种朴素踏实的工作作风，勤勤恳恳的对人态度，无一不使我深深感动，从此我的心也就更加向着党了，我知道党员同志是怎样工作的。拿我们总理来说，去年我随代表团在莫斯科，总理刚访问波兰回来，已经两三天没睡觉了，一到莫斯科就跟我们作了三四个钟头的报告，我为什么不向这些同志学习呢？我想：我一定要向他们学习。什么时候我也能和他们一样，成为无产阶级的一个忠诚战士，那才能满足我的心愿。

新中国成立八年了，我所接触过的许多事情印象犹新，这几年我所见到的处处进行的各项建设，年年有不同的社会改革运动，首长们忘我地为国勤劳，我体会到真正好的党员是全心全意为国为民的，是遵守党的纪律的，我认清楚了党就是好，所以我热爱党，我愉快、我兴奋，我现在要求入党。我决心入党已经是很久以前的事了，但是我一想到自己的条件：年岁大了，体力也差了，为人民做的事不多，思想也远够不上做一个共产党员的水平，我真有些胆怯，我怕做不到一个真正好党员的样子。

过去有人批评我有些孤僻偏激，我觉得说得很对，我确有这个缺点，过去旧社会唱戏的是人人看不起的，那时我的思想就要立异，要与一般人不同；过去一直与牛鬼蛇神做斗争，依靠个人的力量进行斗争，可以说个人主义太顽强了；又有自由散漫的习性，当然这是过去演戏生活所造成的。按道理，我离入党条件尚远。若带有这些缺点，入党后不能起好作用，既对不起党的培养，也对不起我素所敬爱的介绍人，我决心在入党后的预备期间改正这些缺点。

这次党的整风给我很深刻的教育，今年四、五月，有人来劝我加入民主党派。对民主党派我当然是尊重的，但我发现，拉我加入是别有用心的，我坚决拒绝了。而且公开告诉他们，我要的就是加入共产党；我从事舞台生活几十年，什么事都见得多了，好就是好，坏就是坏，大是大非我还能分辨得清楚。全国人民都生活在蓬蓬勃勃、充满理想和幸福的天地里，这有什么不好？我想：大概只有那些身在福中不知福，坐享革命成果，却根本没有体会过什么叫作艰难困苦的人才会觉得不好；或者那些过去一贯骑在人民头上、作威作福，最后被人民打下台来的人，才会妄想推翻共产党，好让他们重把人民踩到他们脚底下去。八年来，由于党的关怀、帮助与教育，使我认识到党是大公无私的，党是主持真理的，所以我坚决要求加入党。

我知道，党的大门是向每一个人开放着的，只要你勤勤恳恳地愿意为党为人民工作，愿意把一生献给壮丽的共产主义事业，党都是欢迎的。我感谢党准备吸收我加入它光荣的队伍，这是我一生最大的光荣。我从事舞台生活几十年，也有过一些小小的成就，为了这些成就，人民曾不断给予过我荣誉，但任何荣誉都不能和这个荣誉相比。我今后只有更好地改造自己，提高我的政治思想水平和艺术水平，更好地为人民、为社会主义文化事业服务，这才能报答党对我的关怀、教育和期望。

以上是我个人的历史，和我对党的认识及入党的要求与希望，我愿接受党的审查，愿接受党和同志们的帮助和教育。

1957年10月

我之戏剧观

——1931年12月25日在中华戏曲专科学校的演讲

兄弟的知识是很有限的；因为职业的牵绊，所以读书的机会太少了。各位同学比兄弟幸运多了！一面学习演剧，一面又能享受许多普通教育，这是从前演剧的人所未曾得到过的幸运！假使兄弟早年是从这样一个学校里出来的，兄弟于今对于戏剧的贡献一定是要大些。因为戏剧是以人生为基础的，人生常识是从享受普通教育中得来的；兄弟读书的机会太少，人生常识不甚充分，所以兄弟演剧十多年了，而对于戏剧的贡献还是很微。

兄弟对于戏剧虽无大贡献，但对于戏剧还有相当的认识。认识戏剧也就是一种知识。不过兄弟这种知识不是从读书得来，而是从演剧得来的。怎样叫作认识戏剧呢？我在演一个剧，第一要自己懂得这个剧的意义，第二要明白观众对于这个剧的感情。比方说：我演一出《青霜剑》，在未演之前，先就要懂得申雪贞如何如何受方世一的压迫和摧残，要懂得申雪贞如何如何要刺杀仇人，要懂得申雪贞是如何悲惨，如何痛苦，如何壮烈，我要把申雪贞的人格（个性）整个地懂得了，这才能登台表演，才能在台上把申雪贞忠忠实实地表现出来。假如我演的虽说是《青霜剑》，而观众只看见台上有个程艳秋，没有看见什么申雪贞，那就是我不曾把申雪贞的人格了解得彻底，所以我还是程艳秋，不曾演成一个申雪贞，这样演剧就惨败了。要能够彻底了解申雪贞的人格，知道她是受土豪劣绅的迫害太甚才以鱼死网破的精神来反抗的，这时候我就懂得这个剧的意义了，上台去才不会失败。既演过之后，就要细心去考察观众对于这个剧的感情。大家都觉得这个剧不错，大家都因此而生起了打倒土豪劣绅的革命情绪，我们就再接再厉地演下去。如果有少数人觉得方世一死得太冤,觉得申雪贞手段太毒,我们察知他们的立场是与方世一同样,便可以不理,仍然是再接再厉地演下去。等到社会进化到另一阶段,已经没有土豪劣绅可反对了,大家都觉得这剧的时代已经过去,我们就把这个剧束之高阁,不再演了。演了一个剧而不知道这个剧的意义,而不知道观众对于这个剧的感情,兄弟相信演剧演得年代略久一点的人都不会这样傻,因为这种知识是可以在演剧的经验中得来的。但是从演剧的经验中寻求知识,时间太不经济了,论终南捷径还是读些书的好,所以各位同学比我们从前演剧的人幸运得多!

演一个剧,就有一个认识;演两个剧,就有两个认识;演无数个剧,就有无数个认识;算一笔总账,就成立了一个"戏剧观"。

兄弟觉得算总账也和写流水账一样,离不了两项原则,就是第一要注意戏剧的意义,第二要注重观众对于戏剧的感情。

一直到现在,还有人以为戏剧是把来开心取乐的,以为戏剧是玩意儿。其实不然。有一位佟晶心先生,写了一本《新旧戏与批评》,他对于戏剧的解释是说:"戏剧是一种艺术,或复合的艺术。而予别人以赏鉴的机会,求其提高人类生活的目标。"这是不错的。大凡一个够得上称为编剧家的人,他绝不是像神仙一样,坐在绝无人迹的深山洞府里面,偶然心血来潮,就提起笔来写;他必是在人山人海当中,看见了许多不平的事,他心里气不过,打又打不过人家,连骂也不大敢骂,于是躲在戏剧的招牌下面,作些讽刺或规谏的剧本,希望观众能够观今鉴古。所以每个剧总当有它的意义;算起总账来,就是一切戏剧都有要求提高人类生活目标的意义,绝不是把来开心取乐的,绝不是玩意儿。我们演剧的呢?我们为甚要演剧给人家开心取乐呢?为什么要演些玩意儿给人家开心取乐?也许有人说是为吃饭穿衣;难道我们除了演玩意儿给人家开心取乐就没有吃饭穿衣的路走了吗?我们不能这样没志气,我们不能这样贱骨头,我们要和工人一样,要和农民一样,不否认靠职业吃饭穿衣,却也不忘记自己对社会所负的责任。工人农民除靠劳力换取生活维持费之外,还对社会负有生产物品的责任;我们除靠演戏换取生活维持费之外,还对社会负有劝善惩恶的责任。所以我们演一个剧就应当明了演这一个剧的意义;算起总账来,就是演任何剧都要含有要求提高人类生活目标的意义。如果我们演的剧没有这种高尚的意义,就宁可另找吃饭穿衣的路,也绝不靠演玩意儿给人家开心取乐。

有高尚意义的戏剧,不一定就能引起观众的良好感情;正如一服好药,对不对症却是问题。兄弟已经说过:在有土豪劣绅的社会里,《青霜剑》是可以再接再厉地演下去;这就是药能对症。等到社会进化到了另一阶段,已经没有土豪劣绅可反对了,《青霜剑》就不能再演了;这就是因为药不对症了。药能对症的戏剧,就能引起观众的良好感情;药不对症的戏剧,就不能引起观众的良好感情。之所以我们演剧的人,要知道新剧是否药能对症,就要从观众的感情上去测验而判别之。但是所谓观众的感情,并不是从叫好或叫倒好的上头去分辨其良好与否;而是要从影响于观众的思想和行动去分辨其良好与否;兄弟也曾说过:大家看过《青霜剑》而生起了打倒土豪劣绅的革命情绪,这就是引起了观众的良好感情,这个剧就可以再接再厉地演下去。少数人替方世一叫冤,骂申雪贞太毒,这并不算是引起了观众的恶劣感情,这个剧仍然可以再接再厉地演下去。若大家认为这个剧的时代已经过去,这是的确不能引起观众的良好感情了,这个剧就不宜再演。对于一个剧是如此,对于一切剧也是如此,所以总账和流水账是一样的。

一则从意义上去认识戏剧的可演不可演,二则从观众的感情上认识戏剧的宜演不宜演,守着这两个原则去演剧,演剧才不会倒坏。这就是我的戏剧观。兄弟的知识是很有限的,这只是兄弟演剧十多年的经验中得来的一点认识。兄弟曾经屡次把这些意思对贵校焦校长说过,主张各位同学演戏,不可在汗牛充栋的剧本当中随便摸着就演,必须加以严格的选择,意义上可演的就演,观众感情上宜演的就演,其他不可演或不宜演的就不演,旧剧本不足用就另编新的也不难办,焦校长也认为是对的。现在颇有人忧虑二黄剧快要倒坏了;兄弟以为只要我们演剧的人有把握,确定了我们的合理的戏剧观,以始终不懈的精神干下去,二黄剧是不会倒坏的。

各位的前程是很远大的,责任也是很重大的,希望各位及时努力,不要辜负这个学校的培植!敬祝各位进步!

检阅我自己

自己检阅自己,很有兴趣,又很必要。因为在检阅的当儿,发现了自己以前的幼稚盲昧,不觉哑然失笑,其兴趣有类乎研究人猿头骨。发现了以前的幼稚盲昧,才能决定今后的改弦更张,这是自己督促自己进步,所以又很必要。

我的职业是演戏,我检阅我自己,当然是以我的职业为范围。

近十年来演戏的趋势,和十年以前不相同了。以前,剧本是原来公有的,大家因袭师承去演唱,很少有"本店自造"的私有剧本,不能挂"只此一家"的独占招牌。近十年来可不是这样了,只要是争得着大轴的主角的人,便有他个人的剧本。这也许是私产制度下的社会现象之一吧?我也自然被转入这个旋涡。

现在我把我的私有剧本,列为一表,然后再加以检阅:

《梨花记》壬戌二月(1922年2月定本,1923年5月重订,将33场删定为23场)

《花舫缘》壬戌六月(1922年6月定本,共18场,1923年5月12—13日首演于北平华乐园)

《红拂传》癸亥二月(1923年3月10—11日首演于华乐园,该新剧实于1922年10月改定)

《玉镜台》癸亥四月(1923年6月9—10日首演于华乐园,又名《花筵赚》)

《风流棒》癸亥八月(完成于壬戌十月,即1922年冬,1923年8月18—19日首演于华乐园)

《鸳鸯冢》癸亥十一月(总本写于六月,1923年7月14—15日,首演于华乐园)

《赚文娟》甲子一月(癸亥十二月定本,1924年4月5—6日首演于

三庆园）

《玉狮坠》甲子三月（罗瘿公病后支撑编制，共18场，又名《小天台》，1924年5月3日首演于三庆园）

《青霜剑》甲子五月（定本于四月，1924年6月28日，旧历五月廿七首演于三庆园）

《金锁记》甲子六月（定本于三月十六，1924年4月13日首演于三庆园）

《碧玉簪》甲子十一月（1924年12月14日首演于三庆园，罗公未及完成由金仲荪继之编定）

《聂隐娘》乙丑八月（1925年8月）

《梅妃》乙丑十月（1925年11月）

《沈云英》乙丑十一月（1925年12月，丙寅四月十八，1926年5月29日首演于华乐园）

《文姬归汉》丙寅二月（乙丑六月，1926年7月定总本）

《斟情记》丙寅六月（1926年7月定本，1927年1月15日首演于华乐园）

《朱痕记》丁卯二月（1927年3月，丁卯三月廿九，1927年4月30日首演于华乐园）

《荒山泪》庚午十一月（1930年12月定本，庚午十二月初八，1931年1月26日首演于中和戏院）

《春闺梦》辛未八月（正月定本，1931年9月首演于中和，甲戌九月，1934年10月重订，10月25日新排此剧）

内中或取材于经史传说百家之书，或撷采于野史说部附会之言，又或依据旧有剧本翻新而增损之，创作的部分多，因袭的部分少。从《梨花记》到《金锁记》的作者是罗瘿公先生，从《碧玉簪》到《春闺梦》的作者是金悔庐（金仲荪先生号悔庐。——编者）先生。时代驱策着罗金二位先生，环境要求着罗金二位先生。罗金二位先生就指示着我，于是有这些剧本出现于艺林，于是有这些戏曲出现于舞台。（除上述十九种外，还有《柳迎春》《陈丽卿》《小周后》等几种。《柳迎春》的创作部分较少，《陈丽卿》还只完成一部分，《小周后》则始终没上演，所以都不列入表中。）

《梨花记》写骆（惜春）小姐对于张幼谦的爱情极其真挚，不为物质环境所屈服，这样宣告买卖婚姻制度的死刑，是其优点；但结局是不脱"洞房花烛夜，金榜题名时"的老套。

《红拂传》写张凌华离叛贵族（杨素）而趋就平民（李靖），有革命的倾向，是其优点；但是浮露着英雄思想，有类乎法国大革命后拿破仑所主演的政治剧。

《花舫缘》和《玉镜台》都是描写士人阶级欺骗妇女的可恶，《风流棒》是对主张多妻的士人加以惩罚（棒打）。这三剧是一贯的，可以说《花舫缘》和《玉镜台》是问题，《风流棒》是答案，但都跳不出才子佳人的窠臼。在积重难返的社会里，受着生活的鞭策，你不迁就一点是不行的；当时的我是在"不知不识，顺帝之则"的状态中，而罗先生的高尚思想之受环境压抑，就不知有多少痛苦！

罗先生写过《梨花记》至《风流棒》这五个剧本之后，他曾经不顾一切地写了一个《鸳鸯冢》，向"不告而娶"的禁例作猛烈的攻击，尽量暴露了父母包办婚姻的弱点，结果就完成一个伟大的情爱的悲剧。当时观众的批评，未曾像对于《红拂传》和《花舫缘》那样褒扬。我尤其浅薄，总以为这个剧远不如《风流棒》那样有趣。罗先生为求减少我的生活危机，宁肯牺牲他的高尚思想，于是他又迁就环境，写了一个《赚文娟》和一个《玉狮坠》。

士人主张多妻，太太难免喝醋，因此士人除在"七出之条"里规定"妒者出"之外，更极力鼓吹太太不喝醋的美德。《赚文娟》和《玉狮坠》就是为迎合士人的心理而写的。这两个剧本，在罗先生是最感苦痛的违心之作，在我则当时满意得几乎要发狂。我是何等幼稚啊！何等盲昧啊！现在我渐渐觉悟了，然而为顾虑我的生活而不惜以他的思想去迁就环境的罗先生却早已弃我而长逝了！

罗先生写过《赚文娟》和《玉狮坠》，立刻又写《青霜剑》和《金锁记》。《青霜剑》写一个烈女，《金锁记》写一个孝妇，这都不乖于士人的心理。但罗先生的解释不是如此的，他写《青霜剑》，是写一个弱者以"鱼死网破"的精神来反抗土豪劣绅；他写《金锁记》，是以"人定胜天"的人生哲学来打破宿命论。这两个剧，又不与环境冲突，又能抒发他的高尚思想，这是他最胜利的作品，也就是他的绝笔！

金先生继续了罗先生最后的胜利，作剧总以"不与环境冲突，又能抒发高尚思想"为原则；从《碧玉簪》到《文姬归汉》，五个剧都是如此，《碧玉簪》是金先生的处女作，却又是构造艺术最成熟的作品。至于他的主义，据有位署名"道"的先生在本年八月二十五日的《北平新报》上说："贤妻只是一种非人的生活，良母只是一种不人道的心理，这是《碧玉簪》告诉我们的。"虽然见仁见智，也许各有不同，但这个剧总是有向上精神的。聂隐娘自己做主嫁给一个没有半点英雄气概的磨镜郎，是给《红拂传》一个答复，我相信罗先生在地下也十分满意了！《梅妃》楼东一赋，还珠一吟，多妻制度的罪状便全部宣布了，是给了《赚文娟》和《玉狮坠》一个答复，我相信罗先生在地下更十二分满意了！《沈云英》在男性中心的社会里抬起头来，使她上头的君父，对面的敌人，与常常在她身边摆"男子汉大丈夫"的架子的丈夫，都不如她，这是有力地给了女权论一个论据。《文姬归汉》是很显然的一个民族主义剧；文姬哭昭君，尤其对软弱外交的和亲政策痛加抨击。这五个剧，与《青霜剑》和《金锁记》有同样价值，都是现时中国社会的不苦口而又利于病的良药。

《斟情记》仅仅是个奇情剧而已，《朱痕记》不过是删除了旧有神话，这两个剧的人生要求比较稀微，但她还是不肯向下。

从《斟情记》和《朱痕记》到《荒山泪》和《春闺梦》，犹之乎从平阳路上突然转入于壁立千丈的山峰，现在一个思想急转势。这种转变，有三个原因：

（一）欧洲大战以后，"非战"声浪一天天高涨；中国自革命以来，经过二十年若断若续的内战，"和平"调子也一天天唱出。这是战神的狰狞面目暴露以后，人们残余在血泊中的一丝气息嚷出来的声音。戏曲是人生最真确的反映，所以它必然要成为这种声音的传达。（二）在革命高潮之中，在战神淫威之下，人们思想上起了一个急剧的变化；现在的观众已经有了对于戏曲的新要求，他们以前崇拜战胜攻克的英雄，于今则变而欢迎慈眉善眼的爱神了。（三）金先生是一个从政潮中警醒而退出来的人，他早已看清楚武力搏击之有百弊而无一利，死去的罗先生也是如此。我先后受了罗金二位先生思想的熏陶，也就逐渐在增加对于非战的同情。加上近年来我对于国际政情和民族出路得到一点认识，颇有把我的整个生命献给和平之神的决心，所以金先生也更乐于教我。因此，《荒山泪》和《春闺梦》就出世了。

《荒山泪》似乎是诅咒苛捐杂税，其实苛捐杂税只是战争的产儿，所以这个剧实是非战的。《春闺梦》取材于唐人陈陶的两句诗："可怜无定河边骨，犹是春闺梦里人！"再插入杜工部的《新婚别》《兵车行》……各篇的意思，这很明显地是从多方面描写出战争"寡人妻，孤人子，独人父母"的罪恶。我的个人剧本，历来只讨论的社会问题，到此则具体地提出政治主张来了，所以到此就形成一个思想急转势。

我相信将来的舞台，必有非战戏曲的领域，而且现在它已经走到台上去了。我的生命必须整个地献给和平之神，以副观众的期望，以副罗、金二位先生先后给予我的训示。只是我的技术不成熟，前途还期待着社会力量的督促，使我能够"任重致远"！这是我检阅自己之后的新生期望。

我想写一篇《二十年之回顾》，这算是一个初稿。

程砚秋原名艳秋启事

　　程砚秋刊登启事,正式宣布更名"艳秋"为"砚秋",易字"玉霜"为"御霜",以示玉洁冰清,御风霜当有自立之志。

对各国戏剧之印象谈

[特讯]名伶程砚秋,赴西欧各国考察戏剧,出国已一年多了,爱好程伶艺术的人们,谁都盼他早日归来,重登舞台,一瞻其色相,月前他归国的消息传出时,不知喜煞了几多戏迷了,本月三日他由欧抵沪,昨日上午十一时已返平了,下午记者往访,谈了一小时的话,内容大致如下:

(一)苏俄剧情注重社会主义
　　法国话剧倾向政治讽刺

崇文门里苏州胡同七贤里二号一座很精致的小洋房子,里边住着由欧回国的名伶程砚秋,记者手指一动随着电铃响声走出了一个三十多岁的男仆,问了我一声:"您找谁?"我回答说,"见程老板。"说完递给仆人一张名片,停了一忽,仆人出来说声"请!",我随着他进到客厅。一张浮着笑意的脸,灰色的西服,走过来和记者一握手,意识告诉我说这握手的人一定是程砚秋了。他笑嘻嘻地让座,我毫不客气地坐在沙发上,四下里一看,几张沙发,一张茶几,几个椅子一个书台子,都排列得很有秩序,仆人送上一杯茶。我的视线转到程老板的脸上,他比以前胖了,我们互道几句客气的话后,我说明来意。他微笑很和蔼说:"谢谢您,我也很愿意和您谈一谈。"

记者开头的一句话:"您出国一年多,所到的地方也不止一两处,请您详细地谈谈。"

他似想了想才说道:"我出国到现在整整十五个月,所到的地方倒是不少，什么苏俄的莫斯科，还有德、法、日内瓦、意大利罗马等地，最多的时间是在德国有八个月，法国三个月，最少的是在意大利住一天，在俄之莫斯科只留了八九小时，还有日内瓦住了一个半月。"他说话的语声很好听，大概与他在舞台上所扮演的角色有关系吧。

"您在俄国仅仅八小时的功夫，您都看到了些什么？"

"下火车后就有俄国的戏剧家，他的名字我记不清楚了，他欢迎我去看他们的剧，观戏，对我谈了许多话，他很对中国的旧剧表同情，他说中国舞台不讲究布景，这是很对的，因为布景最能引去观众观剧的注视力，而演员们也可省点力，这是最容易使一个演员不长进的坏处，假如布景少些，演员在舞台上自然得尽力把剧情表演出来，演员的成功，也就很快的，又说中国的戏剧注重到写意这一层也是很好。"

"您看到俄国的戏剧，它的优点在什么地方呢？"

"真是进步得很，舞台的设施，都合乎科学化，剧情着重在社会主义方面的多。"说时似乎很满意俄国戏剧，他继续向下说："我从俄国起身先到法国，在法国勾留三个月之久。"

"您在法参观各剧，所得的印象，及法国剧本的倾向在哪一方面？"

"在法国三个月中参观无数剧团，话剧歌剧都有，在法国现在话剧的倾向多注重讽刺，如政治上有了什么不良的议案出现后，剧团得到消息就编成剧本上演，对于社会上什么坏的风俗都不遗余力地抨击，歌剧方面，还是演那些历史剧，没什么改革，我所得的印象，是法国剧本的本身太肤浅，关于恋爱，剧上演得太多。"他津津有味地讲，我像听故事似的听，他又向下说："我在法国住三个月后就往德国去了。""德国的戏剧现在是很进步的，就以电影一项来说，乌发公司的出品大有压倒好莱坞之势，足见其戏剧的进步。"

（二）德国演员生活有周到的保障
在新教育会议干唱《荒山泪》乃有生以来所未作的事

"您对于德国戏剧如何看？"

他听我说，频频地点头道："您说的德国影界的发达的现状是极对的，我在七年前就注意德国的影片了，真是深刻化的艺术，我对于詹宁斯这人更是佩服得很，他的表情，在每一套片子里都是恰合身份的，记得在三年前，我到哈尔滨去演戏，正是詹氏的《最后命令》一片在该埠映演，我就去看了，结果把我当天在那所要演的戏都耽误了，你说可笑不？"他说完时我也提出《蓝天使》《最后之笑》《天使降魔》等所看过的片子，和他讨论，他也很知道不少，最后他继续说："我在德国留八个月除了念书自修以外，看的戏着实不少，所得的印象极佳，谈不到批评，我只对您说吧，我以为德国的舞台的布置是极科学化而现代化。剧本方面，除了国家剧院还演历史剧外，其他剧院多注意如雷马克著的《西部前线平静无事》一类非战的本事，还有那以喜剧起而以悲剧收场一类的戏剧，我更是很满意。（按：程伶是悲剧能手，所以才满意）剧团的组织法，是严密周到极了，对于演员们生活问题，则有种种维持法，如二十岁之演员则有保险基金，三十岁之演员则有疾病扶持等办法，四十岁以后的演员因年衰不能演戏，则预备下养老金以维持生活，导演方面则拥有一位世界著名的导演莱因哈德氏。总而言之，无论哪一方面，中国戏剧界是应该取法的。我特地买了许多关于德法戏剧书类，预备归国后请名人帮忙翻译出来，介绍给从事戏剧的人们作参考。"说到这儿，他略事休息，脸上的笑意还是浮动着，我饮了口茶，这时候进来一个小孩子，向桌边走来，我问了砚秋一句，"这是您的小孩吗？几岁了？""是的，才五岁，这孩子才爱淘气呢。"说完告诉他的孩子说，"你出去玩吧。"孩子无声地向外跑去，他用目光把孩子送出去，表露满腔的慈爱——当然，谁的孩子谁不爱呢。

室内沉寂了一会儿，我打破这沉寂问他："您在德国看见什么剧团的名导演，剧界或影界的著名演员和剧院的主人没有？"

"是的，我会过世界著名导演莱因哈德，他还请我去参观他正在导演的名剧《醉汉》，还有乌发影片公司一颗最灿烂的女星林哈卫女士，只可惜没见着詹宁斯，当时他到美国去了，国家剧院院主是体金氏我也很熟的，他们常和我在一起谈。"

"您从德国，又到什么地方去了呢？"

他稍一整理他的思潮说道："到过意大利米兰，罗马，威尼斯，但勾留的时间都是很短的,后来正值每两年举行一次的世界新教育会议年会在日内瓦举行,我被我国代表所约而得以参加了,参加的共有五十余国之多,每一国代表讲演之先,必有他本国的戏剧或音乐的表演,在这里我做了一件我生平未做过的一件事。"我不等他向下说,就插一句道:"是什么呢?""因为在该会出席的有二位曾来到中国的郎之万和培根二氏,他们在中国时,曾看过我演唱的《荒山泪》一剧,所以当我国代表未讲演之先,他们二位就提出让我唱《荒山泪》,并且向大众把《荒山泪》的剧情及唱词介绍给他们,我一看决定不能推辞了,您想站在五十位不同国籍代表们视线监视之下的讲台上,既没锣鼓,又没胡琴,一个人在那里干唱,想想该有多么单调呀,可是我终于唱完了,这真是我有生以来所未作的事。"他说完后继之以大笑,我也觉得好笑,因为清唱也得有胡琴托着的。

(三)太极拳将变成洋舞 德法艺术界正研究 中国戏剧跑龙套角色应该在保险之列

稍停了一会儿,我喝了口茶,又问下去了:"您在新教育会议后,听说在该地世界学校,教授太极拳术,请将详细情形,追述给我听听可否?"

他微笑了笑后,用很和缓的语调,慢慢地说道:"当世界新教育会议后,友人领我参观日内瓦世界学校,参观后所得的感想极佳,该校宗旨,想把各国青年人集在一起受同等教育,乘机互相谅解,免得国际间因隔阂而误会,而冲突起来,在青年时代彼此谅解,到社会上去,也绝不再有误会的事发生了,现在该校学生,已有二十余不同国籍的青年了,想将来一定能扩大到,把全世界不同国籍的青年集合在一起的,我在该校和教授们谈得很融洽,他们知道我会太极拳,于是要求我教给他们,他们自己说他们的拳术太激烈,远不如中国拳术和缓,我一想既得这个机会也乐得把中国的国粹介绍给外国人知道,发扬中国国术,足足教授一个半月,(程在世界学校教授太极拳之摄影,详本报前日本市新闻栏）实在因为时间关系，来不及全教完，于是把其余未完的统统地教给该校体育主任拉斯曼君了，临行前拉氏对我说打算把太极拳改成太极舞，加以音乐不更有意思了吗，外国人什么都来得新颖，当时我听了很好笑。"他说完双掌在一起磨搓着，我看见他左手无名指上还戴着一个戒指——白色的戒指。

"您在外国游历期间，外国戏剧家对于中国的艺术意见如何？"

他沉思一会说："据德国名导演莱因哈德说，'中国舞台上的布景虽简而最合舞台术，剧中写意的情节及动作，也是我们所应取法的，就以中国的以马鞭代马，以桨代船种种动作来说，实比我们骑在木凳上当马强得多，生动得很了'，莱氏说完，我还做几个别的写意的动作给他们看，并讲明以鞭代马，以桨代船的好处，他们都点首称赞，一般德法艺术家及戏剧家，都正在努力研究中国的戏剧呢，还有一位法国音乐家，名字我忘了，他对我说，他把中国的古诗都翻译了，并做成音乐的拍节，教给法国人唱，足见外国人对中国文化注重之一斑了，国人对之应作何感想？"我听完他的话心里也这样想。

"您在德法期间做些什么消遣呢，除了在新教育会议席上唱了一次《荒山泪》而外，其余唱过没有呢？"

"我因为学识不足，为了充足我的学问，所以到外国去考察戏剧，同时又因为德法文不通顺，在外国这十五个月期间，除了观剧，找剧界名人讨论而外，大都是从事德法文的学习，本打算在外多学习几年，只因为国难期间，家里希望我早回来，不得已才回国的，这次出国，一切行头都未带去，因为根本就不是为演戏而出国，很多人约我演剧，我都拒绝了，在新教育会议席不得已唱了一段《荒山泪》，其余还有一次，是当我到威尼斯时，在该地中法大学的中国同学会欢迎会上，他们要求我唱，又是推不开，他们找了一把不合用的胡琴，某君操琴，我唱了一段，以后就没唱过。"

"您归国后，对于中国的戏剧事业，有何改良的意见？"

我问他这么一句，他微笑着说："我到外国去了一趟，总算没有白去，经验方面因为看得多一点，也有些长进了，说到改良中国戏剧，在现代中国情形来说，还得慢慢地去做，因为一些先进的旧剧界成名的老前辈，都是根据怎么学来的就怎么教给他们的子弟，所以后来成名的角色还是和从前一样很少改良，习惯太久了，一时是不容易改革的，加之经济问题是很重要的，有人说中国旧剧中跑龙套角色，站在台上总是无精打采的，对于全剧并没有帮助，这种说法是很对的，要追起根由来又是经济问题的，您想跑龙套的角色，一天才赚几个钱，维持一己的生活，都很勉强，偶一不慎生了病，医药费不是问题吗，假如他们再有家小，更没办法了，所以他们站在台上才无生气，也正因为他们虽在做戏，但心里还想着生活问题呢，要打算把这些问题解决，我以为最好学德法两国的剧团组织法，如保险基金、疾病扶持、养老金等，我特地买了许多关于改革剧团，及待遇演员办法一类的书，从现在起开始请名人指导兼帮助把它早日翻译成中文，介绍给从事戏剧的诸公，作个参考。"

（四）改良乐器及舞台　须整个经济有办法
愿纠集旧同人演义务戏以慰劳忠勇抗日诸将士

他说完，我继续追问："您说的是关于演员改良待遇的意见，那么对于舞台设施，音乐的改善，诸如此类的意见如何？"

"在这经济还没有稳定的中国，谈改良舞台设施，是很难的，像外国的声光等都是很可取法的，但哪一样不用钱呢，闻音乐方面，外国人说中国旧剧里的乐器太简单，我想这种也有一部分理由，不过中国的乐器绝不止胡琴、月琴、弦子等等乐器，因为什么不能采用？一则因为经济问题，二则因为现在舞台上所用的乐器，已足应用，经济没办法之前，比改良乐器重要的问题，还多着呢，加上现代中国舞台还是古旧的建筑，要打算改良舞台上的设施，及音乐等，非得先建筑新式剧院不可，不然哪，什么也先谈不到。"说着似有无限的希望在他微笑的脸上浮着。

"在这国难期间，前方战士，正为民族争人格，为国家争荣存，正在炮火中抗日呢，平市各界人士筹款的筹款，捐物的捐物，剧界的名伶也举行许多次筹款义务戏，程老板现已归国，想不久的将来，一定会发起一筹款义务戏的，平市的人们，也可重新鉴赏您的艺术，不知您在何时一现色相呢？"

"筹款演戏慰劳抗日将士，我是极愿做的，不过现在有一种困难，对您说几句，让外界关心的诸君明了真相，我出国这一年多中间，我个人唱是不成问题，不过我的琴师他现在被一位女士请去了，新的琴师正在物色中，一些旧日的老搭档，都分头和别的同业在一起组班出演，我新近回国，临时预备，草草了事，演唱起来，不易精彩，恐令观众诸君失望，我极力于最近的将来，设法约请旧日同人组织一班，琴师也有了的时候，我一定筹备公演，得些款子捐给我忠勇战士，略尽我的热诚，并且愿意演最得意的戏呢，砚秋对于筹款一层是义不容辞的。"他很慷慨地说完这一段热心话，我心里想愿他这话成了事实。

天已不早，谈得很久了，遂向他说："打扰得很，我要告辞了，请把您最近的照片送我一张。"他急忙说："我的单人照片，手中现尚没有，都在箱子里，刚下车，没得功夫开箱，不过我有几种照片，可以代表。"他说完翻了翻皮夹，没有，就说："请稍候一会，我去取来。"说完起身慢慢地踱到隔室里去，不久他手里拿着四张一样大的照片，很热心地走进来，放在桌上说："这有四张，请您任意选择一张好了。"我看了看，心里选定有价值的两张，于是向他说："那么我要选两张呢？"他点头说："可以的，请随便吧。"我择了我欲要的两张，说声"再见！"便告辞了。

| 传艺之情 |

与青年演员谈如何学艺

——在山西省第二届戏曲会演大会上对青年演员的报告

一

江局长要我和大家谈一次话,我想就来谈谈青年演员怎样学戏,才能稳步地向前发展这个问题。

戏曲有一套舞台技术和舞台规律,这是每个演员都必须掌握的。青年演员开始学戏,只是刚刚开始跨进了戏曲舞台艺术之门,所以也可以说初学就是学一些简单的法则,这些法则也就是戏曲的规矩,必须遵守。俗语说:"没有规矩不能成方圆。"这就是说,必须四角见方才是"方",没有棱角才是"圆"。这就是"方"和"圆"的规矩。建筑工程师设计图样,也是要按建筑学上的一套规矩和方法,不能乱来。戏曲也是如此。不掌握一般的表演法则,不遵守规矩(程式),就谈不到表演,更谈不到艺术,当然也就谈不到做一个演员。

所以老师教戏,只能说是领我们进门。拿唱来说:开始时总是先教念词,记住之后才开始唱;老师教给我们各种板眼,必须学会,而且要将板头唱稳,把字念准,这就是唱上的规矩。

拿动作来说,京剧中总是教扯四门、上楼、下楼、趟马、起霸等属于程式的东西,如何表示看远、看近、开门、关门、坐船等也有一定的方法;此外,动作和锣鼓的配合,也有它的规矩。如京剧中青衣要是以水袖来表示,则翻袖往里就是叫头,扬袖是哭头,抖袖就是叫唱;怎样起,怎样住,演员都必须掌握,以动作来暗示锣鼓。

可以说这都是戏曲舞台上最基本的法则,演员只有首先遵守了这些规矩,以后再根据各人的智慧,对艺术钻研的程度以及对生活的了解,再一步步地往前发展,使自己的舞台艺术逐渐丰富、完善起来。

这一次在会演的开幕大会上，看到你们青年演员演出的《走雪山》《杀四门》和《女三战》，以这三个戏来说，青年演员可以说是遵守了戏曲中的这些规矩了。比如《走雪山》中老家院戴着胡子上来，就必须按戏曲中老生的步法迈步；等到和青衣两人反方向地挽着胳膊转时，该谁唱了谁就转向观众，另一个抬起手来反向站立，这也就是合了规矩。如果唱的人不面向观众，观众就会听不清楚，也不知道是谁在唱；如果两人全把胳膊撂着，在台上转来转去，这就是一般齐，没有衬托，就不好看，不美。要是就中有一人抬起胳膊来，台上的画面就会不同了，这就有了高矮上下，也就有了对比，转起来就好看了。

又如同一剧中，老家院走累了，脚走疼了，要表现它，照例总是揉揉腿；青衣也是如此。老家院上来先托着胡子瞧一瞧，表示自己年纪大了，然后用手抖下去，这就有了交代。所有这些动作，几乎都是些照例的东西了，现在你们掌握了它，所以也可以说你们已经遵守了这一部分规矩。

但是得到了规矩，就应该往里面加深一步，戏曲艺术在这些规矩中还要求"奇特"，即所谓"出奇制胜"。这就需要演员结合剧情去往里钻研、创造。

比如开门，老师教时只是个规矩，一般人都那么做，但如果演员往里深钻，他就不是简简单单地来那几下，而是随带着开门，身子一定要往后斜，把门让出来，否则门开了演员就要碰鼻。如果再结合剧情，像《拾玉镯》中旦角想开门看看小生走了没有，她就是先开一个门缝儿，眯着眼睛看一看；然后开一扇门，侧着头看；再开另一扇，再侧头看；这里的开门就有了多种的动作和姿势，它们既要合乎生活，又要合乎剧情，还要注意舞台上形体的美。

又比如《走雪山》中，老生出来都按一般老生的步子迈，这是规矩；但假如结合曹福这个人物，头发、胡子已经全白了，他应该怎么走呢？这就需要从生活里去观察：白胡子老头一般走道很缓慢，迈步小，已经是老迈龙钟了。这就要用动作将曹福的老迈龙钟完全表达出来。如果还要加重一些，并且把曹福这个老家人历尽千辛万苦、护送曹玉莲逃走这一点强调起来，这就要考虑在哪里加重它，以及如何加重它。当曹福经过长途跋涉，已经难于举步，青衣下场叫他"快来"时，这里如按一般的只是揉揉腿就很不够，要是在这儿加几个动作，将髯口往左甩，提提鞋，再将髯口往右甩，提提鞋，当青衣叫他"快来"时，再将髯口甩回去，将步法加重走下；这样就把曹福的老迈龙钟、又经过长途跋涉的辛苦，突出地表现出来了。这样表演，就一定会得到观众的称赞。因为这几个身段跟普通的全不一样，既有了创造，同时也表演得比一般的更为深刻。

但是既得奇特，还必须仍按规矩；即是说创造必须符合人物的性格、年龄和具体的情景。如果青年演员腰很好，腿也很好，提鞋时就将腿抬得很高，甚至一直抬到头上，以为这一点别人可来不了，其实这就违背了生活，因为生活中没有这样提鞋的。这样的发展、创造，就是不按规矩，不仅不能表达剧情，反而破坏了剧情。

同时，平常学的方法、规矩，在台上运用时，就要根据剧情赋给它生命。比如平常学武打，只是一扯两扯，一个合，两个合；这是照例的了。但是这些东西运用在《女三战》《杀四门》中，大刀、双刀来上三四个挡，意思就不同了。好演员武打也要打出感情来。虽然在后台你们彼此全知道谁是谁，但在台上两人却并不认识，而且是对敌交锋；这时一扯两扯就是要估量估量对方，到底比自己怎样，有了这个意思，一扯两扯时就有了内容，有了眼神。估量了，心里就要研究如何才能把对方打败，这样打起来就是你死我活，互相要想削头，而不单只是打得动作熟练。等到"亮"住，就要想到这一下我可把你脑袋给砍下来了！一看，没有！这就有了精神。再一想刚才差一点儿给人砍了，赶快跑吧，一跑一追就下场；这样每一个动作就都有了内容，有了目的。看起来就有了意思，有了连贯，不是仅为了表演武打而武打了。

平常我们说要"守成法"，就是说要循规蹈矩地往前发展。"成法"对一个初学的演员完全是必须遵守的，假使成法是一个框子，演员入手时必须把自己框在这个框子里。因为离开了框子，演员就不能了解和掌握戏曲的根本规律；但这并不是说要固执，对成法必须一成不变，以为老师怎样教，我就如何做，没有这样教，多来一下也不成，要是这样，就是被成法捆死了。好的演员总是要突破它，更灵活地、创造性地来运用它；但这必须在完全熟练地掌握成法、掌握舞台技巧以后。

如从前学青衣，老师教身段时，总是这几个动作：打个偏袖，捂着肚子，再抖抖袖，坐下……无论什么戏，也无论什么场合，青衣总是捂着肚子上，甚至进了花园也仍然捂着肚子。这在台上不仅显得单调、死板，而且也与实际生活不符。哪儿有全是捂着肚子走路干事的？像这种时候，就需要大胆地突破它，往里面增加新的东西，使它丰富起来。

因此，守成法，又要不拘泥于成法，但同时还要注意不背乎成法。

所有成名的演员，他们都是掌握了这一套的。

我在西安时曾看过阎逢春先生的《杀驿》，他在这个剧里就创造性地并且恰如其分地运用了纱帽翅来表现驿官吴承恩内心的矛盾。当吴承恩得到当晚就要害死他的恩人王大人的消息时，他的心情是非常复杂的：吴承恩要搭救王大人，但怎样搭救？唯一的办法是他替他死（因为他们两人相貌很相似）。他想到"死有重于泰山，有轻于鸿毛"。在这个紧急关头，他应该怎样来抉择自己的道路？同时他还必须把自己的决定告诉王大人的解差（他是同情王大人的），设法得到他的帮助。所有这些想法都使他在门口徘徊着。假如按一般规矩，演员不过到门边望望就回来；但这显然是不能很好地表达吴承恩的复杂的心情的。阎逢春先生望门时就很好地利用了他纱帽翅的功夫：先是一个动，一个不动，转过来再另一个动，一个不动，待一会儿是一上一下地动，再后两个一齐动起来，后来心里越发愁闷，就把髯口挥起来再用纱帽翅打回去；这就生动地把吴承恩这个人物当时内心的矛盾完全揭示给了观众，让观众了解得非常清楚。可以说阎逢春先生的翅子功是大家都公认的了，但他运用时并不是因为大家都公认才特意地要一下给人瞧，而是结合剧情，用纱帽翅表现了它。

盖叫天先生在《英雄义》里，对髯口的运用是非常独到的。当史文恭和卢俊义白天已经大打了一阵，彼此打了个平手，史文恭回到庄上，想到卢俊义晚上可能还要来劫庄，他不能不考虑到梁山来了这么多武将，自己是不是打得过他们？后来一想，豁出去了！对于史文恭这个人物的性格，他当时的处境，他的焦急的以及死也不服气的心情，可以说盖叫天先生只用几个非常简练的动作就全部说明了：他很好地利用了髯口，将左边髯口挑起，再将右边的髯口挑起，然后绕一圈再甩出去，接着就下场。这样运用多么说明问题！它既显出了艺术的美，同时也有生活根据；平常人急了，总是抓耳挠腮的；最后将髯口甩出，也正说明史文恭宁可将性命豁出，也不愿跟他们上梁山的心情。

从这里我们可以看到，成名的演员怎样通过生活体验、钻研，怎样选择、运用动作表现人物、剧情，他们突破了旧的规矩、法则，使他的艺术创造得到了高度的成就。

但生活体验和钻研，必须要以戏曲上的法则和规矩做基础、做轨范，没有这些法则和规矩，没有各种功夫，就根本谈不到创造。

所以一个演员，初学法则，就应该遵守规矩；得其规矩，始求奇特；既得奇特，仍循规矩；所谓守成法，要不泥于成法，也不背乎成法。能够如此，才可以谈到艺术。

要发展原有的东西，还需要艺术交流，把好的东西吸收进来，不好的不要。这就要求演员有辨别取舍的能力，京剧就向地方戏吸收了很多东西。拿《翠屏山》这一出戏来说，本来是一出梆子戏，后来京剧就将它吸收过来，戏的前半唱做全是二黄，但从"酒店""杀山"起，就全部采用了梆子的锣鼓、动作，就是唱腔也是带梆子味儿的。因为后半部的剧情非常悲壮，原来梆子的锣鼓、动作就用得很紧凑，如果不用它，这个气氛就表现不出来；所以直到现在，京剧演出《翠屏山》仍然是按这个路子演的。

每个地方剧种都有它优秀的传统和遗产，特别是山西省的各个梆子剧种全都是有长久的历史的，青年演员要很好地继承它、发挥它，更使它不断地向前发展。常常我们总会轻视自己的东西，认为本剧种没有什么，什么全不行，尽看见别人的好，京剧、豫剧以及外国的东西都全部完整无缺，斯坦尼斯拉夫斯基体系就是唯一的体系。当然，其他的剧种和体系的确是有很多优点，但问题是不要只看见别人，看不见自己。更要研究如何把其他剧种的以及外国的优秀的东西，吸收到本剧种中来，使它和我们剧种的特点、规律、方法相结合。我们的生、旦、净、丑各行都有自己的表演体系，要重视这些体系，尊重本剧种的传统，使它得到更好的发展。见异思迁是最不好的。

山西的剧种，在利用翎子、甩发、髯口、纱帽翅等功夫，帮助表现人物的思想感情上是很突出的，我们有很多老艺人成功地运用它们，也知道如何锻炼这些技巧。青年演员就应该很好地学会它，掌握它，把这些功夫、表演继承下来。这不是很快就能练就的，要将甩发有节奏地、整齐地来回甩；翎子一高一低地立着，就不是一件轻而易举的事。平常我们戴帽子戴久了，头还会发胀，不用说演戏还得把头勒起来，再用头上的功夫了。这全要经过艰苦的练习才能获得。这些技巧在演剧中虽然并不占主要地位，但它却是帮助表达人物思想感情的一种手段。

二

青年演员要想日后能在戏曲事业上稳步地向前发展，就需要有师傅领着走上正路，教给他戏曲的基本法则、规矩和各种技巧。没有老师，学习就没有门径，靠自己摸索，在你们的年龄就很难谈到。

过去学戏，科班里也好，私人带徒弟也好，学生对老师都非常尊敬。因为既然要以戏曲作为自己的终生事业，一切本领就都要靠师傅传授，演员从不会到会，从不熟练到熟练，老师将要付出很大的精力和劳动才成。

我们过去学戏，条件当然没有你们今天这样好，当时老师傅们还有一种保守思想，不愿意把自己的全部身段、动作、唱腔教出来，因为有很多东西是他刻苦钻研才得来的。我们常常为学一个腔或一个动作，成宿地陪着老师，等着看他高兴不高兴，要是高兴，今天就算学成了，否则这一宿就算白熬，明天再来。以前学戏那么困难。当然今天的情况不同了，老师们都急着要把自己的一套功夫和艺术传授出来，这就给了青年演员学习上非常便利的条件。

在这种情况下，青年演员就更要虚心，刻苦钻研，特别是要注意"尊师"。

我听说各地都有很多青年演员，看见老师没有文化，不认字，也不会写字，就骄傲起来了，觉得"老师还不如我哩，一个字不识，还来教我"！实际上这种思想是最错误的，如果不把这种骄傲自满的思想去掉，对于演员的学习和进步就有很大的阻碍。

这种思想主要是由于青年演员只看见了老师的缺点，没有看到老师在戏曲这一个事业上，几十年来积累的经验和他精湛的艺术。应该说，如果就这二者比较起来，显然后者是主要的，青年演员向老师傅学戏，主要是学习这一方面，至于老师缺少的文化，你们可以在文化课教员那里得到补充，这样就可以使你们发展得全面起来。但不应该因为自己认识几个字就骄傲，藐视老师；因为藐视的结果，老师就会感到他的艺术不被你重视，你还没有了解到他的艺术的可贵，自然他也就不必去枉费精力。几年的时间很快就过去了，而你却什么也没有学到。

直到现在，北京有很多名演员，仍然连自己的名字也签不上。在老一辈的演员中，这是比较普遍的现象，因为过去的社会，演员没有学文化的机会。但今天，国家和人民并没有因为他们不识字，签不上名，就否认他是个名演员，否定他在戏剧上的成就和贡献。实际，在戏曲这个专业上，他是专家，他有一套为别人所没有的本事，在舞台上他能来，来得好，而很多人就不能来或者来得不好，就凭着这一点，群众就热爱他、尊敬他。

拿我们以前学戏来说，老师傅教戏，也从来不讲什么道理，特别是当时的词句又是文言，老师也不一定每个字都懂得它。但老师就能教给你，应该怎样去唱、去念、去做；假如你错了，老师就要纠正，直到对了为止。可见尽管老师讲不出更多的道理来，却能在教学中辨别学生唱、做上的正误。我们以前学戏，几乎全都是先会做了，做对了，以后渐渐地再随着年龄的增长，知识、生活经历的增长，才逐渐地体会、理解到戏曲中的很多道理。

所以戏曲里很多东西是有道理的，不过由于过去一辈辈口传心授，传来传去，就只知道该这么做，至于为什么这样做，却不是都能谈得出个道理来的。但它有一套较为完整的理论和体系，这是可以肯定的。

青年演员学戏，求知欲很切，对戏曲中的一举一动都想知道，问个来源、根据，这是好的。但必须了解很多问题老师不一定马上就能回答出来；有时有的青年学员提出很多问题把老师问得很窘，以后就对教员失掉信任，觉得向这个师傅学不了东西；或者只要讲不出道理来，就对这个动作表示怀疑，这都是很错误的。当学生对教师失掉信任时，很难想象，他还会把戏学好！

有这样一件事：一个青年演员向师傅学戏，在学唱腔时有一个字应使高腔，但学生因为唱不上去，就想了个办法考老师："这个字该怎讲？"老师一时答不出来，他就建议改一个字，走低腔。当然，这里的问题不是老师傅错了，他是按过去所学的传授；要改，只是为了学生唱不上去。我以为这就是这个青年仗着有些文化，在学习上逃避困难技巧的锻炼。像这样的学习，当然也很难学好。

青年演员，既然要向老师学艺，就要安心，要信任老师；先不用去管老师有没有文化，也先别对一踢腿、一下腰都要追究它的含义，或者还没有学习就想到要改。你先就采取老师怎么教，你就怎么学的办法，把方法、规矩掌握了，路子走对了再说。这并不是说文化不重要，但文化应该是帮助演员认识事物，分析事物，研究剧中人的性格、他所处的环境等，假如演员学了文化只是为了骄傲，或者为自己的撒懒找借口，那么也可以说他的文化没有学好！

1949年，我看过一个青年演员"拿顶"。他没有能坚持到一定的时间就放下来了，老师要求他严格一些，自然态度就比较严厉。我以为老师要求得严格是好的，也是必需的，否则马马虎虎来一下，就很难谈到技术锻炼。但这个学生首先不是考虑到自己的功练得不好应该怎样，却就老师的态度批评起来，三言两语就把老师吓回去了。这种情况在我们过去学戏时也是不容许的。像这样老师早就不客气了。当然现在大家可以提意见、批评，同时也废除了体罚。但这样，青年演员学习更要自觉，更要随时都想到怎样才能练好，不要放松自己。假如演员看重艺术，想到老师是为他好，对他负责任，他就不会斤斤计较老师的态度了。凡是成名的演员像盖叫天、梅兰芳先生都是从来不肯放松自己的技术锻炼的。

当然练功是很艰苦的。像《女三战》《杀四门》等戏的武功都很重；这就要求平常练习撕腿、下腰、打把子、伸筋拔骨；最初练时，因为要将筋骨全伸开，由于不习惯，就会非常难受，但必须经过这个阶段。我小时也受过撕腿、下腰、拿顶、翻筋斗等的训练。比如拿顶，先练时胳膊就支不住，但老师就勉强要你支持到一定的时间，支持不到，放下来就挨打。等到习惯一些，能支持住了，老师又将耗顶的时间逐渐增加，总要练到自己立起来了才行，但紧接着又增加了更重一些的功夫如蝎子爬等。

这些功夫练起来虽然很艰苦，但演员必须要练。不练，就只能光看见旁人来得好，自己却来不了。大家都知道蒲州梆子老艺人王存才先生为练跷功吃过多少苦,他的跷是一年四季都不卸下来的,甚至从一个村子到另一个村子去演出,他都绑着跷走。也可以说,跷跟他的生命就分不开。所以一个戏曲演员得到成功,实在不是一件轻而易举的事。

中国有句俗话:"要在人前显贵,就得暗地受罪。"戏曲演员就是如此,假如你要想做一个好演员,要想你的艺术得到群众的热爱,有一定的成就,那就要勤学苦练,要付出巨大的劳动才能换得,这里,绝没有偷懒、取巧就能成功的!

尊师和勤学苦练,是青年演员学习中最重要的两个方面。

谈到这里,我也可以给你们举一个实际的例子来说明尊师的重要性。

在《临潼山》这出戏中,老师傅演秦琼。当秦琼被打败了,他有这样一个身段:先下腰,接着是一个鹞子翻身把头上戴的盔头甩出去,露出甩发来。这里表演起来是有矛盾的:既然后面要把盔头甩出去,就不能勒紧它;但不勒紧,前面下腰时就容易掉。这个矛盾,老师傅解决得非常好,徒弟几乎把他所有的戏都继承下来了,就是这一点来不了,而这又是老师的拿手戏,这一点没有学到手,就是没有把老师最精彩的东西继承下来。徒弟向师傅请教了很多次,师傅就是不告诉他。因为这是他自己想出来的"窍门",师傅想道:我什么都传授给你了,再把这一点窍门也给你学了去,你就会比我强,因为徒弟正是年轻力壮的时候。于是若干年过去了,直到后来老师病得很重,徒弟又去请教他,但这时老师已经没有力气给他说了,只叫他去问师娘。以后徒弟又向师娘请教,师娘却老是不慌不忙地"等我想想"。一想又过了很多年。一直等到后来师娘觉得徒弟待她实在不错,才把"秘密"告诉了他:"盔头不要勒紧,下腰时把牙咬起来,头上两边的筋就鼓起来了;等翻上来后,再把牙松了,盔头就可以甩出去。"道理可以说很简单,而且这里说的也只是个"窍门",但这个简单的道理要是自己去琢磨就很费时日。当徒弟得到这个"窍门"时,他在舞台上最好的年龄已经过去了!

老师傅们常常有很多"绝招"和他自己精心创造的表演技巧,虚心求教就会使青年演员学习和继承到很多好的东西,这对一个演员的发展将有很大的好处。有时即使这个老师并不知名,或者过去虽然红过一时,现在由于某些条件限制只能演演配角(或者是一个不会表演的乐师），但也往往由于他们过去曾经和很多名演员配过戏，合作过，他们的见闻就很广，如果学员很虚心，尊敬他们，只要他们能指点一下：过去什么人演这儿时怎样演，那对青年演员就会有很大的启发和帮助。所以一个演员，只要处处都很虚心，他就可以到处都找到师傅。

但任何师傅都只能是教给我们方法、原理，至于究竟做得怎样，却是演员自己的事，功夫如何，老师是不能上台代替的。所以戏曲界说："师傅领进门，修行在个人。"如果不肯下功夫，不肯钻研，就是拜了名师也仍然不可能有所成就。戏曲要求演员每天都要练功，而且要恒久不断。即令是功夫根底已经很好，也成名了，对基本功的练习仍然不能搁下。因为技巧的锻炼总是"不进则退"。我国武术中说"久久为功"，也是这个意思。

过去我们练功，师傅要求很严，一天也不能间断，特别是暑伏天、三九天的练唱，更为重要。过去戏曲行里有这样一句话："夏练三伏，冬练三九。"武术中也说："春缓、秋收、冬夏练。"可见这两个季节对练功的重要。按我个人的体会，我觉得这是很有道理的：夏天天气热，人的筋骨全松弛了，好练；冬天天气冷，筋骨都收缩了，如果坚持不断地练习，把收缩的筋骨练得伸开来，这就有了功夫。所以这两个季节，过去认为是最出功的时候。

我最近听说有的戏曲学校和训练班，也和普通学校一样，每年都有寒暑假。暑假两个月，寒假两个星期，这样就把最出功的季节都放掉了。我认为适合于一般普通学校采用的寒暑假制度对戏曲学校、戏曲训练班来说就不合适。这个问题很值得我们考虑。

同时如果计算一下每年放假的总时间（包括寒暑假及四十八个星期天以及节日、假日的休息等），我们就会非常惊奇学生一年有四个月的时间可以不进行练功。这个数字是可观的。我以为在练功上这样间断，就很不容易培养出人才来。因为学生在校时，刚练出来一些功夫，筋骨也伸开了，但一间断，特别是十天半月一搁，回到学校，十成功夫可以说只剩了两成，又得重新拾起来，这对于老师和学生都不是很方便的。更何况"三天打鱼，两天晒网"就很难谈到技术锻炼。

下面我想和大家再谈一谈演员如何和观众见面的问题。

按照过去科班中的规矩，青年演员总是从跑龙套演起。就连梅兰芳先生和我，还有我们京剧的已故的名演员王瑶卿先生，也全都由开场戏唱起，再慢慢地发展到大轴子戏。

这样按部就班的发展对演员有很大的好处：

首先，演员如果能穿着那一身衣服上台，在观众面前走走，而且走起来不僵，这就需要锻炼，这时先跑跑龙套就非常必要。等到对服装、舞台都熟悉了些，就可以开始唱唱配角或唱唱开场戏。这样，观众对你的要求不会太高，演员也可以胆大一些，老老实实地怎么学就怎么唱。要是偶然观众鼓了个掌或叫了个倒好，还可以平心静气地研究研究是怎么来的；即使有倒好，也不至于太伤自尊心。

同时先演配角还有一个好处，就是可以向很多名演员学习到很多东西；他哪儿有一个身段，这个身段怎么来的，为什么就好；别人为什么来得不对，这样在台上就有了比较，有了辨别。日子久了，这个身段、动作也就记住了，以后自己演戏时就可以运用进去。

有很多青年演员轻视配角，不愿意给人配戏，只愿意一上来就演主角。这是因为没有把戏剧事业看成一个整体，同时也把演配角看得太容易。其实要演好配角也是很不简单的。我有一次唱《碧玉簪》，刚好碰着赵桐珊先生给我配戏。他刚一上场我就感到他把情绪也带上来了，使我演起来觉得有了很好的帮手和衬托；那一场戏，他就得了观众的很多彩。实际配角也有配角的戏，演员要是忠实于这一个角色，用心去钻研它，他也可以唱出很多好来。

过去演戏，演员没有挑角色、争主角的权利。后台看你只够演配角、唱开场戏，那就只给你唱配角、唱开场戏。因为他要考虑到演员的演技，是否能达到观众的要求，是否能压得住场子，要是压不住，演员出台以后，观众全走了，剧团就会在观众面前失掉信赖，这不仅影响了剧团的收入，就是对演员的情绪也会有所损害。

但是当演员逐渐熟悉舞台，熟悉了观众心理，在第一出戏中唱得很稳，他的艺术达到一定的水平，开始被观众所承认，被后台所注意时，他就可以从第一出戏逐渐地唱第二出，以后再继续发展到唱大轴子的戏。一个演员主要是由观众来给分，给的多少，就完全要看自己真实的艺术才能如何而定。这里来不得半点虚假。没有真本事，就是争取了主角，争取了大轴子，观众不承认也同样不成。

北京戏曲学校有一个女生，学了五六年戏，最近上台演出效果不好。结果，谢幕时，观众就一边鼓掌，一边教育她："你还得好好努力呀，演戏不是那么简单的，不要把艺术看得太容易了！"当然，这是新社会观众才这样原谅青年演员，对她仅仅来了一次善意的劝告；要是在旧社会，观众早将果皮掷到台上来了！

为什么会产生这种情况呢？这就是青年演员把唱主角、唱大轴子戏看得太容易。她总认为拿青衣戏来说，已经学了不少了，为什么同班同学有的就分配唱主角、唱大轴子，我就不能？我学得也不见得比别人就差呀？所以她就向学校提意见，内部彩排时，台下全是熟人，她还能沉住气；父母兄妹还给她鼓了掌。当然，如果按父母亲来说，她一举一动就是做得不好也全能原谅，因为他俩觉得实在很难为她了！但在剧场，情形就不同了，下面一二千观众一个也不认识，大家的眼睛全瞧着演员怎样做。结果锣鼓胡琴错一点儿，演员就弄得张不开嘴，愣住了。这种情况就是因为演员没有经验，一个有经验的演员，即令是锣鼓胡琴错了，也可以想办法挽救。所以如果这个演员是一步步地来发展自己，从担任配角开始，积累了比较丰富的舞台经验，这个现象也是可以避免的。

演员上台，应该尽量避免出错，这就要求能按部就班地去锻炼自己。逐渐做到有把握。但假如已经出了错，那就要求以一种积极的态度来从失败中吸取经验教训：寻找失败的原因，更加努力学习，下次再来，一定要叫观众看了满意。要是这样去想、去做，那么他就会成为一个有出息的演员。但是如果从此怕了观众，也不吃饭了，也不练功了，那就可以肯定地说，他的艺术只能到此为止。

戏曲对演员的要求是多方面的。除开上述各方面的情况外，青年演员还必须注意身、心的修养，使自己在这两方面得到正常的、健全的发展。特别是十三岁到十六七岁的青年演员，正是经历着从孩童到成人的发育时期，演员这时在身、心方面的发展、变化都很大，就更要注意自己的生活起居、饮食，尤其是注意自己的操行。如果发育不好，保护不好，嗓音和外形都可能要受影响，而这两方面正是戏曲演员最重要的本钱。没有嗓音和外形，不适合于做演员，那就只好改行了。这一点，在外国的舞蹈学校中也是同样的。

戏曲表演艺术的基础

——在山西省第二届戏曲观摩会演大会的讲话

近年来，全国各地普遍地展开发掘传统剧目工作，在戏曲舞台上已经出现了许多失传多年的优秀名剧，通过这些剧目的演出，不但培养了很多青年演员的表演才能，特别值得重视的还有许多位名老艺人的精湛表演技巧，又活灵活现地展示在观众的面前了。这一来既使观众眼界一新，也使青年一代获得了广泛学习的机会，对我们继承挖掘传统表演艺术工作，也有极大帮助。

过去曾有一些同志不了解中国戏曲的特殊规律，认为中国戏曲的特殊表现形式，都是形式主义的东西，以此推理，于是认为艺人的舞台经验，也不过是拼凑了一些固定套子，似乎并不值得注意和继承。

近几年来，全国各地的名老艺人们，在党的关怀照顾之下，他们的觉悟也大大地提高了，许多人都参加了发掘传统剧目的演出，使人们又看到许多从来没见过的精彩技艺，从"唱""做""念""打"各方面来看，他们的确掌握了不少的独特技巧与经验，因此才使大家对老艺人们的表演艺术有了新的评价，轻视传统的思想大大地被克服了。这一来也引起了青年一代对他们的重视。现在大部分人一致地肯定：如果要发掘传统表演艺术，只有向老艺人们所演的戏中去寻找。很多精彩的技艺，丰富的知识与经验，全保留在仅有的这些位名家身上，我们应当赶快地虚心向他们学习、请教。不然的话，这海洋般的宝贵遗产，是逐渐会被带到地下去的。

有人可能这样想：我们很愿意向老前辈虚心学习，我们也知道他们掌握了很多表演艺术的特殊手段，可是戏曲表演的特殊手段究竟是什么？我们应该怎样学习才算继承了传统呢？

现在我想就京剧旦行的表演艺术，也是我四十年来舞台实践中的一些肤浅体会，介绍出来，以供参考：

中国戏曲的表现形式，基本上是一种歌舞形式，它是要通过综合性的"唱""做""念""打"的手段，在固定范围的舞台上反映历史的或近代的广阔生活，给观众一种美的感觉的艺术。因此表现这种反映生活的手段——"唱""做""念""打"就需要具备一套完整的技术，也即是程序，不然的话，就无法深刻而又细致地表现人物、刻画人物的性格，表达复杂的剧情和复杂的人物关系。这套程序它并不是某几个人凭空想出来的，而是千百年来历经我们祖先——前辈艺人在不断的舞台实践中，通过丰富的想象力、千锤百炼，逐渐创造出来的。这套程序的形成，是它们从表现简单生活内容进而表现复杂的生活内容的一个长时期艺术实践的结晶。

任何一种艺术，它不可能不是从生活中提炼出来的，我们常说："生活是艺术的源泉，艺术不能违反生活的真实。"这个论点非常正确。可是在我们戏曲表演艺术里，有许多技术，除了来自生活以外，还有从古代民间舞蹈、宫廷舞蹈、武术、杂技、绘画、雕刻等艺术以及飞禽走兽、花卉草木等各种自然形态中吸收的东西。经过提炼加工，这些东西，自然与我们生活中的自然形态是不一样了，因而对丰富我们戏曲表演的技巧是有很大帮助的。

因此，我们可以这样说：我们戏曲表演艺术中的程序，是对生活高度的加工，与生活中的自然形态又有很远的距离。那么我们演戏所表现的却是古今人物的生活，这岂不是有矛盾吗？从理论上来讲，我想引阿甲同志在文化部第二届戏曲演员讲习会讲课的几句话来说明一下：

我们的舞台艺术，程序技术，总的来说，都是从生活中提炼而来。它是依据生活逻辑，又依据艺术逻辑处理的结果。所以运用程序时，并不能从程序出发，而要从生活出发；并不是用程序来束缚生活，而是以生活来充实和修正程序……生活总是要冲破程序，程序总是要规范生活。这两者之间，老是打不清的官司。要正确解决这个矛盾，不是互相让步，而是要相互渗透，从程序方面说：一面是拿它做依据，发挥生活的积极性，具体体会它的性格，答应它的合理要求，修改自己不合理的规矩，克服自己的凝固性；从生活方面说：要克服自己散漫无组织、不集中、不突出的自然形态。要求学习大雅之堂的斯文驯雅，但又要发展自己生动活泼的天性。不受程序的强制压迫，这叫作既要冲破程序的樊笼，又要受它的规范。生活和戏曲程序的矛盾是这样统一的，它们永远有矛盾，又必须求得统一。统一的方法，一句话，就是以现实主义的创作方法来对待生活和程序的关系，这样才能使艺术真实和生活的真实一致起来……

如果我们从演员的角度来要求，就是要掌握技术。只有掌握了最根本的技术，才能表现生活，才能把生活提炼为艺术。

凡是作为一个戏曲演员，他就应该掌握这套技术，通过技术来表现人的心情、性格和思想，借以塑造人物，这是戏曲艺术的特殊手段，没有这种手段，仅凭着内心体验和一个人的生活经验，是上不了戏曲舞台的。要想掌握这套技术也不难，没有别的办法，只有经过严格的身体锻炼才行。

戏曲表演的手段，包括非常丰富的程序（也可以称之为套子）。生、旦、净、末、丑各个行当的动作，虽然大同小异，但又各有一定的格式。比如一举手、一投足，也都各有它的规律。再如表现武打的有长靠短打的程序，骑马有骑马的程序，坐轿有坐轿的程序，站有站的程序，走有走的程序，举凡表现喜、怒、忧、思、悲、恐、惊等感情，也全提炼为一套完整的程序。甚至为了要加强表现力，把身上的穿戴、随身佩带的物品都可以利用来做辅助性的手段，比如髯口、发、纱帽翅子、翎子、扇子、衣襟、水袖、帽子的飘带、手帕、线尾子、辫穗子等，都可用来做表演的手段，自然也需要一套程序。所有这许多种程序，全是为了表观人物、塑造典型美的。既然程序是为了表现人物、塑造典型美的，如何才能给人以美感呢？那就只有对这些程序的姿式，要求它的高度准确性了。一个演员怎样来掌握程序的准确性，我想除去有必要把自己的身体训练得柔软灵活，有敏锐的节奏感以外，举凡一切技术包括舞蹈、武术、杂技、剑术、歌唱、朗诵许多科目，都要有功夫严格地锻炼。过去学戏的人，从幼年八九岁起，就开始不间断地锻炼着，直到他中年成了名以后，仍然不敢歇下他这套功夫。

戏曲界有一句常用的术语："四功五法。"这一句话，差不多戏曲界的人全知道，可是仔细去研究它的却不多。四功五法，包括的意义很深很广，它总结了我们戏曲艺术各方面的成就，教导了我们如何练习基本功，也告诉了我们怎样进行创造角色、刻画人物。我们既可以把它看成是一种"定型化"的死套子，也可以视之为一种现实主义的表现手法。一个戏曲演员只要能掌握住它，把它灵活运用起来，对自己艺术上的发挥，真是无往而不利的。

什么是"四功五法"呢？1956年我在中央文化部举办的第二届戏曲演员讲习会上谈过一点梗概，现在想补充一些：四功是唱、做、念、打。五法是口法、手法、眼法、身法、步法。这本来是戏曲表演老一套的方法。虽然各地的艺术家们全都有自己的一套方法，但是总离不开这个范围。说起来"四功五法"很简单，可是一个演员要真能掌握它，那是极不容易的，因为它包括演员的全部基本功夫在内，是无尽无休的。现在一般青年演员里边，四功具备的人的确不多见，如果一个演员具备了四功，再把五法配合得好，那就可以称得上是个全才了。四功五法中，每个细节都有不少的学问，细致地研究起来，就可以看出先辈给我们留下的遗产是多么丰富了。

"四功五法"相互配合得好，就能完成塑造人物、刻画性格、表达复杂剧情和复杂人物关系这一完整的戏曲艺术任务。但是许多演员，唱得好的，武打不一定好。念得好的，不一定能做。会做的，不一定有武功。很难找到一位全在水平以上的全才演员。

唱　功

作为一个戏曲演员，必须刻苦钻研、勤学苦练，不然就没有法子精通全部技术。譬如说唱功。一样的戏词，看谁来唱。有功夫、有研究的人，就能唱得既好听又能感动人。像过去京剧的开场戏《珠帘寨》经过谭鑫培老先生一唱，就把戏给唱活了，结果可以唱大轴子。所以说，唱要唱得"字正腔圆"，也要唱出个道理来。唱也不能一丝不变地怎么学的就怎样死唱，要有吸收；我们戏曲的唱腔，向来是不反对吸收的。不吸收，从哪里创造新腔呢？虽然讲吸收，但是不能把人家的腔调搬过来硬套在我们的戏里，我们要融化别人的腔调来丰富我们的唱法。我这几十年的演唱中，新腔很多，我听见任何好的、优美的腔调，全把它吸收过来，丰富自己的唱腔；梆子、越剧、大鼓、梅花调、西洋歌曲我全吸收过，但是使人听不出来，这就是我虽然在吸收其他剧种的东西，可是我把它化为我们京剧的东西来运用，使人听着既新颖，又不脱离京剧原来的基础。

戏曲演员有这样一句话："男怕西皮，女怕二黄。"说明男女声在西皮、二黄的唱法上有它需要刻苦钻研的地方，值得我们注意。

我体会到生、旦、净、丑各行所唱的板头是一样的，腔调相同。这种论点，过去还没有人这样谈过，因为前辈艺人们给我们留下的几套唱法，是浅而易懂的，就以青衣的西皮、二黄、反二黄等戏而论，只不过是那五个大腔。老生、老旦所唱的也是同青衣的腔调唱法一样；因为调门不同，唱出来高低就有一些小变化，只是花脸唱反二黄的时候还比较少。所以不论哪一行的角色，会了自己的，慢慢把别的行的调子也会唱了，我的体会就是这样。过去谭鑫培老先生把腔调掌握得灵活了，所以他就创造出"闪板""耍着板唱"等妙处。之后，我就根据这些方法，也研究出许多唱腔来。

在四功中，唱功居第一位。五法中的口法也居第一位。可见戏曲艺术中歌唱的重要性了。口法的运用，当然对念白也是相当重要的。过去演员们学戏，首重唱功，科班培养学生们技艺，也是对唱功特别注意的。

现在有些人，他们只认为做功戏可以表达感情，而不知唱功戏也能表达情感。比如有些唱功戏，像《三娘教子》《二进宫》《贺后骂殿》这类戏，也看谁来唱，虽然同一工谱，有修养的演员，在唱的时候，把人物当时喜怒哀乐的情感，掺蕴在唱腔里面，使唱出来的音节随着人物的感情在变化，怎么能不感动人呢！

我们要研究唱腔，自然这里也有一套细致的学问，从技术方面来讲，比如唱法之中，吐字自属重要，四声也很重要，还应当辨别字的阴阳，分别字的清浊，再掌握住发声吞吐的方法，然后探讨五音（唇舌齿牙喉），有时亦应用鼻音或半鼻音。懂得了这套规律，吐字的方法庶几可以粗备了。

此外，行腔要和工尺配合起来，京戏、昆曲、地方戏虽各有不同，但行腔应按节度，又要在均匀之中含有渐趋紧凑之势，免呆滞，这一规律，却是一理。研究行腔，一定要学会换气，换气并不是偷气，行腔而不善换气，则其腔必飘忽无力，不然也造成竭蹶笨拙，使人们不可卒听了。但是，这里还有一件事最重要，应当提醒注意，那就是我们一定要为剧情而唱，决不可老记住某一句花腔在台上随时卖弄。

当然我们讲唱腔应当为剧情服务，可是一个演员在台上干巴巴地唱戏词，也会把观众唱跑了的。所以我们认为唱得好的人，他既表达了剧情，也掌握了"韵味"。怎样才能使唱出来的词句有韵味，使人听着既好听又容易懂呢？那就只有在唱腔的轻重缓急、抑扬顿挫上下功夫了。譬如，轻可以帮助声音往上挑，重可以帮助声音往下收，怎样吸足了气再吐出来放音，怎样又归丹田发音，为什么要用嘴唇收放，为什么又需要舌音，哪个字应用脑后音，哪个字要用牙音等等的具体咬字发音问题，是一个专门性的课题，这里不能详谈，总之，不论哪门学问只有凭着一边学习，一边实践，不断地练习，不断地琢磨，下定决心像择线头那样耐心地去钻研，才可能逐见功效呢。

做　功

做功即所谓做派，是四功之中与唱功同样重要的一个部分。凡是掌握做派的演员，不论是生旦净丑，在他们的演出中，就能把剧中人物的身份、性格和心情表现得很好、很真实，不但表达了剧本的规定情景，帮助了剧情的发展，同时还能感动观众。不能掌握做派的演员，他们表演起来，就会让人感觉索然无味。

演员的做派，也应当按照一定的规律来处理的，做派有它一套很复杂的程序，这套程序是随着中国戏曲舞台"出将入相""打上送下"的组织形式产生出来的。所以这套程序是一种非常细致的技术，它要求演员在台上的动作一切合理，而一切又要像真的。譬如：坐有坐相，站有站相，看有看法，指有指法；以桨当船，以鞭为马，上楼下轿，开门关窗，观星赏月，采桑摘花，等等，怎样叫它既像真的而又美观？这除去演员对特定情况下的人物有所体会外，主要的还是要看掌握这套程序的技术如何。运用艺术的美如《花蝴蝶》的水战，浮沉撑拒，舞台上虽然不是长江大川，而演员做起来宛如在激流奔腾的水内战斗；《三岔口》的摸黑，舞台上并没真的暗如黑夜（灯光暗转的处理手法另当别论），通过演员的做派，观众就会感到这场夜斗的紧张场面，而忘了台上还有明晃晃的灯光；《南天门》的走雪，通过演员表现出来的瑟缩战栗，虽然无雪，却使人相信他们行走在朔风凛冽的冰天雪地之中；《御碑亭》避雨时的跑步圆场，演员运用了几个滑步，使人就感到道路泥泞、步履维艰的情况；《孔雀东南飞》的织绢，演员坐在一张绷着白布的椅子面前，双手传递那只织绢的梭子，观众就会承认她双手不停地在那里勤劳工作着。这些都是通过演员的做派使观众明白他们是在做什么，处在什么环境之中的。

当然，这套技术要靠演员去表演了。况且一人有一人的特点，一技有一技的妙境，不能一概而论的。但是"假戏真做""装龙像龙""装虎像虎"，贫贱富贵形象都要演出来，这是对每一个演员基本的要求。

戏曲表演要"贵乎真实，而又不必果真"。这是一句老话，很有道理。戏曲本来是假的，但于假之中却能见其技艺之精，超乎像真。倘若处处求真，势必减少演员的技术，反而失掉表演的精神，何况观众看戏原在通过技艺看到内容，从而感受到知识与学问。因此，我们必须要求演员表演时"形容见长"，做派微妙。

当然，一切做派的身段姿式，一定要根据剧情规定的人物来处理，绝不是掌握几个死套子在任何戏里往上一套就行了。同是旦角的戏，王宝钏的身段，就不能用在王春娥身上。薛金莲的风度气魄和穆桂英也不能一样。如果再细致地分一下：《三击掌》的王宝钏，和《别窑》《武家坡》《算粮》《大登殿》的王宝钏在动作上就不能不有区别。因为相府的小姐，新婚后的少妇，自食其力十八年的中年妇女和做了娘娘的贵妇人，身份不同了，年龄变化了，生活的遭遇，当时的心情全不一样了。你把《三击掌》王宝钏的身段用到《武家坡》《大登殿》的同一王宝钏身上，能够协调吗？因此，我们可以得出这样一个说法来：凡是人物的身份、年龄、出身、性格、遭遇不同，就不能硬用同样的身段来表现他。

我们讲做派，首先要掌握这是"谁"，他是怎样一个人物，处在什么样的环境之下，再给他设计合情合理的身段。接着，就可以研究技术上的具体表现问题了。比如京剧青衣，表现哭、笑、一招手、一摇头等小的身段，也要掌握到分寸，当然我们完全承认戏曲表演的动作是既夸张又集中洗练的艺术，可是夸张并不等于"过火"，因此，我们不论使用任何身段能够做到十分之七的真实也就够了，倘若全做到十分之十，就显着过火了。花旦也是一样，稍微过火一点，观众看着就成了彩旦了。

戏曲界的老前辈曾告诉过我们说：不论任何戏的做派，全不要"见棱见角"的，一切要"含而不露"，"动中有静、静中有动"，要用心里的劲来指挥动作，硬砍实凿地做，反而不美了。动作的"美"——漂亮，对表演的好坏，关系是很重要的。可是如果我们单纯从"美"的观点出发，不管剧情，乱来一阵，也是不对的。常见有些演员表演走边时，就不很恰当。走边本来是表现某些人物在黑夜之间偷偷摸摸地前去窥探某件事情，行刺某些贪官污吏的机密行为，表现起来，本应当表示出轻手蹑足，非常机智敏捷地向前急走。当然一个演员在台上也不能只是表现绕圈子走路。他出场后，必定要紧紧衣巾，检查检查随身武器配备的松紧，走起路来因为天色黑暗，如何辨识路径等，也就够了。盖叫天先生在这个动作里创造了极其丰富的身段，集中突出地表现了夜行人紧张敏捷的姿态，"老鹰展翅""飞天十三响"等优美的姿式，使人清楚地看出人物在黑夜间的分荆寻路，以及检查行装等战斗前的准备工作。可是有些演员却没很好地理解走边动作里的最高任务；他们只求花哨、热闹、俏头、突出地表演了"飞天十三响"，像练把式的大汉一样，噼噼啪啪地把身子乱拍一阵。

梅兰芳先生的《贵妃醉酒》，他塑造出杨贵妃这个典型人物形象，国内外的观众一致肯定他的创造，这是无可否认的。我们光从他掌握杨贵妃这一人物的"身份"上来看，就值得很好地向他学习。从整个《醉酒》这一出戏来看，梅先生对杨贵妃的身份刻画得非常有尺寸，他把杨贵妃的流丽风度，蕴含在端庄的神态里面，每一个动作，一招一式，全不失贵妃的端庄。虽至后来杨贵妃酒意已浓，醉态显露的时候，他所运用的一些身段，如接驾的跪倒，衔杯的翻身，也和前场嗅花的卧鱼等身段一样，毫不紊乱地掌握了一定的尺寸与速度，不论她心情如何地激动，动作如何地复杂，我们从他头上凤冠挑子的轻摇微摆上来看，就可以看出剧中人稳重的身份来了。这样刻画历史人物的手法，是多么细致深刻啊。可是，这种细致刻画人物的地方，的确有许多人是做不到的，也不懂得。我看过许多演员演这出戏，大半是在舞台上"活泼"得过火了，不是表现得醉态过火，就是流丽得过火，还有些演员刚一出台，酒还未饮，人已醉了。具体反映在演员的动作上的，主要是脚步乱，头乱晃，凤冠上的挑子左右乱摆，不时打在自己的脸上，这样使人看起来，就很不合乎一个贵妃的身份。

我们演古典戏，想细致地表现某个人物的身份，的确有必要了解一下当时的历史情况，对当时的一些礼法制度，也应当懂得才行。就以凤冠上的挑子来说，它就和封建时代一般妇女耳上戴的艾叶钳子有着同样的作用，艾叶钳子很长，垂在耳下，摇摆在脸的两边，看着是一种很美观的装饰品，其实它的原意并不单纯地是为了美，而是一种限制妇女自由所采用的自我管制的刑具。穿上宫装、戴上凤冠，如果你想左顾右盼一下，也不能稍有自由，否则凤冠上的挑子，会打在你的脸上，给你敲一下警钟。民间妇女的艾叶钳子也是一样。被这样刑法限制了几千年的妇女，她们已然产生了一种下意识的感觉习惯，封建旧礼法还美其名说，"行不动裙、笑不露齿"，才称得起妇女的端庄典雅，有闺范美德呢！生活在这种社会里的杨贵妃，能够不懂得这样的礼法吗？穿上宫装、戴上凤冠，她的头能够像拨浪鼓似的左右摇摆吗！这样表演，就违背了历史人物的生活真实了，也不符合杨贵妃的身份。

新中国成立前，由于反动阶级对戏曲艺术的摧残，许多演员走了弯路，对艺术的刻苦钻研大大放松了，因而舞台上的做功戏，不如老一辈的好了。新中国成立后，在党和政府的培养教育下，艺人们才逐渐重视起来。在恢复这套遗产的过程中，却产生过一种争论：曾经有人否定表演艺术中的程序（做派中的套子），认为这是一种纯形式的东西，不能结合内容，有的演员被这种言论吓住了，对自己学会的这点东西，产生了怀疑。有一个时期观众也普遍感觉到舞台上的做功戏太少，许多演员身上太没戏了。有些个演员在舞台上的身段很贫乏；不用说一出场的正冠、捋髯、摸鬓角等姿式表现得模糊，就是一个亮相的静止塑造，背躬的以袖侧面、胳膊抬起来的架式，也怕人家说没有生活根据。这样的表演，当然使人感到没有"做派"！其实这些意见，只是某些自命"内行"的人们提的，虽然他们的话并不代表什么方向，可是在戏曲界的确引起了不小的波动。

中央文化部从1955年起在北京已然举办了两次全国戏曲演员讲习会，1956年和1957年4月间又召开了两次剧目工作会议，不论从讲学上、会议的指示上，一致指出继承并发展传统表演艺术的重要性，说明党的戏曲政策从来对传统表演艺术就是重视的，至于个别人轻视传统表演的言论，应当由他们自己负责。

在这里（山西省）参加戏曲观摩会演将近一个月了，看到了许多精彩的表演——也就是做派，阎逢春先生在《杀驿》剧中，表演了"翅子功"的绝技，我认为很好，很恰当。因为他把"耍纱帽翅子"这个技术，运用在结合人物思想变化上，不但不会给人一种单纯技术卖弄的感觉，而且由于他运用得有分寸，对人物心理状态更能强烈地反映出来，突出表现了人物的精神面貌。我认为这种技术在做功里很有深入研究的价值。张庆奎先生在《三家店》剧中的做派更显得层次分明。比如他扮演的秦琼头一个出场（当时秦琼被靠山王杨林调来比武，由王周押解着他由家乡往登州起解），心理是很压抑的，内心燃烧着愤怒的烈火，可是秦琼的性格却是比较稳重的，演员表现出的神态是这样：上场后，态度很沉稳，并没吹胡子瞪眼，或是转眼珠，但是他的眼神是"直着的"，不常"暂闭眼"，使人一望而知他的心里忧抑，虽然外形是静静的，可是心里头充满了复杂的动荡，这种表现人物的手法，在我们戏曲里叫作"静中有动"的做派。秦琼的这种严肃的神态，一直保持到"观阵"的开始。后来他看到瓦岗寨的朋友救援他来了，首先见的是徐茂公，然后是程咬金、尤俊达，因为这几个还不是他理想的人物，引不起情绪上的大变，最后罗成到了，理想的人物来了，登州城可以大闹它一阵了，秦琼放心了，从思想上松下来一口气，马上有了精神，动作也快起来了，神态也舒展了，这种由内到外的表现人物的"做派"，张庆奎做得很有分寸，很有顺序，真是难能可贵的艺术，值得青年同志们好好地向他学习。杨虎山先生的《赠绨袍》，大家看完以后，异口同声都说演得好，许多动作运用在须贾这一人物身上非常真实深刻，这些话讲得很对，可是我们从他的演出中还可以看出一个问题来。杨虎山先生这出戏是新整理出来的，许多的身段做派都是新设计的；过去二十多年前是怎么演的，现在许多人没有见过，即使有看见过的，也大半忘记了。那么为什么杨虎山先生这次演能这样动人呢？在他表现的那些突出的身段上还不都是传统的一套程序动作吗？不错，全是老一套的程序。但他使用得合理，他是使用一些程序来表现人物，不是扮上个人物在表现死程序，这样他赋予死的程序新的生命。另外，我们还应当承认，虽然他运用程序在表现人物，但他对这些程序掌握得非常熟练，别看蒲州梆子的打击乐那么紧张，并没把他催赶得慌手忙脚，在连续不断的复杂动作里，全能一招一式地、清清楚楚地交代给观众，由此也说明他的功架基础是很扎实的。

　　做功不能与技术分别来谈，这和唱功不能脱离板式是一个道理。在戏曲的传统表演艺术中，不论做派的大小，它全有一套固定的程序，这套程序表现在戏曲舞台上就是那样地恰如其分，在这里我只举一个哭的姿式，说明程序动作的优越性。我们经常看到舞台上的人物表现哭的时候（生、旦、净、丑各行角色全一样，不同之处，只是夸张程度的大小而已），总是用右手把左手的袖尖拉在面前，距离眼睛半尺左右远近，左右微微一扯，表示拭眼泪，身子略微向下倾斜一些，这时观众就完全明白人物是在哭泣了（不带水袖的服装如穿裙子袄的、铠甲的，打衣打裤的人物，则用右手抬到眼前，或持手帕举到眼前左右摇动表示一下，观众也明白他在拭泪）。这样的做派，和我们实际生活中的哭泣完全不一样的，自然是假的了，可是观众熟悉它，承认它已久了，这样表现不但站在广场老远的观众也可以清晰地看出人物在哭，近在舞台前面的观众也并未认为这样哭得不真实。反过来看，舞台上也曾出现过一种表现"真哭"的手法，演员很费力才挤出眼泪来，只是前三排的观众勉强可以看到他的眼泪，后边的观众就不知道人物在台上做什么事了。这样的做派，在我看就是自己否定自己的传统表演艺术，既不美观，也没有道理。当然有一种暗示锣鼓的哭是有些过火的，应分别开来谈。比如《玉堂春》才上场的哭与《六月雪》的哭，同是纽丝上，锣头住时用哭叫板起唱的时候，就应表示左右看看自己的枷锁，稍微用脚轻轻顿地一下，再唱，这样做起来又含蓄又不过火，也有了交代，使人看着也很自然。有的演员没有这个过程，出场之后，就大哭一声，岂不贻人笑谈吗？

关于做功的问题，现在就谈到这里，再谈一谈四功中的念功。

念　功

念功又叫念白（说白），如果一个演员掌握不好念白，也是无法把剧中人物的情绪传达给观众的。

念也要念出个道理来，还要念出"韵味"来。"念白"等于我们台下的说话，说话自然要讲语气，念白又何尝不是这样呢！什么情况下应当急念、慢念、气愤地念、忧思地念、悲哀地念、抒情地念，当然要看剧本给人物规定的情景。但是在这几种念法中，更主要地还要看具体的人物，他的具体遭遇，才能决定念时语气的轻重缓急，这样运用起来，就能结合人物当时的感情了。

余叔岩先生在京剧《打渔杀家》剧中，有几句念白，清楚地表现了英雄人物萧恩的感情活动与坚强的性格。那时我与他合作，我演剧中人萧桂英，通过他几句话白，把我念得深深感动，自然而然地进入了角色，引起剧中人的情感来了。剧情发展到这样的阶段：萧恩准备连夜过江杀死仇人丁员外，他心里知道这场事件闹出后，在河下打鱼的生活是不能继续下去了，甚而自己的安危也不能预料。做父亲的本来不想把杀家的后果事先告诉自己唯一的亲女儿，但当他知道女儿决心跟他同去的时候，他就胸有成竹地替女儿安排好出路了。

萧恩：好，将你婆家的聘礼庆顶珠、衣服、戒刀一齐收拾好了！

萧桂英：是。

萧恩（自言自语）：嗯，一同前去么，也好！

这句自言自语的独白，感情是多么复杂。潜台词是多么丰富深刻呀！接着父女俩缓缓地走出了自己的家门。天真、纯洁的女孩子，哪里能够理解到父亲当时在思考什么呢！当她看到他们走后和往常父女外出打鱼去的情景不一样，门忘了关了，她回顾了一眼叫道："爹爹请转!……这门还未曾关呢?"这一句话,给萧恩老英雄是多么大的刺激呀!把一切后果预示给女儿吧,太伤孩子的心。不说吧,又为什么不关门呢?老英雄这时候的心情复杂极了,可是他那种英雄的性格强有力地遏制住了当时的悲哀情绪。

萧恩:这门么?(乍听桂英一问,一惊。念出来比较音高而急)——关也罢,不关也罢(压住悲哀的情感随便地支吾她一下,语气由缓而微下些)。

萧桂英:(还没完全了解父亲的意图,又追问起来)家中还有许多动用的家具呢?

萧恩:哎!门都不关,还要什么动用的家具呀!唉!不省事的冤家呀!(哭)

"不省事的冤家呀!"两句结语,多么深刻动人,难怪说出后,老英雄的热泪已纵横满面了。这是多么动人的念白,如果一个演员不掌握剧中人当时的思想感情,平平白白念这几句台词,他能感染谁?戏又如何出得来呢?我每次同余先生合作这出戏,演到这里,就深受感动,心里不由得产生出角色的感情来了。

王瑶卿老先生是我们京剧界的艺术大师,他在《能仁寺》剧中,创造了活的十三妹(何玉凤)的典型人物形象,这出戏念白的地方很多,通过念白深刻地刻画了十三妹的人物性格。从说亲的一段话里,清楚地交代出爽朗直率、天真灵敏的个性。剧情发展到十三妹向张金凤的父母给张金凤、安骥二人提亲获得二位老人同意后,十三妹心情非常喜悦,自言自语地念出下面的独白:

没想到,三言两语的,这碗冬瓜汤就算喝上啦。老人家答应了,还不知道我妹妹她愿意不愿意哪,姑娘大啦得问问本人要紧。(这时走向张金凤的面前)妹妹,姐姐我做大媒,将你许配那安公子为婚,你愿意不愿意呀?(这时候张金凤把身子微微一扭,不回答她的话)……这有什么,男大当婚,女大当嫁,这是人间大道理,你害什么臊哇!快告诉姐姐我,愿意不愿意?(张金凤还是不语)……可也是呀,人家这么大的姑娘,哪儿好意思说愿意哪!(张金凤低落头还是不理她,十三妹心里稍微地一停,想出个办法来)你不是不说话吗,我有不说话的主意,姐姐的高主意多着哪。这儿有碗水,我在桌上写一个"愿意",写一个

"不愿意"，你要是愿意就把不愿意擦去了；要是不愿意就把愿意擦去了。来，来呀！（随念随用手拉着张金凤擦字）哟！瞧你多坏呀。哪一样也没依着我，单把个"不"字给擦了去了，净剩下"愿意、愿意"啦。——我妹妹也愿意了，还得问问他（指安公子）愿意不愿意哪。哎，好难当的大媒呀。（这时安骥在一旁瞌睡）嚄，好精神，这么热闹，他会睡着啦。——嗨，醒醒啊！

这一段独白，完全是以"京白"的语气念出来的。由于"京白"在发声的轻重高低、抑扬顿挫的气口上，比韵白不受拘束，听起来生活气息更浓厚一些，对表现像十三妹这一类型的人物更能突出地反映她的性格。这一成功的念法是王瑶卿先生毕生的创作。他为京剧旦行在念功上开辟了一条新的路径，丰富了戏曲念白的艺术。

周信芳先生在京剧生行里，是一位最讲究念法的艺术家，看过他演出《四进士》的人们，还可以回味宋士杰与顾读在公堂上那段分庭抗礼、侃侃而谈的大段话白。

信阳知州顾读，他早已闻名前任道台衙门中有一位退职的刑房书吏宋士杰，精明强干，好打抱不平，对他很有戒心。这次处理杨素贞越衙告状的案件，知道杨住在宋士杰家中，甚为惊怒，本想把宋传到公堂，给他个颜色看看，没设想宋士杰毫无畏惧，你有来言，我有去语，侃侃而谈，应答如流地把这位封疆大员逼得对他无可奈何。从下面几段对话我们可以看出宋士杰是如何的一个人物来了：

顾读：宋士杰，你还不曾死啊？

宋士杰：哈哈！阎王不勾簿，小鬼不来缠，我是怎样得死啊！（开始回话就对顾读提出反问的语气）

顾读：你为何包揽词讼？

宋士杰：怎见得小人包揽词讼？（又翻过来反问）

顾读：杨素贞越衙告状，住在你的家中，分明你挑唆而来，岂不是包揽词讼？

宋士杰：小人有下情回禀。（沉着应战）

顾读：讲！

宋士杰：咋！小人宋士杰，在前任道台衙门当过一名刑房书吏。只因我办事傲上，才将我的刑房革掉；在西门以外，开了一所小小店房，不过是避闲而已。曾记得那年去往河南上蔡县办差,住在杨素贞她父的家中;杨素贞那时间才这长这大,拜在我的名下,以为义女。数载以来,书不来,信不去,杨素贞她父已死。她长大成人,许配姚廷美为妻;她的亲夫被人害死,来到信阳州,越衙告状。常言道:是亲者不能不顾,不是亲者不能相顾。她是我的干女儿,我是她的干父;干女儿不住在干父家中,难道说,教她住在庵堂寺院!

多么有力的一段反驳呀!这一段词令,虽然是宋士杰捏造出来的,但是在顾读的面前,他能毫无畏惧地据理力辩,虽是强词夺理,但讲起来有根有据,淋漓尽致,起承转合一丝不紊,无怪逼得顾读只能骂他:"嘿,你好一张利口!"对他无可奈何了。周先生念这段话白,用的是京剧中的"韵白",语气抑扬顿挫,有收有纵,节奏非常鲜明,使人物的思想变化很有层次,把一个有正义感的老讼师刻画得有血有肉,使人一望而知他是个替人抱打不平的正面人物。

杨小楼先生在《铁龙山》剧中饰演姜维,有一段连念带舞的动作。姜维的出场是起霸上,边念边舞:

小小一计非等闲,司马被困铁龙间,庞涓失入马陵道,项羽重围九里山。某姓姜名维字伯约,汉室为臣,奉幼主之命,带领铁甲雄兵进取中原,前日,司马师被某一战,困在铁龙山,昨日夜观天象,见剑光射入牛斗,必有一番恶战,为此全身披挂,整顿貔貅。马岱、夏侯霸听令。……命你二人各带三千人马,埋伏铁龙山后,司马师来到接杀一阵。……天吓!天,若助弟子三分力,管取中原一战成,嘚!大小三军,饱餐战饭,准备器械,听吾一令。

这一段连念带舞的话白,包括的内容很多,开始是介绍出敌我战斗的形势,司马师被围困在铁龙山间了,清楚地表示出战斗的地点。接着叙述了自己的任务和对未来战斗的估计。随即发布命令,调兵遣将,紧接着是诉请苍天的相助,以期一战成功。连续性的话白,配以强烈的舞蹈动作,必须搭配整齐,相互倚重,才能见功。所谓口到、手到、眼到、身到、步到,不能丝毫地间断割裂,这样念起来才有神气。倘若身段不能很好地配合话白,念得多么"尖团分明""抑扬顿挫",也是表现不出神气来的。所以说唱、做、念、打四功并不是截然分开的艺术。

当然,不论念白或唱腔要打算使观众听得清楚,并有韵味,就必须注意把每个字音念或唱得正确，这样才能使听着圆润悦耳。就昆曲谱曲和各位名艺术家编制新腔的方法都莫不根据"阴阳平仄""尖团"的声音，来规定宾白腔调高低的。尖团字并不见于过去的各种韵书，而各韵书却都有尖团字的理论。为了解决尖团字念不清，唱白不易使人悦耳，除在技术方面的"气口""喷口""咬字归韵"等方面需要刻苦锻炼之外，我认为不断地翻翻古韵书中的《圆音正考》，对初学的人也有一定的帮助，再从我们国音字母上的切音方面下些功夫进行一番深入探求，会得到更有益的启发。

打　功

打功也可称之为武打，是四功中技术性比较强的一门学问。武打的套子（挡子）很多，不一一列举，无非是表现各种不同的战斗场面。这些挡子，一定要靠演员的武打技术来表现。不论是陆地战斗，马上交锋，翻江倒海，通过这套技术全能表现得淋漓尽致，使观众惊心动魄，有如亲临战场一样。

打也要打出道理来，虽然武打的套子中，有许多固定的程序，比如两个人交战，打上一个"么二三""扎""兜""磕"，一个过合"漫头"，最后一个"鼻子"，"削头"相互一个亮相，败者退下，胜者耍个大刀花或枪花，追下场。一定要人看明白谁胜谁败，这就是个道理。长靠短打的戏全是一个道理，虽然武戏中还要运用上许多特别技术，如抽个"抢背"，翻个"倒叉虎"，用个"台蛮"，使个"乌龙搅柱"等跌翻扑跳的武技身段，但一定要结合人物的身份，剧本规定的情景，才能显示一下这些本领；如随便使用，看着虽然火爆，但是与剧情毫不相干，就难免人家说你是大卖艺了。记得在北京看过一位女演员唱《演火棍》，开打之后，得意洋洋地对观众搬了一个"朝天蹬"，三起三落。这样就没有道理，岂不是画蛇添足，费力不讨好吗？刀马旦要下场，不论刀、枪，都不应当掏腿。武旦凡闹妖戏才可用掏腿下场。

由此我们就可以看到，舞台上的任何一个动作，运用起来，一定得有道理，不论是如何精巧的技术，如果用得不恰当，到处硬安，就难免脱离情节，造成单纯的技术卖弄了。

大家全熟悉武戏中的"起霸""趟马""走边""追过场"等的套子吧。它也是结合不同的人物、不同的情景表现出具体的内容的。比如说"起霸"，一般运用在一出剧中主帅尚未出场之前，众将陆续上场，做出出征前各样准备和检查自己的铠甲扎系紧结的情况，京剧和地方戏，差不多全是这样。可是用到不同的剧中，就要有不同的分寸，《长坂坡》曹八将起霸，《失街亭》四蜀将起霸，和《铁龙山》姜维个人的起霸，《起布问探》的起霸，由于所处的环境不同，当时人物具体遭遇不同，同是一个套子的"起霸"，就需要表现出不同的气度来。"趟马"也是一样，趟马本来表现骑着马做出奔腾驰骋的种种姿式，《战宛城》的马踏青苗是曹操，《穆柯寨》的行围射猎是女将穆桂英，同是表现骑马，使用一样的姿式能行吗？"走边""追过场"以及许许多多的程序套子全是这个道理，千篇一律地为了表现死套子而不管具体的"戏"和"人"的表演，一定表现不出剧本的内容来，不能称得起是什么完整的艺术。

我们在谈武打的时候，对舞台上常用的一些套子，也需要熟悉一下。这些套子虽然是一些死的程序，可是一个演员（不论是武戏中的上下手），如果不了解剧情，不掌握剧中人的身份、性格和目的，几个人也好，更多的一些人也好，只在台上乱打一阵，那就难免只是给观众一个热闹看，根本不想使人了解这出戏到底是怎么回事。

武打中的一些武功技术，也不能违背这个原理，三张桌子的"台蛮"表现从高楼上跳下来，使人看着既惊心，又合理，可以看出英雄人物的勇敢与胆量，"虎跳前扑"用得恰当，也能使人领略到人物的爽利勇猛，如果这样好的武技随便在任何剧中全要一回，你看它还有什么价值？《三岔口》也好，《雁荡山》也好，所以它能受到国内外人士的欢迎，主要的原因，就是它把一些戏曲中的武功技术，运用到戏里去了，并不是组织几个化装的人物在台上表演武技。

打功也和唱功、做功、念功是一个道理，它们应当为人物服务，主要任务是表现人物，哪一"功"也不允许脱离剧情，脱离人物，脱离主题到台上单纯地卖弄自己的那套技术。

四功的问题，暂时谈到这里。下面谈谈五法如何运用和应当注意的几点。

所谓五法，它是口法、手法、眼法、身法、步法。通称"口手眼身步"，这五个法子，虽然各有各的独立性，但是在舞台上又必须相互为依、互相配合的。我们看一个演员表演上有没有功夫，主要就从他对五法掌握得如何来衡量。张庆奎先生的《三家店》这样受到大家的称赞，就是他在动作上配合得严紧，所以我们看到他手到、眼到、身到、步到，严丝合缝，毫无破绽。如果他不是掌握了四功五法，是不能表现到这个地步的。

我们在舞台上演戏，为什么一切唱、做、念、打全采取夸张的形式呢？主要是为了观众听得清楚，看得明白。就这样还不够，还需要给人一种美感，不能叫人看着呆板或忙乱。讲究五法，就是帮助四功使它完成这个目的。

口　法

五法中的口法，又叫"口诀"，和四功中的唱功同居第一位，唱与口法同是研究如何唱得清楚好听，其中包括应当注意研究的发声，气口、喷口、尖团字、四声五音等专门学问，有的我在唱和念功里大致也介绍了一些，可是这门学问不是短时间一两个报告能够详述的，现在就不去多谈它。这里只谈四法，供同志们研究。

不论是五法也好，四功也好，主要它是要为表演服务的。戏曲表演讲究身段（动作）如何地"顺"，使人看着合适，这和写草书"一笔虎"字一样，不管一笔绕多少圈，总要使人看出线条，有层次，有起有落，有先有后，有的地方虽然墨断了，然而神不断。戏曲表演的每一个身段，如一抬手，一举足，一个探身，一个退步，需要相互对称，有放就应当有收，有开就应当有合，有虚则有实，有宾则有主，欲进先退，欲收先纵，这和太极拳的式子应当是同一规律的，这样做才能达到动作的夸张效果，也能使观众对我们表演的每一个身段的一招一式看得一目了然。当然，只掌握了这项规律，还是远远不够的，为了更进一步使我们表演艺术准确合理，还有一套练习手、眼、身、步的规矩，虽然大半是纯技术性的东西，但对于创造人物，寻求合理化的动作，也有很多参考的价值。

手　法

因为旦行这门我比较熟悉，下面我引的例子，多半是谈旦行的，但是生、净、丑各行的方法与旦行原理也是一样，所不同的地方，只不过在运用时夸张的程度不同。

一般谈旦角的手法为"兰花指"，这样未免过于笼统了。兰花指不错，它不过是一个统称，具体的人物不同，指出来的姿式还是应当有区别的。比如我们从十岁上下学戏，当时年岁很小，身体也很瘦，和演过几十年戏的人比，身体自然不一样。旦行的兰花指，代表一个女性成长的过程。我们表演一个十二三岁的小丫鬟，天真活泼，她好比一个花骨朵，花还没开呢，她表现的指法，虽然也要用兰花指，就应当紧握着一些拳头，突出一个食指来表现出年龄的特点。二十岁左右的少女，花朵慢慢地开了一点，指法的运用就应当表现出含苞待放的形式，与十二三岁小丫头的手势就不能一样了。中年妇女好比兰花全开了，她们的指法就要力求庄严娴美，与二十岁左右少女的含羞姿态又应有距离了。青衣再老即是老旦应功的人物了。老旦的指法，基本上应采用青衣的路子，虽然兰花已然开败了，但她的基础还不应脱离兰花指的范畴，所不同于青衣的，只是老旦的手指指出，应当表现出僵硬些，不仅手指要表现出僵硬，身法、步法也应当配合得一致才能表现出老迈龙钟的神态呢！老旦这个角色，经常是需要扶着拐棍的，扶拐棍也要有一定的方法，例如，扶拐棍时，一定要扣着点腕子，板着腰，拐棍不许探出身子外边去，因为拐棍往外一探，整个上身就要伸出去。板着腰就能显出身子僵硬，这样就符合年老人的姿态了。

我们评论一个演员的表演才能，当然不能孤立地谈论他某一个动作如何，只从技术观点来衡量一个演员。也应当把他的五法联系起来谈。口、手、眼、身、步互相配搭得严谨，做得好，没火气，忙乱时也能控制得自如，不出规矩，才能称为上乘。

眼　法

"上台全凭眼（四面八方全能顾到），一切用法要心中生。"这是老前辈们对用眼法的一句结论。任何好的表演，如果没有"眼神"那是无法把情感传达出来的。

记得小时候学戏，老师教徒弟练眼睛，如转眼珠，把眼珠提上去（气椅时用）等功课，这与眼神还是有区别的，谈情说爱，眉言目语，以至凶眼、狠眼、媚眼、醉眼等，这归眼神；眼神与步法、手法、身法也不能彼此分开的，坐在椅子上耍眼神，手、身、步不给你配合一致，谁也看不出你在做什么，也吸引不了观众的注意力。凡是一切的喜、怒、忧、思、悲、恐、惊等神态，如果眼神不能把它传达出来，你心里如何喜怒哀乐，观众也无法了解，他又如何能和你一起共鸣呢？所以说，一个演员如果眼睛没有戏，他脸上就没有戏，多么复杂的动作也吸引不了观众的。

身　法

身法是五法中的枢纽，身法掌握得不准确，手、眼、步等法是无法衔接起来的。因此，这门学问有承上启下的功用，一个戏曲演员应当很好地钻研它，熟悉它。

老前辈们给我们留下了几个字的要诀，把身法的掌握规律给完整地概括出来了。这几个字的要诀是：

起、落、进、退、侧、反、收、纵。譬如我们用一个身段的时候，怎么样才算符合规律呢？才能使观众看着美观呢？老前辈们总结了几项基本的法则，那就是："进要矮、退要高、侧要左、反要右。"一个动作要"横起顺落"，这样才能符合对称的观点，才能达到表演艺术上所要求的"圆"的规律。

规律也不过就是这几个字，当然要看我们如何领会老前辈给我们留下的真传。自然也要根据每个人不同的具体情况，灵活地运用。盖叫天老先生创造出来的每个人物都好看。只从他的亮相一项来谈，因为他的身材矮小，他把每一个亮相全使高架子，因此不但掩饰了身材的缺陷，反而形成了自己表演上的独特风格。再如现在你们几位找我来研究身段，王秀兰、牛桂英二位身材就很瘦小，我就不能把我采用的办法毫不变化地教给你们，因为我的身体比她们二位胖得多，所以虽然按老规律办事，也要根据具体情况来灵活运用，就是这个道理。当然基本的规律是不能有出入的。再拿"拉山膀"这个动作来说，传统的规律讲究："净角要撑，生角要弓""旦角要松，武生取当中"。这是一个原则，具体运用时，也要根据自己的条件。

身法掌握得好与不好，要看一个演员腰上的基本功如何。不论任何动作都得用腰带动，甚而一个亮相也需要拿腰找，这样才能把握住"三节六合"的适当运用。练腰的具体技术如何学习，各个剧种有它不同的教练方法，这里我不做介绍了。

步　法

"步法"关系着一个演员的"台风"。一个演员没有"台风"，不论你的嗓子多好，念白多么清楚，当你一出台就不能给观众一个好感，你的那套唱做本领是会受到很大影响的。蒲剧老前辈不是有这么几句话吗："先看一步走，再看一张口"，"腰不管腿，腿不管腰，不能算是个会唱戏的"。看，他们对步法的要求是多么严格呢！我们京剧对步的要求也是很认真的，特别对出场的"台风"，更非常重视。我根据自己的实践经验，也归纳出几句话来，可以提出来供大家参考：

就以出场的"台风"来说，怎么样才能使人看着好看呢？当然扮演的角色不同，表现的形式不能一样；可是不论你扮演谁，起码应当叫人家看清楚你的扮相，向观众交代一下你的神态呀。现在我想谈的只是一般旦角正面人物出场的规矩："提顶"（精神立起来了）、（肩膀松下来，全身肌肉松弛）、"气沉丹田""腰脊悬转"。这样就能表现出"台风"来，使观众承认在你还没有唱的时候，身上就有戏，给观众一个基本的印象，然后你再根据剧本赋予你的任务进行人物创造，有什么不好的呢！

这里谈步法，当然我不想罗列那些各种步法的名词，像什么"蹉步""垫步""碎步"等，及身段中那些术语如"卧鱼""探海"等。我现在想就步法中值得注意的地方谈一些意见：

还是根据旦行的步法来谈，步法也应当和手法差不多，使人看出人物的年龄、身份来，十三四岁的小丫鬟，应当使用很活泼的小脚步；二十岁左右的少女，从态度上来要求她，就不应当随便说笑了，为了表现形态端庄慎重，在步法上也要使人看得明白，她走起路来的步法应当是"脚跟起落在脚尖前"，不慌不忙，一步一步缓缓地行动着；出嫁后的中年妇女，大部分是青衣的角色，在步法上就可以比上边说的人物自然一些了，走起路来两只脚的距离就可以过半步了。如果为了表现这个人物的庄严仪表，如戴着凤冠的人物，那在过半步的脚步上，起脚时稍微把脚撇一点，上下就能相称，庄严的神态也自然流露出来了。

有人会这样想，闺门小姐讲端庄流丽，如果照上面所讲的二十岁左右的少女走起步法来要脚后跟随着脚尖，那岂不是只见端庄，看不出流丽了吗？我们应当知道，凡是一切动作全是为了表现人物，不是表现死规矩的；为了表现端庄的人物可以这样表现，如果表现一个既端庄又很活泼的人物，那我们稍稍把脚步一活，岂不是端庄流丽同时表现出来了吗？同样是旦角的"走下场"，夫人、小姐和丫鬟三个人一齐下场，如果走起来全是一样的姿式就不对了，应该根据不同的身份、年龄、性格，各有各的走法。所以说：技术是死的，要看我们如何掌握它了。

步法的运用也是相互对照的，比如舞台上两个人对话或对唱。当你向对方问话时，应当向前进一步，然后还应当撤回来，这样对方才能赶上一步向你答话，这种对称的步法就能鲜明地使观众看出台上人物的交流。这也和手法、水袖等的运用"欲进先退""上下对照"是同一原理的。总之,舞台上的任何一个动作都需要使观众看得清楚、明白,这才算完成了演员第一个基本任务。

我们戏曲表演是最讲究美观的,因此每一个动作除去应当符合剧情的需要以外,还必须讲究姿式美观,姿与式是有区别的,姿是姿态,式是样式,比如我们亮住的身段是"式子",有式无姿不能美观;只有姿无式,则是华而不实。因此,姿式是不可分割的东西,必须严密地配合起来才能好看。

那么,如何来衡量一个演员的艺术标准,也就是如何检查每个动作美不美?这就需要用"三节六合"的规律来衡量一下了。"三节"调协是动作上非常重要的规律,拿抖袖的例子来说,所谓"梢节起、中节随、根节追",这样才能合乎规律,并且好看;如果只有"梢节起",中节不随,根节也不追,单单使人看到梢节动作,那还能好看?岂不把整个动作的式子给破坏了吗?三节六合全是有去有还的,不但水袖如此,一个云手、一个踏步全不能脱离这个规矩。

总之,中国戏曲表演是一套非常复杂而又细致的艺术,前辈艺人们给我们留下了许多丰富的遗产,今天在党和政府的关怀培养下,许多名艺术家参加了挖掘传统表演艺术的工作,把他们许多精湛的表演经验展示在我们面前了,这真可谓史无前例的一次学习的好机会,希望同志们,特别是青年同志们不要辜负了这一机会,认真地学习,刻苦地钻研,使我们的戏曲艺术大大地繁荣起来。

略谈旦角水袖的运用

——1956年在文化部第二届戏曲演员讲习会上的发言

根据我多年来学戏和演戏的经验，我深切地体会到：在表演艺术上，祖先给我们留下的遗产是这样地丰富，真是值得我们中国人自豪。这样丰富的遗产，就看我们怎样去学习它，怎样去好好运用它，来从事我们的创造。譬如我们学写字，最初是描本，照着现成的印本描下来；然后是临摹；再以后才是自己写。有人能写得好，成为书家；有的人就写不好。写得好的，就是因为他并不是一味地模仿别人，而是有了自己的灵气；写得不好的，就是因为没有自己的灵气，因此他只能做一个写字匠而不能成为一个书法家。又如学画，最初时也是临摹前人的作品，后来才自己画。有人就能成为画家，但也有人一辈子只能做一个画匠，他画的东西总有些"匠气"。这两者之间的区别，主要也就在于他们有没有自己的灵气。

演戏也是这样，我们从小学戏的时候，差不多都经过这样一个过程：老师先教念词，也不和学生解释词的意思，只要把字音念对了就好了；念熟了词就教唱；唱会了就上胡琴；然后就给你"站地方"；教你哪儿该扯四门，哪儿该用叫头，袖子怎么抖，手怎么指出去……这就是一个"刻模子"的过程。在这个过程中，什么表情、心理等等都还谈不到；在这以后，经过自己慢慢钻研，自己有了心得，这才把戏演好了。这就已经是从模仿进入到创造的阶段了。

要成为一个优秀的戏曲演员是不容易的。因为戏曲演员必须掌握一套非常复杂的功夫，这些功夫中包括"四功五法"，能样样都掌握得好，这才具备了做一个优秀演员的条件。

什么是"四功"呢？那就是我们常说的"唱、做、念、打"四个字。

这四个字说起来很简单，但要真正掌握它却不那么容易。譬如唱功，好好儿唱的也是"唱"，唱得不好的也是"唱"，这好坏之间有着很大的区别。唱得好的，既好听又能感动人；唱得不好的就正相反。做功，有人就能把人物的身份、心情都表现得很好；有人就会把戏做错。念法中，应该分清：是急念，是慢念，气愤是气愤地念，抒情是抒情地念。"打"也要打出道理来。我听到一位老先生说过：中国的武打套子本有两百多套，"挡子"有两百多种，这都是前辈们给我们留下的财产，可是现在能全部掌握的人恐怕已经不多了。有的人"打"得有目的，有内容；有的人就不行。譬如：一个人与另一个人用大刀、双刀开打，打到后来一定是"鼻子""削头""亮相""追下场"。好的演员就能打出名堂来，这是在战斗正激烈的时候，一方用兵器砍对方的脑袋，一方在招架，在躲闪；一刀砍下去，本来以为对方已被砍死了，可是一看还活着呢，这才追着下场。如果表观不出这样的意思，就不能算"打"得好、真实。又如《挑滑车》中有高宠扎金兀术的耳环这样一段戏。高宠的本意是要一枪把金兀术扎死，因此来势很猛；不过没有扎准，只扎到了他的一只耳环。有些好演员演金兀术，因为连胜数将，正在得意地大笑，冷不防后面来了一枪，这一枪扎得好痛。回头一看，原来是一员敌将站在面前，自己的耳环还在人家的枪头上挂着呢，不禁又急又气又羞，转过身就与高宠交起锋来。这样演才算把戏演好了。可是也有些演金兀术的演员是"大路活"，他根本没有去琢磨这段戏是什么内容，高宠一枪扎过来，他连心都没有动，好像耳朵被扎了连痛都不痛；耳环被扎了下来也不觉得羞愧。这就不近情理了。

"五法"是什么呢？那就是口法、手法、眼法、身法、步法。这些，同志们都是很熟悉的。四功五法的方法能掌握，对于瘦、胖、高、矮人的帮助是非常有利的。在四功五法中，口法居第一位，唱功也居第一位，可见"唱"在戏曲中所居的地位。（因各省各地语言不同的关系，对于四声口诀等先不讲。）有许多人往往只能专工某一功，唱得好的，打得就差；做功好的唱功不好。要四功俱备的人是很少见的。如果具备了四功，五法再配合得好，那就更是全才了。五法中，每一种都有许多学问在内。除此以外，各个行当还有许多需要单练的功夫，例如老生的甩发、髯口、宝剑穗子；小生的翎子、扇子；

旦角的水袖、云帚等等，这些功夫都得单练，不过用的时候并不是孤立的，而是穿插在四功五法之中。

在戏曲表演中，各行都有各行的一套技术，不管是花脸、文丑、武丑、旦角、老生等，都有它自己的一套东西。必须掌握了这一套东西，才能扮演这一行的角色。记得在好多年前，有一次演义务戏，许多演员都反串演出了不是他本行的角色，我反串的是黄天霸。我心里也很想拿出些英武气概来，可是就是拿不出，因为我身上没有武生的东西。所以，要我谈其他行当的表演是不行的，我今天主要还是讲讲我的本行——有关旦角表演上的一些问题。即使谈旦角的表演问题，我也只能谈其中的一个问题：关于水袖的运用。

我小时候演青衣戏，如《彩楼配》，先生给站地方、扯四门、出绣房、进花园，老是捂着肚子唱；到年纪稍大一些，就感到这样不大好，哪有整天捂着肚子出来进去的，自己也觉得好笑，不过仍旧不知道该怎样做。再经过一些时候，方才懂得了，演旦角必须端庄流丽，刚健婀娜。端庄，并不是要你捂着肚子不动；要是老这样，就显得呆板；端庄而流丽，就有了"神"。至于"刚健含婀娜"这句话，我想举一个例子来说明，大家就可以明白了：从前有个演员名九阵风（阎岚秋先生），是个有名的武旦，也兼演花旦、刀马旦、闺门旦。他不仅擅演《泗州城》《取金陵》等一类武旦戏，而且也擅演《小放牛》等一类花旦戏。他演武旦戏的时候，打得很利落固不用说，在一阵激烈的开打后的"亮相"，就像钉子钉在那里的一样，纹丝不动。过一会儿，他的身子就慢慢地晃动，就像风摆杨柳一样，然后就着这个势头再跑下场。整个身段显得非常美。那时候还有另外的一位名武旦，打得也很冲，"亮相"时的功夫也很好，但是他并没有后来的晃动，而是一直跑下场。与九阵风比起来，一样的很干净，很利落，但总缺少一点什么。这就是因为他刚健有余，缺少婀娜之姿。因此观众对他们两人的评价，始终认为九阵风应居第一位，另一位应居第二位。

关于"三节"与"六合"。三节：以手臂来说，手是梢节，肘是中节，肩是根节。以腿来说，脚是梢节，膝是中节，胯是根节。以整个人的身体来说，头是梢节，腰是中节，脚跟是根节。六合：有内三合，外三合。内三合留到将来谈唱腔问题时再详细谈。外三合是：每一个姿势，三节都需要"合"（协调）：手与脚合，肘与膝合，肩与胯合，如果不协调，姿势就不美。例如抖袖，就要讲究梢节起，中节随，根节追，这样才能好看；如果中节不随，根节不追，只能梢节在单独活动，整个动作的"势"就断了。

前人们有四句话值得我们好好地研究："气沉丹田，头顶虚空，全凭腰转，两肩轻松。"如果能按照这个要求去做，我们的身段、姿势就都会好看了。在我的藏书中，有一本《梨园原》，里面有许多材料，对我们来说都是非常宝贵的；它告诉我们，在表演时应该注意些什么，怎样才能改正我们表演上的毛病等等。

关于水袖的运用，我根据个人的经验，把它们归纳成为十个字，即勾、挑、撑、冲、拨、扬、掸、甩、打、抖。这十个字里面，用劲的地方各不相同；运用的时候，把它们联系、穿插起来就可以千变万化，组织成各种不同的舞蹈姿势。

下面分别讲一下这十个字的用法：

一、勾：要使水袖叠起来，露出手，就要用"勾"。伸出大拇指，对准水袖的折缝往上勾，两三下就把它叠起来了。我看到有许多演员，水袖老是叠不起来，只能让它拖在下面，这样既不好看，而且往往因为手伸不出来而着急，因而影响了表演。这多半是由于他们还没有找到这个窍门的缘故。

二、挑：以食指用劲，将水袖向上面扔出去，多用于要水袖向上飞舞的时候。

三、撑：如《锁麟囊》的找球一场，有这样的身段：起云手，转身，翻水袖，两臂伸开，蹲下，亮相。这时就要用"撑"。主要以中指用劲，同时将两臂撑出去。如果没有这个"撑"，转身蹲下时，只能很早就摆好了两臂伸出的姿势，这样整个身段就显得呆板了，这叫作"有姿无势"：只有姿态，没有动势。要是在蹲下时同时将两臂撑出去，然后再亮相，就是有姿有势，这个身段才显得圆满。

四、冲：两手托住水袖，两臂一先一后往上伸。这个身段多用于表现感情激动的"下场"时。如果不用"冲"，就成为无规律的乱耍袖子了。

五、拨："扬"袖（见后）后要将水袖放下，还原时用"拨"。主

73

要以小指用劲，好像拨东西一样。

六、扬：翻袖，抬臂。多用于"叫头""哭头"等时候。

七、掸：扬袖后的还原动作。不过动作比"拨"要大一些，好似要掸去身上的灰尘一样。

八、甩：先翻袖，后甩出去，这个动作比"掸"又要大一些，多用于生气的时候。

九、打：略同于"甩"，不过更直来直往一些，用劲也更猛一些。

十、抖：即一般常用的"抖袖"，动作比"掸""拨"都要小，只用腕子稍动一下就可以了。

我虽然把我所用过的水袖动作归纳成为这十个字，但这十个字并不是一个个孤立的，不能想起来哪儿要有个水袖，就突然地来一下；也不是这儿一下，那儿一下，把它们分割开来。每个水袖动作之间的联系要自然、要顺。例如："叫头"时用"扬"，但用"扬"就必须要用"拨"或"掸"，否则就不顺；至于究竟是用"拨"还是用"掸"，就要看当时的情境来加以选择。又如我看湘剧《拜月记》，"拜月"一场有姊妹逗趣的一段戏：妹妹把姊姊惹恼了，又去向姊姊赔礼（妹妹在姊姊的左边），她把姊姊的左肩一拍，正想讲话，姊姊将右手的水袖向她一"打"，表示"你别理我"。这样表演很好。但也可以这样处理：妹妹拍姊姊的左肩，姊姊翻右手的水袖，向左肩一"掸"，表示将妹妹的手推开；然后斜着向妹妹用水袖"打"下去，这样处理，就更丰满了。当妹妹第二次赔礼，姊姊仍不理她时，最好就不要重复前一个身段，可以这样处理：翻左袖，直着"打"下去，轻轻地一跺脚。将这些水袖动作变化着组织起来运用，可以设计出无数种身段来，这些身段对表演是有很大帮助的。最近我在拍摄舞台纪录片《荒山泪》，在这部影片中我一共用了两百多个水袖动作，不过并不是孤立地这儿一个，那儿一个，而是联系起来运用的。

水袖的尺寸不宜太长，如果是狭长一条，不仅不好看，用起来也很难得心应手。我的水袖尺寸是：衣袖长约过手四寸，水袖本身有一尺三寸，这样的长短，运用起来比较得劲。

各种身段的运用，还必须结合着自己的身材，要善于掩盖自己在身材上的缺陷。老前辈们在这方面也是有丰富经验的。我看过很多次盖叫天先生和杨小楼先生的戏。我觉得盖叫天先生在演戏时，亮"高相"的时候居多，这是因为他的身材比较矮，如果亮"高相"，就能使人感觉到他的身材很高大、很魁梧，增加了英武气概。杨小楼先生就不同，他的身材本来就很高大，如果老亮"高相"，就更显得他高大了，所以他亮"高相"的时候是不多的。假如盖叫天先生不考虑到自己的身材特点，而把杨小楼先生的身段硬搬到自己身上来，那就不能弥补自己在身材上的缺陷。我自己在这方面也是很注意的。我的身材很胖、很高，所以我在身段的运用上总是要经过严格选择，尽量避免那些特别显露我身材缺陷的姿势和动作。譬如《武家坡》里有一个"哭头"："啊……狠心的强盗啊！"照例应该是先做两个"扬"，高举着两臂唱那一句"狠心的强盗啊"，可是这样抬着膀子站在那里唱好半天，就更显得我这个人又高又大了。所以我就用这样的身段：唱"啊……"句的时候，右手用"扬"，然后把它放下来；到唱"狠心的强盗啊"句时，只抬左手，翻袖，把右手翻袖向前平指，你们看。这一来就显得我这个人瘦小得多了不是？但这身段对一个本来就很瘦小的人也许就不合适，因为这样一来，就更显得他瘦小了。所以，我认为，在吸收别人的身段的时候，怎样结合自己身材上的特点来变化运用，这一点是值得我们研究的。

　　四功五法，都是我们戏曲演员必须磨炼的功夫。但是同时又要注意，用的时候不能乱用，不能脱离剧情来卖弄这些功夫。譬如我看到盖叫天先生演《英雄义》的史文恭，当他与卢俊义交战了一阵以后，感到梁山英雄的来势很猛，自己的力量恐怕不是他们的对手，如果这样，庄园就很危险了。因此他很焦急，一个人在想主意，决定对策（用"揉肚子"，"走马锣鼓"）；想到后来，决定豁出去与他们拼了（抡髯口：左边一下，右边一下，最后把髯口一理，一亮相，下场）。这种表演是非常好的。可是我看到另外一些演员，学了盖先生的这一个髯口的身段，在另外一个戏一上场的时候就用上了，这就是卖弄。因为这些身段用得不是时候，不结合剧情。水袖也是这样，譬如有人演《武家坡》的王宝钏，水袖耍得很漂亮，左一下，右一下的，但是用得不恰当，因为不合人物的身份，这就是卖弄。这个戏一般不能用很花哨的水袖，只有几个地方可以用。例如在老生拍她的肩时，下场时，进窑时，仅此而已。这几个地方需要用水袖的，就要用得漂亮。这几个水袖动作，也许要练上几千遍才能练好,但是在台上却只能来这么几下,因为戏里面只需要用这几下。千万不能认为:我练了这么多遍,好容易练成了,今天我得"亮"一下功夫。这就不对了。

　　总之,四功五法,是戏曲演员的本钱。我们必须掌握这些本钱。决不能说,我今天也演了戏了,也要了"好"了,这就成了。不,仅仅这样还是不够的。几十年来的经验告诉我:艺术是没有止境的!遗产这样的丰富,就看我们怎样去从这个宝库里拿东西,怎样去辨别它、运用它;你越是用心去钻研,就老会有新的东西发现。

演戏须知

戏有四德，曰立品、曰智能、曰端庄、曰洁烈。

初学法则，应守规矩，得其规矩，始求奇特，既得奇特，仍循规矩，所谓守成法而不泥于成法，脱离成法而不背乎成法，能此可以言艺术。对于一切变化发展革新则无往而不利，此为求学不二法门。夫运用之方，虽由己出，规矩所设，信属自家（知），差之毫厘，谬以千里，苟知其术，适可兼通，心不厌精，体不忘熟，若运用尽于精熟，规矩谙于胸襟，自然容与徘徊，意先动，后无往不宜，潇洒流落，气逸神飞矣。愿学者三复，言：歌以咏言，声以宣意，哀乐所感，托于声歌。学问之道，贵乎自悟，赖人指示乃为下乘；遇拙蠢而使灵巧，遇微细而要持重，运用有方，始趋佳妙，百转心思，胸襟宽阔，态度怡然，方为上乘。

遇繁难不露勉强，遇轻微不可草草放过，要在意味里写真，不要在举动上写真，所谓写意也。要只在举动上写真，而不在意味上注意，即是写真，则失去旧戏写意之原则。要知写真戏以举动为形质，以联络处为性情；写意剧以联络为形质，以举动处为性情，此为后学之度世金针。望学者对于斯言加以揣摩，设有心得，庶几乎近焉，则可以谈艺术矣。

念一字使一身段皆不可忽视，亦不可轻易使用。要知一字为全句之规，一句为全剧之准，一举为全剧之立根，一动为全剧之脉络。

表演要抓住观众的心理，掌握住观众的情绪，使其有动于衷而后可。

学者在自修时要随时自加检讨一切弱点，要随时补充自己的缺欠，见他人有缺欠有弱点，要加自省的功夫，他人有长处要加以学习的功夫，这就是择善而从不善而改之之意。可是，自省的功夫比较学习的功夫进步较速，收获较优。故在求学时期，千万不可有藐视人的心理，良善者固可法，不良善者，亦我师也。

姿势要相辅而行。势者，固定方式也；姿者，所出风神也。有势无姿则不美，有姿无势则不实。

艺贵精而不贵速，法贵乎旁通，可以意会而不可以言传的是艺术，可以言传的是技术，使其出于自然，万不可矫揉造作失却天然之美；术贵乎贯彻，能如此则一切蜕化矣。造微人才，出神入化，规矩谨严，意态潇洒，要有擒纵法。

艺术之运用，不外乎烘云托月，设色生香，绘景绘神而已。浅尝则易，深造则难，有所法而后能有所变，而后要有强大鉴别力，要会烘托，要会陪衬。

描写剧情切忌过分，表演有所含蓄。凡歌舞与作文无异，切忌过直，文忌直，过直便失掉意味，曲则耐人寻味。凡唱做必须有绝岸颓峰之势，奔雷坠石之奇；如蜻蜓点水之势，若即若离；如流风回雪之姿，忽飘忽漾，果能如此，则自臻佳境。

做戏最忌头重脚轻，换言之，即是不能一气呵成。做身段要向背分明，否则观众不生美感。做节烈妇人，貌虽美丽，要态度端庄，不可使人动淫思之念，而能令人敬畏，所谓面如桃李，凛若冰霜，否则失却青衣身份。

语助词切要注意，对剧情帮助甚大，为戏中要素，用当则能传神，注意中心点，要潇洒如意。

身段要灵空，虚则实之，实则虚之。凡品格高纯之人，念做必须端庄肃静态度。不可多使身段，凡于念唱时手舞足蹈，眉飞色舞者，乃轻浮之人，绝非端士学者。

注意学无成就而标奇立异，见异思迁，此求学之大病，为终身之忧。

歌唱以及三腔等，是戏中以简易繁法。凡唱做须有刚有柔，有阴有阳，要缓急适当，顿挫适宜，勿落平庸；表情动作要不即不离，要若即若离，以繁胜人易，以简胜人难。

无论唱、做、念、打，始终须保持原神不散。提顶若胸中有物，要动中有静，静中有动，最要始终如一。做身段使其繁似简，简而明。台风要潇洒，能使四座生风为宜。要藏锋，忌露骨，忌轻浮。做戏要无我无人，眼要平视而远；须了解戏中人性情及一切事实环境情况，要做烈妇守节，不做妓女倚门卖笑，所谓教化于人，总要有益于人，不要有害于人。

化装要能寓褒贬别善恶。锣鼓之功用关乎人的性情环境，抓住观众情绪的东西，就是声、形、动、情。

忌太不自信，学无根底，所得不实，见异思迁，胸无主见，是鉴别力薄弱之故。忌过于自信，自以为是，顾影自怜，藐视一切。人皆不如我，耻于下问，是阻挠学业前进之大病。

凡台步、身段、亮相，笨中灵则厚，不要虚中灵则浮，要虚实则活；不要实中，实则钝。一颦、一笑、一举、一动、一顾、一盼对于戏情大有作用，不可以轻举妄动。做功戏，脸上要有丘壑，作用都在眉睫、眼神、法令。话白有附属于身段者，有身段附属于话白者。忌身有俗骨，自矜自夸，太露锋芒，平庸无味，酒肉气重。

要正确魅力，强大鉴识，不耻下问，坚忍性强，从善如流，用写意而成写真，注意补白。

提顶、松肩、气沉丹田、腰背旋转、步法自然灵活；姿态要挺拔，动作要圆转，气魄要庄严，韵味要潇洒，呼吸要匀停，运用要顿挫，戏是抽象的，但是要写实。

矮身儿轻狂，高身儿骄，跃身儿惊慌，存身儿诣。鞠躬是谦，低头是敬，挺腰是谨，迟慢是慎，仰面是媚。戏中人应了解五种须知："身份"，有帝王、奸雄、武将、官僚、文人、名士、书生、狂士、公子、孝子、纨绔、穷儒、良师、腐儒、道学、恶霸、土豪、地主、富翁、市侩、流氓、小贩、游民、农夫、道士、僧家、严父、慈母、闺秀、荡妇、娼妓、艺人、贤妻、侍婢、侠客、义士、王后；"天性"，狡猾、愚顽、淫荡、柔媚、癫狂、奢侈、豪爽、坦白、野性、刁诈、懦弱、泼辣、安善、昏庸、痴呆、暴戾、贞静、阴柔、阴险、正直、激烈、凶顽、乖张、忠实、斯文、率真、慈爱、慷慨、优柔、寡断、吝啬、卑鄙、明辨；"行为"，道德、直爽、仁慈、智勇、信义、险诈、狠毒、残忍、狡辩、巧言、毒辣、权变、机警、刻薄、果断、清廉、驯顺、贪污、诚恳、强识；"态度"，狂妄、骄傲、潇洒、幽闲、洒落、超群、凶猛、舒适、恐怖、惊慌、悲惨、勇敢、蛮横、和蔼、强硬、堂皇、儒雅、大方、庄严、幼稚；"气味"，书卷、寒酸、豪爽、粗暴、勇猛、市井、村野、侠义、华贵、山林、庸俗、酒肉、雍容、造作、势利、清高、骄傲、和睦、浮躁、脂粉、风骚。

不要忽视戏曲程序的特点与基础，想用其他办法来代替它，是主观与虚无主义的做法，必然破毁戏曲遗产。这一套程序的形成，为戏曲艺术中极为重要的一部分。剧中人的情感只有通过程序才能表达出来，只有程序没有内心，等于傀儡，只有内心情感没有表演程序，等于战士没有武器一样，不管他思想如何好，也不能攻打敌人。内心与程序相结合才富有生命，富有感染力，必须要将内心情感与外形的表演程序结合在一起，才能收到良好的效果。创造性地运用程序套子，但培养戏曲人才，首先应从学习戏曲程序入手。一学就会，一会就演，一演就好，是不可能的。难能才可贵，不掌握好老一套程序的技术就演出，还很好，艺术也就不可贵了。

"起霸"。老生要躬，花面要撑，武生取中，小生要紧，旦角要松，以上对胸背而言。花面须灭顶，老生眉目中，小生齐鼻孔，贴旦对着胸，指山膀而言。视线有起落，举止有往还，动辄阴阳辨，钉尖对面前，指姿势而言。欲进须先退，欲退反向前，行走守直线，脚跟往前翻，指动作而言。扎靠自膝起（箭衣同），蟒袍腿腕齐，软褶根对趾，切忌太直伸，指脚步而言。起于背，行于肘，控于胸，止于颈，指山膀而言。点腕、压肘、里手，指单山而言。老生三贴一抗，武生两贴一抗，小生一贴一抗，旦角仅抗不贴，指退步山膀。陷肩、压肘、亮手裹掌，指山膀姿势而言。

"云手三种"。整云手、简云手和恍云手。

拉单山膀是起唱，搭手是点缀，手是念头。

"打把子"。折蝎子、摘豆角、三飞脚、快枪、正天罡、反天罡、反天鹅、满天红、卅二刀、十八棍、锁喉、甩枪、一封书、挎枪、三环九转、削腰蜂、棍破枪、就就儿、灯笼泡儿、刀架子、六合枪、十六枪、老虎枪；每一身段有三个过程，动意第一，视线第二，动作第三。前把指人鼻，后把对肚脐，指枪把而言。

戏的知识资料：

开当、打攒、连环、摆阵、走边、裤马、备马、五梅花儿、纱帽翅子、编辫子、十字靠、黄瓜架、大元宝、四合如意、顺风旗、赶黄羊、三见面、萝卜头子、架牌楼、四股当、倒脱靴、二龙出水、攒烟筒、钥匙头、溜下、追过场儿、抄过儿、两边下、连场见、太极图下、龙摆尾、钩上、领上、引上、绕场、抬轿、领下、扯斜胡同儿、一翻两翻、斜椅角、合龙、扯四门儿、跑过场、冲头两边上、挖门上、溜上、站门儿、挖进来、坐轿上、坐车上、骑马上、乘船上、站斜门、站一字。

戏之练习应用各门：

练嗓子、念白、筋骨、腰腿、把子、起霸、操手、神气、脚步、动作、水袖、姿势、翎子、跟斗、眼睛、髯口、扇子、甩发、云袖、扁担、宝钗、双枪、单刀。

韵学书类要目：

《中原音韵》《中州全韵》《洪书正韵》《辞源》《韵学骊珠》《五方元音》《五音篇海》《五本韵端》《九音指导》《韵府群玉》《南北音辨》《顾曲麈谈》《剧韵新编》《乱弹音韵》《康熙字典》。

气字滑带断，轻重疾徐连，起收顿抗垫，情卖接撖搬，以上悟头廿字。

四声、阴阳、南北、尖团、上口、部位、反切、语助、派音、破音，以上读字法。尖字何音，齿头音，当门二牙与舌相抵之音。团字何音，正齿音，即牙音舌根压下槽牙之音。尖字用法，尖字以舌抵齿，合两字为一音而急念之。如"先"字为（思烟切）、"秋"字为（齐由切）之类。团字则有上口不上口之别。中州韵，即昆曲所谓中原韵也。谓南字多尖，北字多团，为河南土语分析最清，如前、干、修、休，卖货声十五元宵两字，一尖一团都分析得很清，无一混淆。故谓中州韵者，是指尖团而言耳。尖团之分须严格练习，细究之则唇、舌、齿、鼻、喉、腭，各有专司，互相为用。无论什么字，都应念得准，放得稳，用得神。需要特别练音，先求"准""稳"。"练"的步骤，是先把舌头与前齿、上腭的各样联系认清楚了，再下功夫去练。每系只须练一个字，自然顺流而下。"稳"了"准"了之后，要用在唱念里，那又先要分清了阴平、阳平及"去""上"两声。唱念时依照每个人的身份、口吻、情境出口。字眼清楚了，戏味足了，对于台上表演就有了把握了。

写剧本应适合舞台上演本，不要放在书桌上读本。

唱腔的创造是给观众听的，不是为自己欣赏的。

1950 年

谈窦娥

我国伟大的古典剧作家关汉卿是非常善于刻画人物的。在他的笔下，刻画出了不少生动的妇女典型。如赵盼儿、谭记儿、王瑞兰和燕燕等。关汉卿对她们的内心生活都描写得极为细致。而她们又都是比较大胆、泼辣，敢于反抗恶势力的。尤其是《感天动地窦娥冤》中的窦娥，至死不屈，敢于质问天地，敢于发出三桩誓愿，辛辣地抨击了当时的封建统治者。这个具有深刻社会意义的艺术形象，长远地活在我国戏曲舞台上。

我学《窦娥冤》这个戏，已经是将近四十年了。当时是王瑶卿老先生教的，只有《探监》和《法场》两折，是京剧中传统的折子戏，当时也叫《六月雪》。观众对这个戏是非常熟悉和热爱的。后来因为想把故事演得完整一些，便由我的老师罗瘿公老先生帮助，改编成了一个整本的戏。在编写中，参考明传奇《金锁记》的情节比较多一些，所以在我演出的时候，就叫《金锁记》。

我所演的窦娥，基本上是以关汉卿笔下所创造的典型形象为依据的；她的善良、正直、舍己为人的品质，基本上都是和原著相同的，但是在具体处理上，特别是在这个人物个性的某些具体方面，却有一些不同。大约是由于这个戏在舞台上长期演出中，不断地丰富和衍变而造成的缘故吧，我所演的窦娥和关汉卿笔下的窦娥最大的不同处是：关作窦娥的个性更泼辣和外露一些，而我所演的窦娥的个性则是比较端庄和含蓄一些。至于通过这两个形象所反映的社会意义，可以说是没有什么不同的。关于这个问题，留在后边再谈。

我虽然演出这个戏不少年了，可是自己对窦娥这个人物的体会也还是不深刻的。现在，就我所演的窦娥这个人物作为重点，来谈谈我对这个戏和对这个人物的体会，一方面对关汉卿谨致纪念，同时也希望能得到大家的指正。

　　《金锁记》这个戏，矛盾的展开是在窦娥与张驴儿直接冲突以后。戏一开始只是介绍了窦娥当时所处的情境：丈夫在赶考途中刚被张驴儿谋害，只剩下婆媳俩相依为命。当张妈误吃了羊肚汤丧命时，剧情便紧张了。羊肚汤是张妈吩咐她儿子张驴儿买的。汤是张妈亲手煮的。蔡母嫌腥不吃，叫张妈拿下去以后，张妈自认为"有口头福"，自己就将它吃了。这些事情窦娥并没有参与，因此，当张妈复转身进来喊叫肚子疼，念"扑灯蛾"时，窦娥就吓得惊慌失措了。在这里，演出时就需要强调一下，造出气氛来。窦娥在这个时候，顾不得有病的婆母了，她急忙去扶张妈，看是怎么回事，可是没等她问出什么来，张妈就滚翻在地死了。这时窦娥惊慌极了，她不知道该怎么办，于是赶紧唤醒正在昏迷中的婆婆，告诉"张妈妈她她她七孔流血而亡了"。这时婆婆正在昏迷中，突然被这样一个消息惊醒，她不觉一惊："吓！"接着一身伏在桌上，两个水袖掷向桌外，惊慌地抖了起来。窦娥这个时候也需要配合着蔡母的动作，翻转身一手扬起水袖，一手指着张母抖作一团。这样就突出了她们惊慌失措的神情。窦娥这时心中一点主意也没有了，还是婆婆有些阅历，吩咐她："快快叫张驴儿前来"，一语提醒了窦娥，她才赶紧去唤。窦娥还是第一次直接和张驴儿打交道，因此，在张驴儿进房来以后，她虽然已经难顾男女内外之分了，可是她却站在一旁，眼睛并不看着张驴儿。只是在仔细地听着婆婆怎样和张驴儿交代。张驴儿呢，本来是居心不良的，因此一步一步地逼上来要条件。窦娥婆媳们刚刚死了亲人，又复遭此横事，她们原是想息事宁人的，因此一步一步地退让。可是张驴儿越说越不像话了，竟侮辱到了窦娥头上："再说我还没有成家哪！你瞧你那儿不是有现成的寡妇儿媳吗！"这一下就把窦娥气坏了。她从来没有见过这种流氓行为，也从来没有受过这种凌辱，因此在张驴儿嬉皮笑脸地来拉她的时候，她按捺不住，伸出手来狠狠地打了张驴儿一个耳光子。蔡母也愤愤地指出张驴儿"借尸图诈"。张驴儿恼羞成怒，要拉婆婆去公堂。窦娥这时又有些惊慌了，她从来没有经过这样的事，她不知道到了公堂会怎么样，所以便想拦着婆婆不要去，想办法私下了事算了。因此，在婆婆被张驴儿拉出门去以后，她赶了一个圆场，想把婆婆拉回来，她紧紧地扯住了婆婆衣袖，却被张驴儿一脚踢开，一个屁股坐子从下场门飞跌到上场台口。等她起来时，婆婆已经走远了。窦娥放心不下，便赶紧请出四邻，一来替她看守门户，二来将来也好作证。在这里下场时，由于窦娥心情的焦躁，所以她向四邻拜谢、转身、出门、翻扬起水袖急急赶去等一连串的动作，都要在"辞别了众乡邻出门而往，急忙忙来上路赶到公堂"这两句唱中，有节奏地结合着音乐来动作。正好唱完作完，然后快步下场。在这里主要是要表现出焦急的心情来。

下一场就是公堂。昏聩的县官听信了张驴儿一面之词，要动大刑，逼蔡母招供。刚要施刑，蔡母大喊"冤枉！"随着这个喊声，在"急急风"中窦娥上场了。她听到婆婆的喊叫，心都碎了。她觉得婆婆那样大的年纪，身带重病，怎么能受得了公堂大刑？所以窦娥急忙高喊："堂上缓刑！"她被叫到公堂之后，理直气壮地说出自己的身份，说出婆婆有病，不能动刑。等不得她申诉事件的经过，在张驴儿的撺掇之下，县官竟又要给婆婆用刑了。窦娥觉察出了县官不容她们婆媳申辩，并且不问事实真相如何，就认定了张驴儿的母亲是蔡家给毒死的了。而婆婆此时则期望着媳妇能够给申辩清楚，能够解脱她的苦刑，所以不禁脱口喊出："媳妇！你你要救我一救啊！"这一声凄厉的呼喊，顿时刺痛了窦娥的心。她想起了丈夫，想起了对丈夫的诺言，想起了现在只有她能够照顾婆婆了，因此她一横心，觉得既然官府这样昏聩，非要加刑于无辜者不可，就干脆自己认下来吧。所以她毅然地自己承认了"罪行"。县官让她画供，她说："把我婆婆放了下来，我自然画供。"这样，她就在丝毫没有考虑个人将来命运如何的情况下，提笔画了供。婆婆看到窦娥要画供，想到了画供将会遭受到什么样的结局，因此心里急了，跪步抢上前去，去夺窦娥手中的笔，并且喊着："乃是我所为，待我画供招认啊！"可是官府不问这一套，在他们的心目中只要有个人抵了命就行了，管他是谁，因此把婆婆撑开了。婆婆不禁痛哭，而窦娥在画完了供以后，心里也突然感到一阵空虚，绝望了。在公堂上，她被戴上了刑具，当堂收监。这时她不忍再想下去，只缓声地劝了劝婆婆："你请回去吧！"以后怎样，那就很难预想了，这样，蔡母和窦娥便各自下场。

接下去是《探监》。这是一场唱功戏，没有多少身段动作，出场人物也只有禁婆、蔡母和窦娥三个人。这样的场子最容易唱"瘟"了。这场戏，在情调上要求与前边的《公堂》和后边的《法场》两场节奏都比较紧张的戏有所不同，以便有所调节；但是在整个悲剧气氛上，仍是需要连贯统一的。在这场戏中，更深入细致地刻画了窦娥这个人物，而且更进一步突出地刻画了窦娥的婆媳关系。通过这样和谐、相互关怀、彼此体贴入微的幸福家庭关系竟遭破坏，来突出她们遭遇的凄惨可悲。因此对人物表现得越深入越细致，就越容易引起人们对窦娥、蔡母的同情，对作恶者、对封建社会黑暗统治的憎恨。

这场戏中只有三个角色，但三个角色都很重要，这里先从禁婆这个角色谈起。过去扮演这个角色的，我最喜欢上海的盖三省老先生。他所刻画的禁婆子非常合乎那个人物的身份。禁婆子的职务是看管死囚牢，由于她职责所在和她所在环境中的耳濡目染，使她变成了一个心肠凶狠的妇人。但是，一个被冤的、被人诬陷的犯人的凄惨遭遇，也还往往能够激起她的恻隐之心，她还没有失去了最低的"人性"。在这场戏刚开始时，禁婆只是想从窦娥身上搜刮些钱财，她对窦娥的遭遇还不十分了解。像对待一般的犯人一样，禁婆拿出她的惯常手段来，声色俱厉地大声威吓窦娥。窦娥没有钱，禁婆认为是假装的，因此就狠狠地打窦娥。在窦娥的苦苦哀告和诉说冤情之下，禁婆子才逐渐地软下心来，倒想要知道窦娥究竟是遭了什么冤枉了。然后，她对窦娥不禁同情、怜悯起来。就在这个时候，蔡母来了。因此她没有过多地难为蔡母，便让蔡母进监来看窦娥，并且在窦娥被饭噎闭了气以后，她还主动地要去给窦娥倒些热水来喝，同时给婆媳俩一个说话的机会。在这种可能的情况下，禁婆对窦娥是同情、垂怜的；但是在接到上司回文，说明天就要处斩窦娥时，她马上便又本能地警惕起来，立刻把蔡母撵走，对窦娥也不再顾怜了。这样，禁婆这个人物就很合乎情理，合乎她的职责身份。盖三省老先生抓住了禁婆子这些特点，在叫窦娥出来的时候，那种脸色、神气，的确看来很可怕。在打窦娥时，也是狠狠地一下接一下地像真打一样，使人真实地感觉到被打者的又痛又没处躲的情景。过去我每到上海演出《金锁记》，总是想办法邀请这位老先生来合作。直到他临终的前两个月，还与我合作了几次。

窦娥与禁婆子是无冤无仇的。禁婆子虽然打她，她所痛恨的也仍然是张驴儿和那群昏聩的官儿们。不过在挨打之下，使窦娥越发地觉得自己冤枉了，越发觉得自己遭遇的凄苦了。

在这种凄苦的境遇下，婆婆前来探监了。我觉得，真正有戏的地方，正是在婆婆来了以后。

年老的重病缠身的婆婆竟亲来探监了，这是窦娥没有想到的。在这样受折磨的日子里，窦娥多么盼望着能见到自己的亲人啊！因此在禁婆告诉窦娥说"你婆婆来看你来啦"的时候，窦娥一惊，立刻向婆婆扑了过去。她真想伏在婆婆怀里痛哭一场。但是窦娥毕竟是生长于诗礼之家，虽然遭到了这样的横事，身在囚牢，体披刑具，而她立刻想起了在家中对婆婆应有的礼节，一屈膝便跪下去了。婆婆本来心里就是很哀苦的，一见媳妇行礼，更忍不住眼泪就落下来了。婆婆抢步上前扶起了窦娥，婆媳不禁抱头痛哭。

这一段是没有什么台词的，在表演上也是很小的一个片段，但是如果演得细致了，是很感动人的。

下边婆婆唱："见媳妇受苦情改变模样，可怜你惨凄凄受此刑伤！"在婆婆唱时，窦娥才仔细地观看婆婆。她发觉婆婆的鬓发更白了，脸色更憔悴了。她想到：自己虽然凄苦，婆婆又何尝不可怜！在衰老的暮年竟落得家破人亡，孤苦伶仃，怎么经受得起这样的颠簸！婆媳的命运竟都这么苦啊！想到这里，窦娥心里难过极了。接着，婆婆把带来的水饭让窦娥吃，窦娥是一口也吞吃不下了。婆婆劝她："少用些吧！"窦娥当时的心情的确是难以下咽的。可是她想到婆婆带着病，在这么凄凉的心境下，还惦记着媳妇，亲手做好饭食，一步一步挨送到监。如果不吃，是多么辜负婆婆的一片苦心啊！吃吧！当时窦娥的心头是非常沉重的，喉中是悲咽的，因此刚吃了一口饭便噎住了。在缓过气来以后，这里有一句二黄倒板："一口饭噎得我咽喉气紧！"接一句散板："险些儿婆媳们两下离分！"——唉，差一点婆媳俩就见不着了；真苦啊！

下边接着就是进一步刻画婆婆如何怜惜媳妇，婆媳俩都是如何地强自压抑着自己心中的悲伤来宽慰对方了。

婆婆看到窦娥的头发很乱，戴着刑具，她自己是没办法梳理的。因此婆婆便要给窦娥梳洗。按一般人情说，哪里有婆婆给媳妇梳头的！因此，这种超越了一般婆媳之情的亲切的情感，深深感动着窦娥。而梳头，她又势必要坐着，让婆婆站着，这样又觉得说不过去。所以在婆婆说了"待为婆与你梳洗梳洗"之后，窦娥一面很受感动，一面还迟疑地站着。婆婆已经觉察到窦娥的迟疑，便立刻走过来一按窦娥的肩膀，让窦娥坐下了。窦娥则是微欠着身斜坐着，等一梳完了，便让座给婆婆。这些地方都很值得细微刻画。这一段戏，过去我看过龚云甫老先生扮演的婆婆，就很好。他从一进监门见到了窦娥以后，便仔细地观看媳妇因受折磨而变了的模样，对媳妇处处都很关怀。在梳头的时候，总是梳了几下以后，便赶紧摘去梳子上的乱发，显示了窦娥在监中已有多时不能梳整，头发已经很乱了。同时他的动作也比较快一些，说明了婆婆在监中不能待多长的时间，不容许慢慢地去仔细梳理，表现出不是那种悠闲的心情。

在梳头的时候，婆媳之间互相安慰，蔡母唱一段二黄原板："劝媳妇休得要泪流脸上，在监中且忍耐暂放愁肠。但愿得有清官雪此冤枉，是与非终有个天理昭彰。"其实，婆婆这段话，也仅是聊解宽心而已。谁知道几时才能雪明冤枉！但窦娥是更从眼前的情况来着眼的。所以她唱："老婆婆你不必宽心话讲，媳妇我顷刻间命丧云阳！再不能奉甘旨承欢堂上，再不能与婆婆熬药煎汤；心儿内实难舍父母恩养，要相逢除非是大梦一场。"窦娥这一段唱，老辈演员们原先也是唱二黄原板的，到王瑶卿老先生教我的时候，便改唱为二黄快三眼。在当时，这是王老先生的创腔。快三眼在节奏上较之原板是更紧凑、激越一些。因此表现窦娥当时那种因悲愤而引起的比较激动的情绪是很恰当的。由于当时情境是低沉的，因此，婆媳这两段唱，都不适于安什么花腔。

头梳好了。马上，禁婆子来告诉：明天窦娥就要问斩了。通过这个情节，把戏再推向了矛盾的高潮。

这个突然到来的消息，震惊了窦娥，她被刺激得晕了过去。这是她完全没有想到的：这么快就处斩！这么糊里糊涂地就断送了性命！晕过去之后，婆婆惊慌地呼叫。窦娥在这里再唱一句二黄倒板："听一言来魂飘荡！"叫头："婆婆！"接一句散板："恨贼子害得我家败人亡！"这句倒板的唱法与吃饭被噎后的倒板就不同了。前边的一句是心中非常幽怨、委屈、难过，唱腔比较低回曲折；这一句则是在非常震惊、激动之下，从心里极端悲愤、痛恨、委屈难忍迸发出来的嘶喊，腔调是高

六、激烈,好像要把一肚子冤枉都喊出来似的。接着的一句散板"恨贼子害得我",六个字更是一个字一个字地喷出来,咬牙切齿地非常有力地在恨骂张驴儿;到"家败人亡"四字再转为异常地悲痛,因此稍拖一下腔,来表现又愤怒又怨恨的情绪。

戏再发展下去,是不容许婆媳再留恋了。接着禁婆子立刻赶走了蔡母(不管禁婆子曾怎样同情过窦娥,但她对即将执刑的犯人,却是必须严加看管的),这时,窦娥在刚听到这个噩耗以后,她正觉得一肚子冤情要跟婆婆说,可是禁婆怎么就让婆婆走呢!她身不由己地便要跟着走出监门去追婆婆。马上,她便挨了禁婆狠狠的一个耳光:"你给我回去!"这样,一下子就惊醒了窦娥,使窦娥立刻意识到这是在监中,自己是犯人,是即将临刑的犯人了!一种悲哀、绝望、沉痛的心情立即笼罩了上来,便在这种绝望的心情中,在禁婆的叱骂中,窦娥被赶回了后牢房。

《法场》一场气氛是比较紧张的,也是全剧的高潮。但基本上也是唱功戏。有比较长的一段反二黄和不多的几句散板和倒板。窦娥被绑上来,两个刽子手左右挟持着,因此也没有很多的和较大的形体动作。窦娥这个时候复杂的心理活动就需要尽量在唱腔中、道白中和不多的形体动作上表现出来。

一开始,在被绑赴法场的途中,窦娥是处在绝望、错乱和悲愤的心情中。她没有想到这样的冤屈竟没有申辩雪冤的可能了。刚出场时,她是低着头,脚步无力地迈着错步,被刽子手挟持着踉踉跄跄地走出来。出场后,她一抬头,看见了天,她马上想到自己的冤枉在人间是没处诉的,在人间是没有生路的,因此她悲愤地想冲到天上去。她想:到了天上该可以有一条生路了吧?因此一下子冲到了下场台口。但是,接着她意识到上天是无路可通的!念出了"上天天无路"一句。窦娥失望了。一低头又看见了地,她想:冲到地下去!地下也该容有窦娥一条生路了吧?因此又冲到了另一个台口。但她又意识到地是无门可入的!再念出"入地地无门"。天地之间这样大,竟没有窦娥一条生路了!她慢慢地微睁着眼看了看法场周围的一些路人,"唉!慢说我心碎,行人也断魂!我还这么年轻啊!难道就这样断送了生命?"接着她就悲伤、沉痛、愤慨地唱出了心中的不平和怨怨:"没来由遭刑宪受此大难,看起来老天爷不辨愚贤。良善家为什么反遭天谴？作恶的为什么反增寿年？……"是啊，窦娥竟要遭受这样的惨刑！这真是没来由的飞祸。罪是谁犯下的？为什么要让窦娥来承当罪行？让窦娥来遭受杀戮？老天爷啊！人们一向认为老天爷该是有眼睛的，会主持正义和公道的，可是从窦娥的被冤来看，老天爷竟也是不辨愚贤、不分善恶的！否则，为什么善良的要遭杀戮，作恶的人倒逍遥法外自在地活着？天地间竟这样不公平！这样无是非！"法场上一个个泪流满面，都道说我窦娥死得可怜，眼睁睁老严亲难得相见！霎时间大炮响尸首不全。"且来看！法场上周围来看的人，一个个都止不住流泪了，他们都认为窦娥死得冤枉，窦娥死得可怜。可是糊涂官啊，竟这样草菅人命，滥用刑罚！小民们只能任其宰割！就这样生生逼得父女、婆媳们一霎时就永远永远不能相见了！永远不能完聚了！就这样家破人亡了！活生生的人就这样断送了！这是什么世道啊！在这一段反二黄的唱中，窦娥悲愤极了。这一段反二黄的唱法是如怨如诉，腔调虽然高亢，但在高亢之中却又含蓄，如绵里藏针一样，用来表现窦娥的内心无处申诉的怨气、愤怒和不平。这一段反二黄就与《青霜剑》中申雪贞祭祀她丈夫哭灵时所唱的那一段反二黄是不同的，《青霜剑》中的反二黄是表现申雪贞已经下了决心，一定要手刃仇人，非给丈夫报仇不可，心情激昂、悲愤，声调高亢、激烈，锋芒外露地、明朗地诉说着自己的胸怀。

在这段反二黄的最后一句，窦娥跪下了。目的是恳求刽子手，在典刑之后不要教婆婆看见尸首，她怕婆婆经受不起这样的刺激。刽子手答应了。窦娥在嘱托了她所仅能想到的事情以后，她就只有等着最后被人来结束自己的生命了。这时一阵空虚、绝望的情绪，使得她在再站起身来时，一点力气也没有了。这样，窦娥在她生命的最后一刹那，仍然坚持着由她一身承当起一切的不幸，对她所要拯救卫护的人，尽了最后的职责。

窦娥就是这样的善良。在她即将临刑时，剧中作了以上这样一段刻画之后，更进一步通过她婆婆的上场，再度突出地刻画了她这种高贵的品德。

在法场上，婆婆赶来了。窦娥一看到婆婆，立刻又引起了悲痛的心情，她不禁为老人家的凄惨遭遇——丧子又亡媳而悲哀了。她不禁忘了自己的遭遇，而去安慰婆婆。她是这样地善于替别人着想。当婆婆问到她爹爹回来问起时，怎么说呢？她马上想到，自己惨遭杀戮的凶耗，不能让离别多年的父亲知道，这种刺痛人心的事件，如果父亲听到了，很难设想老人家如何忍受得了！而且又怎能让婆婆说出口！所以她马上告诉婆婆不要诉说惨状，就说是得病而亡算了，何必刺伤了这么多人的心怀，所有的痛苦尽量由自己来承担吧！

受刑的时辰到了。一般的演法常是在这时起叫头："天哪！天哪！我窦娥死得好不瞑目啊！"我在过去演出的时候，却是用的这样的词句："爹爹呀！爹爹呀！女儿就要与你永别了！你你你们是看不见我的了！"我觉得窦娥在临死的时候，会想到她唯一的亲人——离别多年的生身父亲。她是多么不愿意离开自己的亲人们！这样，是会更感动人的。——可以告诉观众，滥施刑宪的官府，竟逼得善良的人们受生离死别的痛苦！

突然，天变了！降大雪了，这是通过老天爷的怜念写出了人民的怨气。在人们的意念中，善良的人是不应该死的！因此六月降雪，使窦娥得以不死，这实际上是表现了人民的愿望和意志。窦娥接唱："一霎时狂风起乌云遮满，为什么六月间雪降街前！"声调振奋高亢，倾吐出了心中的冤屈和怨气。但是她不禁又想到：这一场雪难道真是老天爷的垂怜吗？难道窦娥真能得救了吗？她心里是又高兴、又怀疑、又惊惧的。这种悲、喜、疑、惧的心情交织心头，最后一句唱："莫不是老天爷将我怜念？"在行腔上，是有几番的高低、迂回曲折，用来表现她这种复杂、悲喜交织的心情。

由于这场表现人民意愿的雪，窦娥终于得救了。在这里，我们安上了被人们公认的清官——海瑞，来了结此案。最后作恶者终于得惩，善良者终于得生。

我把窦娥这个妇女塑造成了一个非常善良、温厚、贤淑、端庄的形象，而在她的性格中，又使她具有坚韧的能够舍己为人的高贵品德。

从以上看来，我所演出的《窦娥冤》已经和七百多年前关汉卿原作杂剧《感天动地窦娥冤》有所不同，有所衍变了。

不同处，主要是对窦娥这个主要人物，在性格刻画上有了不同；另外，在人物的身份、成分、相互关系上和情节上也有些差异。

在关汉卿原作中，对窦娥这个人物是比较突出地刻画了她性格上倔强的一面。比如她婆婆招来张驴儿父子，并答应他们做接脚的亲事时，她便直截了当地说出婆婆怎样怎样不对；当她看不惯婆婆对待张驴儿父子那种容忍和蔼的态度时，便因感到耻辱而在一旁埋怨；在她被屈受刑时，她愤怒地道出三个誓愿，来显示她对黑暗统治的强烈控诉；以至于最后她以鬼魂出现，自己报了仇雪了冤。窦娥这一人物是被关汉卿塑造成一个相当倔强、大胆、敢说敢当、比较泼辣的个性的。这种个性的形成，是与原作中给窦娥安排的境遇分不开的。她三岁亡母，七岁离父，从小便做了人家的童养媳，婚后不久又成了寡妇，她的遭遇是异常凄惨的；而社会生活又是这样动荡不安，没有保障，因此在她本身的遭遇和斗争中，使她形成了这种顽强的斗争性格。作者也就通过她所身受的一系列的遭遇，来引起人们对窦娥的同情，导致人们对那个社会的憎恨。

在我的演出中呢，则是比较突出地刻画了窦娥性格上善良、敦厚、舍己为人的高贵品德的一面。她和丈夫相处是非常和谐的；对婆婆又很尊敬、爱护，在丈夫走后，她更承担起对婆婆侍奉照顾的责任，而婆婆也是这样地怜惜着她。一家人本来是安安静静、和和睦睦在生活着的。可是，这样一份安乐的幸福，它的成员并不曾骚扰过别人，但在那种封建社会里，他们竟难免遭受恶人陷害，以致家破人亡，身受刑宪。而窦娥这样一个善良的妇女，却不得不以自己的生命来承当一切痛苦和灾难。剧本就通过这些描写来谴责昏聩黑暗的封建官府，来谴责卑鄙自私的作恶者。因此，对窦娥性格的刻画，虽然在表现上与原著有所不同，但是由于她们切身的遭遇而产生的对封建社会的憎恨、咒怨和反抗的精神，还是一致的。只是一个更倔强些，进行正面的反抗；而另一个则是通过她那种深沉的内在的感情来进行另一种形式的强烈的反抗。

对于人物的身份、成分、相互关系的改变和情节上的变动，我所演出的是较多地参考了明传奇《金锁记》中的人物情节的。比如蔡母这个人物，在杂剧中是个放高利贷的，由于她去索债，以致招来张驴儿父子硬要做接脚，她的性格显得很懦弱，因而招致了祸事。这样，蔡母虽然也是个被迫害的人物，但是对蔡母的遭遇和行为却是在同情之中又有所批判的。由于此，我们则感觉不如把蔡母写得更善良来得好一些。那样就更便于刻画窦娥良善的个性，也更容易刻画出她们婆媳间生死攸关的亲切关系，而且也不容易分散主题。因此就摆脱了蔡母身上的一切责任，把罪过索性都放到张驴儿一个人的身上了。这样便把蔡母处理成为诗礼旧家中"夫殒望儿贤，勤教诲学孟母三迁"的善良和蔼慈祥的老太太了。蔡母既不放债，窦娥也就不是因折债而来，所以戏一开始便把窦娥处理成已婚的少妇，而她却是个具有"世家遗范、礼度幽闲"的贤淑温柔的妇人。《金锁记》传奇中也已经把张驴儿处理成母子两人，并且愿在蔡家"宅上相帮衬"。因此我们也考虑把张母写成是蔡家的佣工，而张驴儿则是随着他的母亲在蔡家帮闲的。这样，情节和人物就都集中了，主题也比较单纯突出了。结尾改成由海瑞来雪了冤，没有完全按着传奇的路子，主要是，一方面照顾到当时观众的心理，使受难者能够有个好的结局，另外也感觉传奇中大团圆的结尾比较啰唆了一些，所以就衍变成了后来演出的路子。

至于《金锁记》的名称问题，在明传奇中，窦娥丈夫所佩戴的金锁是个贯串情节的关目，所以传奇名为《金锁记》。我后来演出时仍以《金锁记》为名，其实是没有什么道理的。我觉得还是叫《六月雪》或《窦娥冤》更为恰当。

时代是永远在不停地飞跃前进着，人们的观点，对古典戏曲的看法也不断地在提高着，因此，我这个戏也需要再继续进行修改。1952年的时候，我曾企图仍把《窦娥冤》改成为一个完整的悲剧，去掉赶考遇难、团圆的套子，试验演出了几次，结果漏洞还是很多。当时也引起了人们一些争论：有的主张仍旧按着原来雪冤的路子；另一部分意见则是主张改回关汉卿原著的样子。到现在，这两种意见还没有统一，我个人呢，是比较喜欢把它处理成为悲剧的。因为这本来就是个冤狱，处理成为一个完整的悲剧，在意义上更深刻一些。究竟怎样才改得完整，我个人也还考虑得不成熟，我想还是有待于从事戏曲工作的同志们来共同研究，共同整理吧！

为了纪念我们伟大的古典戏曲作家关汉卿，我谨写了这一些很不深刻不全面的体会和认识。希望我们以后能够把《窦娥冤》这个戏改好，让关汉卿所始创的这个剧目——《窦娥冤》永远在我国剧坛上放射着灿烂的异彩！

关于身上的事

问： 关于"身上"的事。昆和黄的关系如何？

答： 关于"身上"的事，第一先要注意"规矩"二字。普通说某人唱做的规矩，乃表明其不胡来之意，是笼统的语词。其实"规矩"是有形质的，可以指实的。

规是"圆规"，矩是"方矩"，现代学校画几何，都离不了"规"（半圆式）、"矩"（斜半方式，一名三角板）及各种曲线板。

从来讲究"身法"的，常说"循规蹈矩"。又说"规行矩步"。又说"周旋中规，折旋中矩"。又所谓"不以规矩，不能成方圆"。即是此理。

"大起霸"是身段的全套。出台"亮相"是平圆，站立用"丁字步"是方矩。此外如"云手""山膀""踢腿""转身"一切动作，离不了"方圆曲直"四字。近人程继先表现得最为完美，据说亦是徐小香、王楞仙一脉相传。

学京戏的票友，纵然唱得很好，提到"登台"，便感觉困难。的确，台上的服装、身、步，处处具有舞术，与平常人的举手动足大不相同。若练习不到，以致上得台去，乱了方向，甚至伸不出手、迈不开步的现象很多。

但是好些昆票，如袁寒云、汪隶卿、赵逸叟、朱杏卿、吴瞿庵，他们平常只做研曲唱曲的功夫，不曾下票房学身步，因而在江西会馆彩唱上台，一个个都适闲合度，不慌不乱。袁二与老艺员陈德霖合演《折柳阳关》，平稳合适。朱杏卿演《昭君出塞》及《佳期拷红》，汪隶卿与吴瞿庵演《拾柴泼粥》，也没有一点"羊气"。这是什么缘故？

原因是台上的一事，一半需要"功夫"，一半需要"得窍"。

所谓"得窍"，就是：第一，认清了"圆规方矩"与身步的关系。

第二，认清了台面上的线路和部位。第三，在每一出戏上场准备的时候，与同场的角色及场面上人，对一对词，排一排身段，把必要的"交代"弄明白了。上得台去，不慌不忙，沉着应付。这是昆票登场不致错误的原因。还有一个原因，那就是"歌舞合一"。

昆腔没有过门，笛子一发声，跟着开口唱起来，而手眼身法也就跟着活动起来（如是行动的还兼上步法），成为"载歌载舞"的体系。固然，亦有唱功多动作少，甚或安坐静唱的（如"弹词"之类）。但大多数，特别是小生和旦角的戏，口法与手眼身步，常是联系在一起。如《游园惊梦》之类，亦就是"循规蹈矩"，处处显着有方有圆和曲线美。

《游园》是两个旦角（小旦对贴旦）的载歌载舞，《惊梦》是小生对小旦载歌载舞。

游园小姐是"长扮"，丫鬟是"短扮"，长扮是宜于折扇，短扮则宜于团扇。若用扇子表明身份，是团扇贵重，宜于小姐。但因小姐居于舞术的主位，看花玩景，要"手挥目送"，折扇可以展，可以收，可以做出种种姿势，辅助身段，表现情思。所以把团扇换给丫鬟去用。春香纵跳自如，步伐轻快，与团圆的扇子相称。即此舞具，足见支配之妙。

《惊梦》柳梦梅唱"小桃红"，即"只为你如花美眷……"一段，杜丽娘左闪右避，走成两个圆线。梦梅追步，亦走成两个圆线。皮黄《女斩子》薛丁山唱二六板，即"想当年大战在那樊江阵……"，樊梨花左闪右避，走成两个圆线。丁山且唱且追，亦走成两个圆线。极为相似。

问： 京戏演员的"身法"，是否都由昆戏而来？

答： 苏昆人士，对于"口法"有著作传留下来，而对于"身法"却没有专门的图书可考，所以不能说定。

但是我们知道昆班之盛，在皮黄之前。苏昆艺员不只唱曲擅长，即武功身段，当年亦是很有名的。据老艺员刘春喜说："徐小香演《八大锤》陆文龙的双枪，及长坂坡赵云的单枪，枪法之妙，无人能及。"曹心泉说："苏丑杨三去《问探》的探子，手执一杆很大的四方令字旗，且歌且舞，左盘右旋，旗角一丝不乱，称为绝技。"近人钱金福先生昆戏花脸，无所不能，武功身步，整齐细密，众所推服。可见当年昆班身手之妙。所以说京戏身法，受昆戏的影响，亦在情理之中。

不过，我们还须注意，"身"是人人都有的，不论是何剧种的演员，上了台，总有些身法。正如"口"，亦是人人都有的，任何地方戏曲以至大鼓小曲的艺人们，也有些"嘴里"功夫。不过苏人从字体音韵联合研究，加细而已。

每个人的"口"，内有各种发音的工具，好似一部机器。每个人的"身"，上有首，中有腰，下有足。上有两臂，臂起于肩，其下有肘有腕有手。下有两腿，腿起于胯，其下有膝有踵有足。每个"环节"都具有舒展弯曲回旋的机能，从而发生各式动作，亦像一部机器。

"台上的身步，不能与寻常人的身步一样。"这话固然不错。但台上的身，亦就是天然的身，并不是另一副机器身。不过把平常的随随便便，加以"规律化"而已。

这样，我们应当先检查全身，共有几部分，每一部分有几个环节，它的单独作用怎么样，它们的联合作用，又是怎么样。

"身"有躯干，好比一棵树的身。两足好比树的根脚。要"身上好"必须先把脚步弄清楚，要敦实，又要利落，然后能把全身托得稳当。

中间的腰，是个要紧的环节，它能使你上下弯转，又能使你左右盘旋。上部的颈，亦是如此，颈连到首。首的作用，多在面部，面有五官，另为一组。五官之内，"眼"与"口"为最要。"口"的职务在唱念，"眼"的职务在传神，一切做派，由眼领导。《梨园原》有记"身段"一节，内"眼先引"一句，是不错的。这是指的"眼神"，不是指的"眼法"。说到"眼法"大要有四：一、"斗眼"，即把两边瞳仁集中（都向着鼻梁的上端），用以表急愤、恐怖，用处最多（杨小楼《长坂坡》，王瑶卿《走雪山》，都用得好）。二、"分眼"，与"斗眼"相反，把"瞳仁"向两外角远离，眼眶里几乎全是白的。据曹心泉说：乃是气功，最不易练。但是用处很少。三、"翻眼"是把瞳仁往上眼皮里走藏在内，也不易练。用在人死的时候，如《洪洋洞》六郎，《七星灯》孔明等（贾洪林最擅长）。四、"旋眼"把瞳仁旋转如环，王凤卿在"成都"及"昭关"用过，据说表示忧急。周瑞安扮武将出台亮相的时候旋眼珠，据说是表示眼观四面的威风。但观众不欢迎，台下常常发笑。所以谭鑫培、杨小楼从来不用"旋眼"，可见无论什么"法"，全仗人裁量，该用的用，不该用的就不用。

所以与其说"眼法"，不如说"眼神"。眼神是活的，不能像眼法那样有一定的程序。可是它的作用最大，对于表情，对于身段，对于一切动作，都有领导作用。

"手法"的式样多，用处多。武戏里舞刀枪及一切器具，固然全仗两手；即是文戏里一切做派，亦处处需要手的技术。其中变化极繁，又各有规律，须有专谱，多费时日，多请专家，方能说明。大体说来，生净等表演男性的手法，与表演女性的旦角的手法，判然不同。旦角从来不用"五指朝天"（像生角净角三笑时，扬起两个大巴掌那样）。没有生净一切"张牙舞爪"的动作。但是旦角的手法细致，像"兰花瓣"的指式之类，非常美观，故另是一功。

问：所谓"联合的作用"如何？

答：人身各部分，全是相关的。动作的时候，这一部分常常与另一部分合作，其中的联系则在"环节"。

人身的环节，中部即躯体干，有：颈，便于首部之转动。腰，便于上下身之转动。两旁属于上部者：肩、肘、腕，便于臂及手之转动。属于下部者：胯、膝、踵，便于腿及足之转动。

欲显明环节的联系，最好是"起霸"，当出场亮相的时候，左右手提下甲，两臂各弯成半圆形，上三个环节，完全显露。举步时将膝弯起，抬足向前，下三个环节又完全显露。照此往下，一层一层，全霸起完，各处环节的呼应联络，亦无处不显露。所以行话有所谓"三节六合"。本来臂与腿的构造是一样的。腿上有胯，就比臂上的肩；中有膝，就比臂中的肘；足有踵，就比手有腕。上下相应，亦是天然的配合。"三节"就是肩与胯应，肘与膝应，腕与踵应。

六合内一半是属于形体的，即首—腰—足为三合。另三合是属于精神的，即心—声—气。

戏台上的动作，全是虚空而又有准头。武戏的交战，双方的兵器，不论如何紧张，谁亦碰不着谁（因为其中有线路）。不但交战即如一个人的"起霸"，一手一式，亦全是"并行线"，不交不碰，玲珑之极。手脚有分寸，宛转要灵活，其关键亦全在"环节"。

"云手"自然美观，但其美在"手"，所以成其美的关键，则在

"腕"与"肘"。

"起霸"不但是演戏的好舞术，即是不演戏不上台的人，学好了，练好了，作为健身运动，亦是绝妙的"柔术"。能使浑身筋肉舒展，骨节灵活，而且练的时候，非常舒服，比其他武术更卫生。

以上所说的乃是京戏的"起霸"，或者苏昆老艺员的起霸。至于外乡班及外埠班的"起霸"，那又当别论了。

例如荣庆社的武角王益友、张文生、侯益隆的武功，都有很坚实的"把子"功夫。但是他们的"起霸"，只是端着两膀两手高高提着下甲，来回地转圈。只见两膀随着全身旋转不已，很少抬腿动脚。再则亮相的时候，亦是架着两膀，瞪着大眼，探身向前，做抖战之势。场上的锣鼓，亦是一阵阵地咚吭咚吭，没有别的节奏，使看惯了京班"起霸"的观众，大为惊奇。

问：他们不亦是昆腔角色么？何以有这样形象？

答：这又不在乎什么剧种，而须注意剧曲的地方化。外乡常演棚戏，或神庙的高台戏，那戏台特别高，戏场特别大，而且多是露天的。上万的观众，摩肩跷足，仰着脸往上看。他们的视线只集中在台上人的上半身。于是演员们不能不把精神力量，用在两膀两臂及首部。他们学戏的时候，不是没有步法，但在台上用不着（观众看不到）。久而久之，"亮臂不亮腿"就成了公共的习惯（他们要显腿上的功夫，只有"搬朝天蹬"）。因为只有那样，才可以使台下人看见。侯益隆的搬蹬，在北京亦受欢迎。

不但昆戏如此，京戏亦如此。杨小楼初到上海，观众莫名其妙，说他远不及熊文通。谭鑫培到上海，曾被喝"倒彩"。他们的身段都是京派，都是"以静制动"，外埠的观众，多数嫌瘟。北京评剧人们骂海派，说上海的武生，一个"跺泥"要站五分钟，一次下场的枪花，要左手一花，右手一花，在腿弯子下面翻上来，还要一花。又说上海角扮关羽吹胡子瞪眼，浑身乱抖。殊不知上海的戏场大戏台大电灯多，观众多数习惯看热闹看花哨。一切动作必须火炽，唱念非大声不可。若照北京的演法，不但不感兴趣，而且看不明，听不见，也是实情。其实海派所演，又何尝不是京调皮黄，海派名角，大半还是北京出身。因为环境不同，改变了形象。

所以戏台的方式和戏场的情况，与演员的艺术关系最为密切。苏昆及京戏老辈的身手，所以能够"规矩方圆"有"尺寸"有"准头"，唱念动作一切所以能够"以静制动"，显出戏情，是和当时的戏台戏场的情况分不开的。

现在说一个比方，譬如下棋，不论是围棋是象棋，方方的棋盘，当中有条"界线"，两旁各有许多方格，圆圆的棋子，先各占一边，然后按着应走的路线，看着前进。象棋的分界，还有"黄河为界"的字样，若由这边走入对方叫作"过河"。而戏台上的"换边"，亦叫作"过合"或"过河"。棋盘上应走的路线，有对角线，有正色线，有横有竖，都是有组织有系统的，假如不用棋盘，而用打台球的案子，那么不论怎样好手，亦下不了棋。

戏台上的部位和路线，不像棋盘那样明显，可是比棋盘还要细致。大概可分为有形与无形两种。第一，形质的（物的）是台上的上下"场门"，分别里外场的"桌子"，铺在台面方方的"地毯"（旧时的两个台柱子，亦有些"定向"的作用）。第二，形象的（人的）如走圆场的圈子。（有大圆场绕台之中心，有小圆场在台之一角）。"进门"，"出门"，双进门，双出门，双挖门，挖门的曲线路，坐里场的S线，坐外场的S线，出场的三阶段，出门"亮相"，九龙口"住步"，台前"立定"。以及"起霸"的对角线，行军摆阵"龙套"（兵丁）的进退，"斜一字""正一字""双龙出水""双龙归洞""倒脱靴""站门"（斜门、正门）等等，处处有方有圆，或左或右，或曲或直，都有路线。因是活动的，繁复的，所以不能像棋盘那样固定，而各由演员的身步上负责交代清楚。

这些无质有形的部位和路线，具有以下几个优点。

第一，方圆曲直，都合于"形学"的即"几何学"的规矩之美（平面的规矩方圆，立体的规矩方圆）。

第二，有了台上的总的整个的部位和路线，使各个演员的身段步法的规矩方圆，活动在台面上的规矩方圆之中，就仿圆圆的棋子，在棋盘上走动一样，井然有序（但是组织更细密，行动更灵活）。

第三，打破空间的限制及物质的阻碍，而使剧中的人物情景得到灵活的表现。例如《讨鱼税》中萧恩父女摇桨行船，一个圆场的身段、手法，衬着场面上的锣声，就把水景船景，人在船上的动作表现足了。若布实景，台上万不能放水开河，即使用砌末做成假水，还有船的问题，人的动作问题，如何摆布呢？这不过随便举一个例子，其他更不胜枚举了（曾见《戏剧报》上有《洛神》的布景相片，那水似乎用砌末做成的，七高八低，人在上面歌舞实在担心。远不及旧戏《金山寺》的"水淹"，全用身段传神写景）。

许多不便以实质表现的事物，由演员用身段、步法去表现出来，所表现的是"形象"，不是形质。演员除了表演"戏中人"之外，还有表现"戏中景"的责任。

因为这些部位路线的形象是虚拟的，是活动的，是附在演员的行动上而表现的。若不经过系统的解说与研究，观众实在不容易了解。他们所能一目了然的，只是有形质的桌椅、上下场门等等。所以一般人常说，旧戏台上除了"人"之外，只有些桌子、板凳、门帘几件东西，殊不知实质的东西虽少，虚的形象则非常之多，仔细研究之后，是很有意思的。

问：昆戏既有许多优点，而且给了京戏以很大的帮助，何以它自己倒失败，以致清代晚季数十年间，昆班在大众面前营业的戏场上失了踪？有些人说是昆戏太高雅，俗人不懂。又有些人说曲律高深，腔调的讲究多，未免"曲高和寡"。但又有些人说昆戏太瘟；唱功不动听。究竟应当如何批判？

答：无论哪一方面，说几句空洞的话是不相干的。昆腔和京调，都是内容丰富、历史悠长的戏曲，必须具体地研究，切实比较。现在且不说京调怎样战胜，而先查验昆腔戏的本身有些什么缺点。

先说词句方面，如说"昆词高雅，不能通俗"的人很多，把责任推诿在听众一边，似乎昆词受了委屈。这一类的话不但太空洞，而且太外行。真正研曲的专家，并不这样说。我们且看李笠翁《曲话》"词采"章第一节，"贵浅显"内说："曲文之词采，与诗文之词采，判然不同。诗文贵典雅而贱粗鄙，宜蕴藉而忌分明。曲文则不然，话则本于街谈巷语，事则取其直说明言。元人非不读书，而所制之曲，绝无一毫书本气。后人之曲，则满纸书卷矣。"笠翁指出《游园惊梦》的"袅晴丝……"等类的句子，只可作文字观，不可作传奇（戏曲）观。他却赞赏《忆女曲》的"地老天昏,没把老娘安顿,你怎撇下万里无儿白发亲"。他说这样"意深而词浅,全无书本气"才是好曲文,好戏词。由此看来,假如把昆戏《游园》的词(即"袅晴丝吹来闲庭院……"一段),和京戏《桑园会》的词(即"三月里天气正艳阳……惊动了雀鸟乱飞扬")摆在一处,请笠翁批判,他亦必然赞成,《桑园会》的词是戏词,而《游园》的词,只是文词。

徐灵胎的《乐府传声》亦说:"曲的体裁与诗文各别,取直而不取曲,取俚而不取文,取显而不取隐,使愚夫愚妇共见共闻,非文人学士自吟自咏之作。若必补叙故事,点染词华,何不竟作诗文。但直必有至味,俚必有实情,显必有深义。又必观其所演为何事,如演文墨之辈,则词语仍不妨稍近藻绘,乃不失口气。总之因人而施,口吻极似,所谓本色之至,乃元人作曲之法门。"

近人吴梅(瞿庵)所写《顾曲麈谈》亦说:"今人不知词与曲之分,专以风云月露之语,点染成套。如《水浒记》《活捉》词句,直是搬运类书而已。词句如'马嵬埋玉,珠楼堕粉,玉镜鸾空尘影,莫愁敛恨'。一句一典。试问阎婆惜一个不甚识字的女子能知之否?张文远不过一个衙门书吏,而其曲词全是书卷。还有'柳下惠''蘧伯玉'等典故,全不合理。"

以上这些专家们,异口同声,已经把"昆词高雅,俗人不懂"那些话根本推翻了。

还有昆戏的词句,文的地方太文,而俗的地方又极俗,而且极脏。

《缀白裘》是场上的实录,每一出里的科诨、净、丑副等角到了玩笑或者相骂的场合,几乎句句秽恶,在纸上是不堪入目,在台上说说道,不堪入耳。所以笠翁《曲话》有"戒淫亵"一段,内说:"戏文中,花面插科,动及邪淫之事,有房中道不出之话,公然道之戏场,雅人塞耳,正士低头,惟恐恶声之污耳。""科诨之设,只为发笑,人间戏语甚多,何必专谈欲事。"又说:"科诨之妙,在于近俗,而所忌又在于太俗。"这些对于昆戏科诨的批判,是严厉而正确的。

京戏的科诨亦甚多,亦免不了"近俗",但比昆戏干净多了。只要把《戏考》和《缀白裘》对着比较,就可以看出来(《戏考》是京戏场上的实录)。

京戏的老本子科诨亦有些很粗恶而后逐步改进的，例如《打侄上坟》，张公道问陈芝：“有几个儿子？”陈芝说：“也是乏子无后。”下面张公道的老词是很脏的。但后经过聪明的丑角改正，先看陈芝的耳朵，然后说：“你将来有很多的儿子，因为你的耳朵小。”引证古语："耳小生八九子。"原文乃是：“尔小生，八九子。”借音改句，何等敏妙。既不秽且不俗。

由此可见昆词本身存在着很大的缺点：第一，误把"文词"当作"戏词"。第二，只信任文人自方的主观，忘了客观的众人的需要。第三，戏中有各式各样的人，制曲填词者不能分别体会。第四，科诨词句太俗太秽。

这些缺点，在京戏中很少（虽然亦有别方面的缺点），是京戏占胜的一个原因。

问：词句方面的优劣已明白了，腔调方面如何？

答：说到腔调，昆腔不但不是戏曲应用的腔，而且亦不合于文词或语言的句读，真是奇怪之极。这亦早被曲学大师徐灵胎痛切地指出。

《乐府传声》的"句韵必清"一段内说：“言语不断，虽室人不解其情。文章无句，虽通人不晓其义。何况唱曲！”

当然，就是平常人说话，亦必须句归句，段归段。若是上句扯到下句的头，下句又扯到下句的肩，闹个一塌糊涂，谁亦莫名其妙，何况戏曲是唱在台上，给台下好多人听的，句读乱了，还听些什么？于是他指出《琵琶记》的《辞朝》一出内"啄木儿"一段说：

"事君事亲一般道。人生怎全忠和孝。却不道母死王陵归汉朝。"

他说照昆腔的唱法，把"道"字拖腔连着下句的"人"字，是第一句的脚，连着第二句的头了。而第二句的末一字"孝"，又连到第三句的头一字"却"。是句韵全失，听者谁能明白唱的什么东西。

他这一段指的昆腔唱的南曲，至于北曲呢？他说：“唯北曲尚有句可寻，但亦不能收清收足，此亦渐染于昆腔所致。”

可见昆腔连句子都分不清楚，牵上搭下一片糊涂，听的人当然感觉困惑。叫作"困腔"，真乃"名副其实"（《戏剧报》上欧阳予倩的"一知谈"说昆腔沉闷，不错，但并未说出所以然。这里明白举例以明之）。

问：北曲尚有句可寻，有韵可辨，但亦不能收清收足，这又怎样讲呢？

答：这可以举一支北曲的唱法来说明。我们知道《刺虎》是北曲，费宫人上场唱："蕴君仇含国恨。"是两个"三字句"，谁唱也是先三字，后三字。这是北曲，若照南曲的唱法，必然又唱"蕴君仇含"，"含国恨切""切切的蕴君仇侃……"那就糟了。

只要一句归一句，不胡乱句法，就是有句可寻，有韵可辨。至于"收清收足"，那就更进一步，不但要句句分明，而且一句一节的神味意义，浅深轻重，都要个别地显露出来。这不但昆腔的南曲没有，连北曲也没有。

即如《刺虎》全出的唱腔，只做到句句不乱，但是一派的平平稳稳。其中"滚绣球"一大段唱功，末句"也显得大明朝有一个女佳人"。本是极见身份，表志气的好词句，因为前无"过门"，后无加力的唱法和显出结句的锣鼓，只随着笛声，悠然而止，一味平唱，不显精神，把有力的句子唱瞎了。这就是收得不足。

问：北曲的句子，亦不能"收足"，然则欲听"收得清"而又"收得足"的唱法，哪里去找？

答：在昆腔的戏里，是找不到的。若照《乐府传声》的说法，必须以《元曲》为标准。他说："歌法至此而大备，能审其节，随口歌之，无不合格调。播之管弦，但今人不深思耳。"照他这样说，只要以元曲的本子为根据，把其中的词句音节看明白了，深思之后，就可以随口而唱。但是他又说："昔人之声已去，谁得而闻之。"当初没有"留声机"，没有录音片子，只凭纸面深思，亦太困难。所以他又说："今之南北曲，皆元明之旧，而口法亦屡变。南曲变为昆腔，去古已远，其立法之初，糜漫模糊，听者不能明其为何语。而北曲自南曲盛行之后，又即以南曲唱之，遂使宫调不分，阴阳无别，全失元人本意，学士大夫全不究心，将来不知何所底止。"由此看来，曲的唱法，是被昆腔闹坏了，而元曲的唱法，又一变再变，没有影儿了。

正当的唱法"日就消亡"实在可怜。他说"余用悯焉"。于是写了这部《传声》，作为推倒昆腔恢复元曲唱法的依据。

问：依照《传声》所说的唱法，照着元曲的本子，就想唱出元曲来，事实上只恐很困难吧？

答： 的确很困难，但有个简捷而又实在的方法，解决这个问题，那就是"把京调皮黄认为元曲的继承者"，因为京调已经弥补了昆腔的缺点，具备了元曲的条件。理由如下：

第一，词句。如以上所述李徐吴各位专家的论著，都不赞成昆词的文采，而主张浅显明畅。这虽然指着元曲，实在亦像是指皮黄。

第二，腔调。徐先生说昆腔的根本毛病是"句韵不清，靡漫模糊，不能收清收足"。北曲虽然句子分清了，亦不能"收得足"。然京调却是"收得足"的。我们就把北曲的《刺虎》和京调的《刺汤》的唱句比较一下。上文说过，《刺虎》的"也显得大明朝有一个女佳人"，表出"费宫人"的志气、勇气、身份，是有力的词句，可惜优优雅雅地唱过了，使听众不能满足（按这个词句，虽然有俞振飞家传的唱法，但因限于工尺简单，而"女佳人"三字，虽然一个上声，一个阴平，一个阳平，都是高亢的字音，究竟不如京剧《刺汤》的"今夜晚"）。

《刺汤》的"今夜晚，杀贼子，要报仇雪恨。落一个青史名标，在万古存"，也是有力的词句，表出雪恨的决心、勇气、身份。上句末的"恨"字，清切有力，下有一小过门，分清了句韵。下句"青史名标"的"青"字顶板唱；末字"存"字的小过门，或让过，或带过，或唱满均无不可。名角固然唱得好，即是平常的角色，只要按着规矩唱，亦能入戏入味，使听众感觉戏中人的心事清楚地表现出来，就因为每句不但收得清而且收得足。

以上不过一个例子，京调戏里再举几百个千个例子也有。几乎没有一出，没有一句不"收得足"，或者比元曲还强几倍。

京调既然具备了元曲的条件，那又何必再恢复元曲。何况元曲的唱，没有"留声"，无可追摹，即使勉强追摹，亦未必是元曲的本来面目。所以《传声》又说：

"如必字字求同于古人，一则莫可考究，二则难于传授。况古人之声，已不可追。自我作之，必有杜撰不合调之处，即使自成一家，亦仍非古调。"

这一段非常透彻。元曲既不可追摹，那么只要找到具备元曲条件的唱功，就是元曲的继承者。所以他又说："夫可变者腔板也，不可变者口法与宫调也，若口法与宫调得其真，虽今乐犹古乐也。天地之元声，未尝一日绝于天下。人生有此形，即有此声。欲求乐之本，必自人声始。"这虽不是指着京调（皮黄）说话，事实上亦就等于"举荐京调"了。

问：口法已明白了，"宫调"又是怎么回事呢？各位曲家前辈又怎么个说法呢？

答：关于这个问题，亦可先看看曲学专家们怎样说法。吴瞿庵是近代著名的曲学家，曾任北大教授，所著《顾曲麈谈》中第一个问题就是"宫调究竟是何物"，他的第一句回答乃是"举世莫名其妙"。这是实话。虽然有些人标榜着"宫调"，究竟不能说明是什么东西。

然而曲家既然标榜着"宫调"，而又不知"宫调"，究竟不像句话。于是吴氏只可以自己的见解，作个答案，他说："余以一言定之曰，宫调所以限定乐器管色之高低也。"于是按笛孔上的工尺，分出小工调、正工调等七调，又把每调若干宫，若干调，例如"凡字调"下有南吕宫、黄钟宫、商角调、仙吕宫。而"六字调"下有南吕宫、黄钟宫、商角调、越调。

他亦知道这个答案不完全，不确定，为了预防别人提出疑问，先作个"自问自答"，共分两层：第一，问"古言律吕，皆指阳律阴吕，如君主说，只有黄钟宫、南吕宫、中吕宫，其他一概不及何也"，这是指出不完全。第二，问"只以笛色分配宫调各宫，而不言隔八相生之理，又何也"，这是指出不确实。

于是自答道："君所言者律学也，我所论者曲中应用之理，就其所存者言之，不敢以艰深文浅陋也。古今论律，求一明白晓畅者百不获一。我于律吕一道，从未问津，故只就曲中之理言之。盖曲与律是二事，曲中之律与律吕又是二事。"

这个答案，亦很勉强。好在自己已经说对"律吕"是外行，从来没有研究过，不过自己所见到的一些说说而已。又说"曲"与"律"是两回事，那当然不是根本解决。

问："曲"与"律"究竟是不是两回事？

答：的确是两回事，这话在京调方面可以说，而曲家却不能说，因为他们既把"宫调"摆在头上，而"宫调"又是从"律吕"生出来的，怎能说是二事呢？

这里我们且先谈谈"律吕"。

"律吕"不是虚无缥缈的怪物，乃是可指可见的实物。竹子截成十二个短筒，六个叫作阳律，六个叫作阴吕（各有一专名），大小高低不一样。发出来的声音当然特别，再把各筒的声参互配合起来，当然又产生许多音调，于是什么"宫"什么"调"就热闹起来了。在这里说不尽，写不尽，好在有些整部大套的专书，如《律吕正义》《律吕新书》《律吕新论》，还有《九宫谱》《九宫大成》等等，堆在故宫四库的大架上。清乾隆帝屡次命令大臣们会议修订，还搞不清楚。每逢大典礼、大祭祀（如登基，大婚，祭天，祭孔之类），奏些什么乐，什么舞，亦不过按照惯例，吹吹打打，究竟其中几宫几调，哪是律哪是吕，谁亦不过问，不明白。常说"礼乐"。"礼乐"二字相连，本来"乐"是配合着"礼"的，不是配合"戏"的。所谓"律吕宫调"的根源，须从"乐"上找，即使弄清楚了，亦与戏曲没有什么关系。所以吴瞿庵说："律吕一道，从来不曾研究。"倒是老实话（昔在中国戏曲音乐院研究所时，曹心泉摆出十二个竹筒，上刻律吕名目，但亦不过摆摆而已，即便搞明白了，亦是太和殿或孔庙用的乐，与戏曲没有关系）。

既然律吕与戏曲的距离太远，曲家又实在没法研究，又何必满口"宫调"呢？这有两个原因：第一，戏曲及乐器需要一些音调的标准。第二，律吕与古圣贤所提倡的"礼乐"相连，地位很高。借此高攀，显得戏曲的身份亦高了。

律吕（十几个竹筒子）发出来许多不同声音，人们感觉某某近于"哀"，某某似乎"喜"，某某雄壮，某某和平，于是定了某某宫调的名目，还有些旋宫转调，隔八相生的道理，详见清代会典。这可是礼乐不是"俗乐"（这个"俗"连元曲，昆曲都在内）。至于"俗乐"有只认七宫的，有只认九宫的，本就七零八落。到了昆系曲家，又只剩了"黄钟""南吕"几个宫，凑合着配上十一调，亦就算有了"宫调"。而且除了开些残老的名目单子以外，实际上到底是什么音调，有什么意思还是不清楚。"掩耳盗铃"，自欺自，可笑之极。

因此，发生两种现象：第一，制曲家互相菲薄，某甲批判某乙所造的词句牌子不合律，某乙亦评判某甲出宫犯调，某丙某丁都肩着"宫调"的招牌，谁亦不服谁，实际是谁亦不明白"宫调"。第二，研曲家，看得一般都不够格，特别是用昆腔唱的南北曲，以及明清人制作的"昆曲"，认为"宫调不分，阴阳无别，去上不清"而发了唱法"日就消亡"的哀鸣。

问： 既然"宫调"是唱功的要素，必须先把它搞清楚，"到底是什么东西"，但是各专家都"虚挂二顶帽子实际都是莫名其妙"，我们又从哪里去了解"宫调"呢？

答： 在各专家之中，到底还是徐灵胎先生，他在"宫调"一段里，指出了遇富贵缠绵之事，则用黄钟宫。填词制曲的人，把词句及字的阴阳配合好了，唱的人按黄钟宫曲子唱出富贵缠绵的神味来，就是黄钟调。遇忧伤感叹之事，制曲的人、唱曲的人都按南吕宫的做法唱法，就是南吕调。配合得对，就是寻宫别调。不符合或掺越，就是出宫犯调。

他这些话，虽然亦只说了两"宫"，可是他已经指出宫调就是配合戏情的词句和音调。比那些开目录摆名词的专家实在多了。譬如食品，他是指出了某品是甜味，某品是咸味，不比别人把故纸堆里的食谱菜单摆摆就完事。

这就告诉人们，"宫调"二字简明而切合实用的意义，就是配合戏情的词句和音调。

只要词句、腔调、唱法能正确地适应戏情，不论是什么戏曲，都可以说是合适的宫调。所以《传声》又说：

"只口法与宫调得其真，虽今乐犹古乐也。"

他说"得其真"不说"得其传"，他教人就眼前的戏曲，作实际的考验，不必去故物堆里"钻牛角尖"。

问： 在眼前的戏曲里，怎样去求得"真的宫调"？

答： 还须向京戏皮黄里去寻求。特别是清代道光到光绪年间的许多前辈艺人，他们研究的词句唱腔，的确由字正腔圆而进入细琢细磨，分别戏情，体会各人口吻，创出许多合理而又美听的腔调，煞费苦心。他们决不挂"宫调"的招牌，而实在善于配合宫调者。

京戏的调，如正工调、六字调等等，只是调门的高低。并不像昆曲家那样一个"正工调"，下面要开列一些某宫某调的账单，一个"六字调"下面又开列一篇目录。

京戏的腔，在戏曲的组织方面说，大体上就是二黄腔、西皮腔。"腔"之下就是"板"，如慢板、原板、快板、摇板、倒板、二六板。戏剧什么情节应用二黄，剧中人在什么心情应用西皮，以至什么阶段，应由慢转快等等，配合好了，就是当正的"宫调"。若是配合不当（如该转快的地方不快，该用原板的用正板之类），就是出宫犯调。马连良的《苏武牧羊》在大倒板及回龙腔转反二黄之下，不唱慢板，就唱起快原板来了，把戏情戏味唱拧了，此即"出宫犯调矣"。

在艺员的唱功艺术方面说，有了公共的某腔某板，再加以各人的体会，而各自创腔，只要适合剧情身份，不一定要唱得一样。例如《朱砂痣》的"借灯光"是慢三眼二黄，孙菊仙和汪桂芬的词句、行腔迥不相同。《捉放曹》的"听他言"是慢三眼西皮，谭腔与汪亦不一样。他们对于戏情各有体会，都能用适当的音调，传写剧中人心情，亦都是正当的宫调。但不需要相同的工尺谱（这在昆曲是绝不可能的。昆曲是先制定了"谱"，把人拘束住了）。（按：好像现在写剧的专家们，先将某段唱西皮，某段唱二六注明了。似应说明此处宜唱什么腔板，当根据戏的情境而定。不然，亦等于昆曲先制了谱被它拘束住了。）

问：像黄钟宫富贵缠绵，南吕宫忧伤感叹那样的宫调，在京调是否可行？

答：只能领会它的意象，不能拘守那样形式。现在举些实例：

如《二进宫》的李艳妃、《骂殿》的贺后都是富贵身份，都是悲剧。唱的都是二黄，词句腔板各有不同，都能贴合戏情，发生相当的音调。这就是正确的"宫调"。如果按昆派的宫调的说法，分派某人限某宫，某段限某调。殊不知"李艳妃坐昭阳前思后想……"一段之中，就有"缠绵"有"感叹"，而且有"警觉"有"惭沮"有"悲哀"。莫说只限一宫，即使多配几宫，亦必然闹个支离拘滞，不成其为"唱"了。

又如《空城计》的"我本是卧龙岗……"和《坐宫》的"杨延辉坐宫院……"虽然都是慢板西皮，然而城上弹琴的孔明与宫中思母的四郎心情不同，词句行腔亦因之而异，各有各的韵调，这就是"寻宫别调"。但不能说孔明唱的属某宫，四郎唱的又是某宫，亦实在用不着那些。

但是京调皮黄实际上已经做到了"口法与宫调得其真"，做到了

"今乐即古乐"。这不但说明了京调在近百年中有优越地位的事实，而且说明了所以能够优胜的原因，是有充足的理由的，是必然的，不是偶然的。

问：如此说来，京调皮黄成为剧曲的中心，不但是事实，而且确有理由。关于它在北京发展至成功的经过，请说一说。

答：皮黄原是长江流域各种地方戏曲的一部分，扬铎所著《汉剧丛谈》，列举许多"俗词俚唱"，认为西皮二黄亦是此类，可称确论。经过徽班之容纳，携带到于北京，又经过北京及苏昆名工之精炼，而成为京调。它的发展过程大致可分为四个时期：第一，清代乾隆嘉庆年间，杂在许多乱弹（按：河北省的丝弦老调，还有乱弹，惜未见到。有句俚语，二十四只牛蹄弹琴——乱弹）之中无所表见，但已布下了种子。第二，道光年间，已露头角。第三，咸丰同治之间，花开渐盛。第四，同治光绪四十多年，是极盛的时期。

所谓道光年间已露头角，不是想象的空话，乃是有实迹可指的。一出《祭江》一出《祭塔》，吸引了九城的听众，改变了戏曲界的旧观念，开辟戏曲新的道路，是值得纪念的两出戏。演唱者一个莲生，一个双秀，是值得纪念的人物。

还有粤人杨掌生，是个才士，亦是个戏迷。他有许多作品，如《辛壬癸甲录》《丁年玉笋志》《梦华琐簿》《长安看花记》，都是道光十年（1830）以后北京的戏曲实在情况，大有历史的参考价值。那时北京四大徽班仍然存在，各有各的专业。四喜班以"曲子"著名，春台班以"轴子"著名，三庆班以"孩子"著名，和春班以"把子"著名。曲子：昆曲；轴子：连台接演的本戏；孩子：年轻子弟；把子：武功，武戏；合为四个"子"。

四喜班专唱昆腔，据说"不屑为新声"，若"二黄梆子靡靡之音"，四喜班不要。地位当然高雅，可是营业状况不佳，"每茶楼度曲，楼上下列坐者，如晨星可数"。这几笔记载，写出了"曲高和寡"的情况。所谓"大雅的昆曲"渐渐走向末路。

同时，春台班、三庆班的二黄腔，则叫座力甚大。杨掌生说："春台部莲生演孙夫人祭江，低迷凄咽，哀感顽艳，惜其非南北曲也，不登大雅之堂。"杨氏又说："三庆部胖双秀不习昆腔，而发声遒亮，响遏行云,《祭塔》一出,尤擅胜场,每当酒绿灯红时听之,觉韩娥雍门之歌,今犹在耳,开元末许和子入宫能变新声,高秋朗月,台殿清虚,喉啭一声,响传九陌,此之谓矣(此段从历史证明,青衣腔与皮黄的发展关系)。"

因为不是南北曲,不是昆腔,所以"不登大雅之堂"。

可是唱得实在好听,雅人们亦着了迷了。虽不登大雅之堂,"大雅"们却离开了他们的"堂",跑到戏园子里来了。

由此可见:第一,每种戏曲,若具备了感人的优美条件,自然有它的前途。那些不正确的教条式的批判,是阻挡不住的。第二,青衣腔调与皮黄的发展,有甚大的关系。上述《祭塔》《祭江》两出,都是悲剧,都是青衣唱功重头。青衣代表女性,行腔柔和婉转,比生净有生发,能感动。到了清光绪间,谭鑫培把大量青衣腔运用到老生的唱功,因之大受欢迎,其原因亦在于此。谭腔悠扬婉转,行腔则随着每个剧中人的情境身份而各有不同,确能表现出各样的心情口吻。所以谭腔风行,"谭迷"特多,不是偶然的。然而若不是从青衣腔开窍,就便想创谭腔,亦创不出来。谭老见得到做得到,胆子大心细,的确够个革命家。

青衣腔帮助成功了谭腔,谭腔对于后辈青衣又开了许多门径。王瑶卿自己承认行腔耍板,得力于谭老的诀窍。瑶卿又给后辈开了一些门径。

我们知道老谭的青衣腔最显然的是反二黄。有人说他的《碰碑》《乌盆》简直是《祭江》《祭塔》的变相,这话很有道理。所以由现代的青衣新腔,以及盛行的青衣化的谭派老生腔,而追想到当年兴起二黄的"二祭"(《祭江》《祭塔》),则近代一百余年京调发展的过程,可以明了,都与青衣腔有关系。

至于莲生、双秀二位前辈所唱的《祭江》《祭塔》,比现代人所唱如何,因为彼时没有"录音"片子,无法作具体的比较。他们的唱功,能使一般一向认昆为正宗的"雅人",亦情不自禁地赞美着"哀感顽艳""响传九陌",可见十分动听。

但就一般的艺术情况看来,如绘画,如瓷器,都是愈近代愈细致。老辈的功绩,只是开山领路,未必都胜过今人。

问:昆曲自明季创始以来,只传名了唱曲的魏良辅及填词的梁伯龙，此后更不听得什么特殊的名人。但是二黄自清道光年间，莲生和双秀以"二祭"（《祭江》《祭塔》）叫座、压倒昆腔，展开了戏曲的新纪元，以后生旦净丑各行名角，层出不穷，而且各有其妙。

答：昆腔因有牌谱的拘束，不能显"人"。京调皮黄则最能显人。这是最大的分别。

凡是研曲唱曲的前辈们都知道"人声最贵"，又道"丝不如竹，竹不如肉"。丝竹都是"物声"，肉声则是"人声"。但一方面知道"人声"最贵，一方面又用"物声"拘束"人声"（宫调的竹管及工尺的笛管，都是"拘"，而且都是"竹子"做的），不许唱者发挥个性，当然不能产出名角。

乱弹各种腔调，不受牌谱的拘束，可以各自施展"人声"的优点。在各种乱弹中，特别是京调皮黄，它利用了昆腔的优点，改正了昆腔的缺点。

恰与昆腔相反，"人声"不但不受"物声"的拘束，而且使"物声"受"人"支配。

"场面"上的物，与唱功相联系的：第一，随和的物声（以胡琴为主器，此外如二胡、月琴之类可用可不用）。第二，节拍的物声（即鼓板锣）。

不论是"人声"是"物声"，总以戏情为主。

京戏所谓"戏情"，即是昆戏所谓"曲情"。《乐府传声》有"曲情"一段，极为透辟。他说："唱曲之法，不但声之宜讲，而得曲之情尤重。盖声者众曲之所尽同，而情者一曲之所独异。使词虽工妙，而唱者不得其情，则邪正不分，悲喜无别，即声音绝妙，而与曲词相背，不但不能动人，反令听者索然无味。然此不止于口诀中求之也。"《乐记》曰："凡音之起，由人心生也。"必唱者先设身处地，模仿其人之性情气象，宛若其人之自述其语，然后形容逼真，使听者心会神怡，若亲对其人，而忘其为度曲矣。

所以"人声"可贵的原因，是它生于"人心"。

不论是何种戏曲，有一句词，必然有它的意思，把意思唱出来，便是"人心"的"人声"。但昆戏的词句，完全由填词的人写定，腔调则由打谱的人限定。唱的人的心和声，都被客观拘住，不但不能自动地增减词字，而且不能自动地把腔调提高或降低。至于轻重疾徐长短一切只能照谱唱出，不能自由伸缩。

"乱弹"则不然，只要有"心"，就能生出各样音声。因为没有牌谱的拘束，都有创新腔出名角的可能。

问： 既是各种乱弹都有推陈出新的可能，何以只有京调皮黄独告成功？

答： 在"牌谱"的拘束以外，地方的局限性和保守性亦是进步的障碍。现且不谈别种乱弹，只就"老皮黄"来说吧。正如《汉剧丛谈》所述："汉剧为京剧始祖，稍研剧学者类能道之。""京剧导源于汉剧，然青出于蓝而胜于蓝。京剧后人胜于前人，汉剧前人胜于后人，一则日见改进，一则日趋腐败。""前清道咸之间，徽汉两调，大行于京师，安徽与湖北毗连，湖北之皮黄二调，衍于安徽，成为徽调，童某合徽汉两班演于京师，逐渐变化，竟与汉调分立，别为一家。京剧独立后，又详加研究，参入秦腔，逐代昆曲而兴，弥漫于中国各省，即其从出之'母剧'（即老皮黄）亦觉瞠乎其后矣。"

老皮黄因不求进步，落后了。这几段话大体上是正确的（虽然枝节上还有需要别加研究之处）。民国初年，余洪元等人的汉班来京，在大栅栏三庆园演唱。老艺人陈德霖先生是常常入座的一人。据他说："想起当年（即咸同年间）徽鄂诸位老前辈的演唱，依稀仿佛，确是'一样风光'。德霖那时才十余岁，但已入班学戏，亲受程长庚之领导，于当时唱功派别，虽不能完全记忆，但大体的印证，是绰乎有余的。"

一般听众，对于汉剧的印象和批评，是从实际感觉出发的。听了几回西皮之后，异口同声说："这不就是梆子吗？"的确，老西皮是尖嗓直腔，其音凄厉，使听者觉得刺激力太强。

汉剧的二黄，倒是京二黄的味儿，只像是四平调，没有大起大落，虽有过门，亦只像吹腔那样的过门，没有劲。唱念的字，仍是方音土语，例如"上朝"成为"丧曹"，"哪里"等于"啦里"，"苏"如"搜"，"能"如"棱"之类。

应当指出这剧的优点甚多，诸如各行角色之齐备，演唱之认真，身段方式之周密，班规之齐整等等，都有些"先正典型"。就唱念各功而论，却还是一种局限性的地方戏曲。

汉剧如此，北京的老皮黄亦强不了许多。

清代道光末年到咸丰年，四大徽班名称和规模仍然存在，可是内容完全变成了"乱弹"。以曲子著名的四喜也成为黄班。角色最著名的程长庚是安徽人，余三胜是湖北人，张二奎是北京人，徐小香是江苏人，胡喜禄亦是江苏人。这在京戏界提起来都是了不得的开山辟路的大师。三个老生的领袖，恰好代表皮黄三系，即"徽"系、"鄂"系、"京"系，而一个小生一个旦角，又恰好代表"苏"系。

虽然，以上所述的四系大师，被戏曲界推崇万分。尤其是程长庚，据说汪大头、孙菊仙、谭鑫培，每人只学了长庚的小小的一部分就成了名。令人想象着"大老板"的唱功必定超妙无伦，以致迷惑许多人，自恨其生也晚，赶不上听听"大老板"的妙音。

但是当年没有"录音"片子，只凭夸大的传说，虚空的想象，是不能作准的。只依常识判断，程长庚也是一个"人"，并不是"八臂哪吒""千手观音"。若说谭腔的悠扬婉转，汪大头的"脑后韵调"，孙菊仙的大嗓门，都在程长庚的范围，已经不近情理。何况还有人说："长庚又会小生，又会黑头，有些后辈的小生腔、花脸腔，是学长庚。"如此说来，名为推崇万分，实际上等于把长庚比作妖魔鬼怪，岂有此理了。

根据老辈的传说，再加上当然的情理判断，必须认清几点：第一，北京的皮黄老辈，还免不了地方的色彩。程余诸人平常说话以及台上的唱白，还带些本乡的土音。第二，那些老辈生净两行，腔调都很古朴，没有巧腔和耍板等等技术。惟青衣一门有腔。王瑶卿说："胡喜禄是后辈青衣腔的祖师。"这也只是"大概如此"（瑶卿亦没有与喜禄同时）。胡喜禄在当时应当是一个善唱者，并且开始创好腔，亦近于事实。但照一般艺术进化的情形看来，唱法总是"后来居上"。现代人若听老腔老调，未必满意。

至于程长庚之被人推崇，尊为"大老板"，原因甚多，例如谨守班规，严持风纪，培植人才，爱护子弟，抗拒封建势力，保全艺员身份，以及表演各样剧中人，尽忠尽能，等等，并不专指唱功。

所以我们只能认道光咸丰年间的皮黄为渐盛时期。而自咸丰、同治以至光绪，各样腔调都有精妙的进展，各项角色都有创造有发明，如杨月楼、王九龄、汪桂芬、孙菊仙、时小福、余紫云、李艳农、王楞仙、谭鑫培、陈德霖、陈瑞麟、王瑶卿，他们对于戏曲都有新的贡献。真有"百花竞放"之观，可称极盛时期。

在人才方面是极盛时期，就曲调之整个来说，乃是完全成熟时期。

京调之成熟，是因为它能容纳，能精炼，又能融洽。第一，所谓能容纳，就是以二黄为主体，先结合了西皮一个得力的伴侣，然后把昆腔、梆子（南梆子）、拨子，以及其他曲调分派在"帐下"，任意驱遣。第二，所谓能精炼，就是把所容纳的东西另加炮制，有些沉闷的（如老二黄）变为清醒了，有些生硬的（如老西皮）变为纯熟了。此外各种曲调，原来只像生铁杂质，经过熔化改造，都变为精制品了。第三，所谓能融洽，就是它所容纳的东西，不但听候总帅（二黄）的驱遣，而且彼此之间，都相处很好，非常和谐。

以二黄西皮而论，汉剧（即老皮黄）班虽合为一台，而西皮尖直，二黄靡漫，显然是两样东西，勉强拼合，譬如酒席上的"拼盘"，虽在一器之内，并不调和。京戏则不然。一出戏里，亦许全是二黄（如《进宫》《教子》），亦许全是西皮（如《成都》《玉堂春》），亦许先西皮后二黄（如《捉放》《宿店》《昭关》），亦许先二黄后西皮（如《金水桥》《大保国》）。并且在同一段唱功里，可以由"接腿"的句子转变，或转"黄"为"皮"（如《大保国》徐彦昭唱"功劳簿"句转变），或转"皮"为"黄"（如《五花洞》天师，由接包公唱转变），怎么转怎么是，非常协调，决不像老皮黄那样的显著，拼凑生硬，而西皮与二黄的音调，并不混淆，即此可见京调炮制技术之妙。

附注：欧阳予倩的《京戏一知谈》（1955年10月号《戏剧报》）说："有人认为西皮应归到梆子的系统里去，我（欧阳）认为梆子到了襄阳，跟二黄合作得很好，已经成了一体，不能分开，也就用不着让它回到娘家去归宗。"这一段话大体上是对的。西皮虽是梆子一类，却已与二黄合作很好，离着其他的梆子远了。事实上不能回属梆子，理论上亦不须回属梆子。但所谓"合作得很好"，应指京戏的皮黄而言。至于汉剧的皮黄的合作，还不算很好，理由在前两篇内已说过了。

以下我们谈谈京调里怎样容纳、怎样利用了梆子。

《玉堂春》《三堂会审》整套西皮，其中许多地方用着梆子腔，像"王公子""叙叙交情",是谁都唱梆子。还有"化灰尘"及"会会情人",有唱梆子的,亦有唱西皮的,可以随时斟酌。这样把梆子腔融化在西皮之内有两种巧妙的作用。第一,是唱词甚多,行腔又忌重复,参用梆子腔,可以避免复腔。第二,参用梆子腔,可以增加情韵,显得好听。

还有上场的四句摇板,即"来至在都察院……"以下的四句,全唱西皮亦可,全唱梆子亦可,一半西皮一半梆子亦可。都可以唱得好听。

还有《五花洞》的"十三咳",《大登殿》的"十三咳",亦是出于梆子腔(据《中国戏曲史》"胡喜禄能二黄亦能西腔",即"梆子""十三咳"即胡所创,此说近理)。还有《探母坐宫》的"另向别弹"亦是从梆子腔脱化而出,既能表现一种情韵,又不与前"重复"。

关于京调里的梆子腔,必须注意以下几点:

第一,从以上所举的各种句子看来,只有旦角的唱功里,可以巧妙地运用梆子腔。(老生花脸,都办不到)由此可见,旦角与腔的变化关系最密。第二,只有西皮可以容纳梆子腔(二黄就办不到)。由此又可见,西皮与梆子确是一条路上来的。第三,以上所举西皮里融化的梆子,是以西皮为主,虽然唱着梆子,妙在胡琴是西皮的胡琴,弦亦是西皮的弦。好比咖啡里放进糖块,完全融化在里头,成为一体。但是放了糖的咖啡,与不放糖的咖啡,是两个味儿。我们喝着咖啡,知道这里有糖味。

但是京戏里另有不曾融化的梆子。例如《翠屏山》的石秀,舞刀以下各场,场面和唱腔都是梆子。谭鑫培虽是皮黄专家,在这几场里也须唱几句梆子。那样的梆子,就是不融化的梆子。

还有老十三旦(侯俊山饰陆文龙)同谭鑫培(饰王佐)合演《八大锤》(断臂说书)。谭的唱念完全是二黄的一套。侯的唱念完全是梆子一套。各干各的。那是两凑合,亦不是融化。

问:梆子是什么时代兴起来的?"梆子"同"二黄"同时兴了几十年之久?梆子的优点是什么?缺点是什么?

答:梆子的种类不一,有陕西梆子、山西梆子、河北梆子,而河北梆子之内,亦有南路西路之分。即是山西梆子之内亦有分别。而且山东河南各县也都有些各样的梆子。梆子应当是西北高原一带的音调,由北京往西去，经山陕甘川这一条长长的线上，可以说是渊源一脉。虽然各地有各地的梆子，大体上音调，总是亢厉激昂。古文上说："妇，赵女也，能为秦声，仰天拊缶而呼呜呜！"又一篇古文上说："燕赵古称多慷慨悲歌之士。"所谓"慷慨悲歌"，所谓"呜呜"的呼声，恰好是梆子腔的形容词。

就北京的戏曲界说，梆子自清乾嘉时代，早已到京，与二黄同时。到道光年间，人们已经把"二黄""梆子"并举（见上文所述杨掌生的记载）。道光末年，二黄渐渐兴盛，梆子是比较没落了，但并未有消失。到同治末光绪初，复兴起来。震钧所写《天咫偶闻》内说："光绪初，忽竞尚梆子腔，其声至急而繁，有如悲泣，闻者生哀。余从江南归，闻之大骇，然士大夫好之，竟难以口舌争。"北京，发现梆子腔陡然兴盛起来，使他骇了一跳。他说梆子腔声"急而繁""有如悲泣"。那就等于说不像是"唱"总像是"哭"。这话实在形容得不错。因为梆子腔常带哭声，以及"不好了""罢了哇"等等的叫喊。

"梆子"是主要的乐器，所以叫作梆子腔。用两块硬木，一横一竖，硬碰硬打，其声震耳。梆子的胡琴，发音亦特别强烈。

以上是梆子腔的缺点，但另一方面，亦有它的优点。

一、剧本故事材料丰富。京戏（皮黄）有好些是从梆子戏改造出来的。例如王八出（即《彩楼配》……《大登殿》）、洪洞县（苏三故事）等等。梆子戏似乎比京戏多。例如《宁武关》（即别母乱箭）昆腔有，梆子有，皮黄没有（京班谭鑫培等所演的《宁武关》即是昆腔《宁武关》）。剧本的来源，一部分是由各地方的故事评话编成，一部分还远接金元北曲的一脉。

二、剧场上的技术，亦相当丰富切实。例如"甩发"一功，人人佩服谭鑫培（在《探母》见娘，《打棍出箱》《战太平》等剧均有表现）。但谭老还是得力于达子红（据曹心泉说："鑫培与达子红约定彼此交换技术，结果达子红对谭说：'我的玩意儿，都被你学去了，你却任什么亦没有还我。'"）。老十三旦侯俊山有许多精密的做功，手眼身步，姿式极多，还有特殊的武功。《八大锤》陆文龙的双枪，舞法之妙，京戏班的武行人人佩服。

三、唱功方面，梆子亦能做到"收得清，收得足"。这是使听众满意的第一重要条件。《乐府传声》所说："昆腔南曲北曲都办不到的事，京调皮黄办到了。"京调之外，就是梆子，有很清楚的"过门"，有很坚强的交代。每句每节的意义，都明显地传到听众的耳中。

但以上所说的梆子唱功，是指的前清时代在北京演出的梆子，以及民国初年在北京演出的女演们所唱的梆子。至于外乡各路的梆子，是否都能"收清收足"，则不能一概而论。因为民国以后曾由外乡来京出演的小莲花一班，自称为"老梆子"，他们所唱的音节，便不怎样清楚。

问：前清时代的梆子班，以及民国以后的梆子班，有什么区别？

答：前清时代各戏园，无论二黄梆子，都是男班。民国以后，女演员特别是梆子女角盛兴。前清时代的男班，仍然照"生旦净丑"的次序，每班以老生为第一位（参看《都门纪略》各梆子班的各行角色表。第一项都是老生）。民国以后的女班，或以女演员为台柱的男女合班，则以旦角为主。前清时代的梆子，以西路为主。民国以后的梆子女班女角则大多数是从河北省的南部来的。

与孙菊仙、谭鑫培同时的梆子老生郭宝臣（又名元元红）当时被称为"梆子的叫天"。他的唱法老腔老调，字眼完全西路。因为山西人在北京工商界的很多，所以亦有一部分叫座的能力。但北京各方面的听众，并不感兴趣。而老十三旦（侯俊山）虽然亦是满口的西腔，却又受着普遍的欢迎。自清宫西太后、"士大夫"，以及劳动界大众，无不称道"老十三旦"。民国以后，他已退休了，偶然从他的本籍（张家口）来京做短期演出，如《大劈棺》《小放牛》《花田错》《伐子都》《八大锤》等剧，仍然满座。那时他已是古稀之年了。

有位崔灵芝，亦是梆子旦角，他的年辈比侯老先生晚些。人称为"梆子班的王瑶卿"。他改变了老梆子的西路唱法，用脆亮的歌喉，清楚的字音，加上敏活的做派，增加了许多生气。还有田际云（即响九霄）、杨韵圃（即还阳草）都兼擅文武，能唱能做，给戏曲界留下了印象。而梆子的老生花脸则冷落不堪。

至于民国以后，大队的女班女角从天津南皮一带来京，则完全以旦角为台柱，所谓享有叫座的金刚钻、小香水、杜云红、韩金喜、刘喜奎、金玉兰、刘菊仙、鲜灵芝等都是青衣或花旦。班内虽有老生，只是配角。唱做平常，亦无人注意。

这许多女旦角唱的梆子腔，特别清脆，确与前辈男角的梆子不同。有些花旦，跌扑功夫、刀马功夫都非常出色。有许多戏，在皮黄是以生净地位很重要的，在梆子却是旦角为主。例如二黄的《三娘教子》，无论是孙菊仙的薛保，或者谭鑫培的薛保，都是老生的重功，青衣（三娘）唱做各功虽然不轻，不算配角，可亦盖不了老生。但是梆子的三娘，成为唯一的主角。唱功念白的词句，比二黄多了两倍。而老生薛保唱句很少，白口（解劝）的词句亦不多，简直成了"扫边"。

还有《铡美案》京戏班里是黑头（包拯）的重功主角。生角（陈世美）已是配角，旦角（秦香莲）更轻，不过二三路的角色，凑凑场子而已。可是梆子《铡美案》，青衣是重头，从"杀庙告刀"至"铡美"唱念繁重。只末场与皇姑抗争，就有大段的唱功。花脸倒成了凑场子配角（无怪乎现在的京戏以及评戏的《铡美案》都改名《秦香莲》了）。

有些人说："近四十年京戏的旦角太盛。"殊不知梆子班的旦角更盛，尤其现在"评戏班"的旦角简直成了唯一的要素。

京戏班旦角虽盛，老生们仍然保持半壁江山。余叔岩、高庆奎、马连良各自"挑"班，以及一些后辈谭富英、杨宝森、奚啸伯、李盛藻、李和曾等等。还有花脸行的金少山，现在的裘盛戎，亦都挑班。可见京戏班生旦净丑，还算是平均的。不像当年的女梆子班，以及现在的"评戏班"，只有旦角能做台柱，生净简直提不着了（不但"评戏班"的老小白玉霜、老小喜彩莲都是旦角，即越剧的袁雪芬，豫剧的常香玉，亦都是旦角。老生花脸提不着）。

近来听说有人写了一个剧本交给评戏班去排演，各评戏班都不接受，理由是戏的故事人物都是男子，没有女性。用不着旦角，就无法上演。这真是笑话，每个戏本必须旦角为主，不但京戏无此现象，即便当初的女角为主的梆子班，亦仍然有生净主角的戏，不过不作大轴子就是了。

问： 评剧现在北京居然与京剧并称两大剧种，它有什么特点？什么时候发展起来的？

答： 评戏在前清末年北京已曾有过，名为"蹦蹦戏"，又称"半班戏"。"蹦蹦"之名，不知何所取义，大概是指的腔调及动作的姿式。那时每个"蹦蹦班"人数很少，称"半班戏"，言其不够一个戏班。而

"半班"又与"蹦蹦"字音相近。

因为一切组织都很简单，所以自前清以至民国初年，只在各庙会的露天剧场，或者杂耍馆里演唱，那时的腔调，亦与现在不同。《天咫偶闻》说："梆子腔不像'唱'直像'哭'。"但梆子悲音虽然太重，究竟还有不哭的唱句。而"蹦蹦"则每句末尾都带"哭泣"声。直到"老白玉霜"还是这样的每句必有个"哭尾"。

老白玉霜的尾声带哭，发音重浊，她的做派，过分地偏于色情，又有些奇怪的戏出，像《拿苍蝇》之类，因为处处卖力，场上火炽，亦能叫一部分的座，同时引起另一部分人的指摘抨击，而一度被迫离京，这是"七七事变"前一二年间事。听说她到上海电影界里出现，后又回到北京仍演"评戏"。腔调略有改变，"哭"声渐减。不久她就去世了。此人虽被大众指为怪物，但北京的"评戏"骤然翻身，确是她"哄"起来的。

评戏渐渐地拥有多量的观众。同时受到外界的批判，自身亦不得不"改造""扩大"以求进步。第一，腔调方面，因为继"老白玉霜"而起的聪明的旦角（女性）很多，她们不但减去了"哭尾"，而且把重浊得像是喊叫的音调，改得清脆敏活，虽然仍是"蹦蹦腔"，可是比较地受听了。第二，场上的景况，因为本来组织简单，自然有接受外方材料的便利。凡是京戏班里失业的"老包袱角儿""老场面人"，以及其他执事人等，大量地被评戏班吸收了去，帮助他们把"评戏"改造，加入许多京戏的材料。

于是场面上的锣鼓，亦有了京戏的节奏。唱念里亦有了京戏的口法（并且有些字眼亦"上口""上韵"了），再加京戏的胡琴鼓板，可以唱西皮，可以唱二黄。而且布景，砌末古装时装，信手拈来，一切便当。把"话剧"的场子也办了。用现代的故事或者由外国翻译的剧本，若交给京戏班排演，因为组织不同，实在困难。但若交给评戏班去排演，却不费事。因之有人说评剧就是加了"唱"的话剧。

它的容量如此之大，场上如此活泛，无怪其阵势扩展成了京戏以外一支庞大的队伍。

问：当初京戏是吸收各方面的材料而成功的，现在评戏又是吸收各方面而成功的。这两个剧种，似乎走着相同的道路？

答： 道路似乎相同，走法却不一样。

"京戏"之容纳各剧种腔调，是经过许多时代，许多阶段，一步一层地琢磨配合，积渐成功的。譬如一种肴馔，其中虽含有甜咸荤素各种材料，却是到什么火候，加什么配料，以烹调炮制的艺术，造成一种自为规律自擅品性的成品，正如上文所说三个步骤，容纳、精炼、融洽，才告成功。

评戏则不然，它的基本条件，本来简单，所以对于外来的东西，尽可大开门庭，"来者不拒"，出入自由。譬如一个"大火锅"，里面原只有一锅沸水，放进豆腐白菜也可以，放进鸡鸭鱼肉亦可以，放进什么材料都可以。总是热热腾腾的一大锅。无所谓不调和，亦无所谓烹调，亦无所谓火候步骤。

所以，如要排演一出现代故事，时装新戏，即是"话剧"所办的，评戏都可以。用京话就用京话，布景就布景，时装就时装，外国装就外国装，毫无阻碍。不比京戏有许多问题（如时装与身段做功的龃龉，布景与场制的矛盾等等）。

因之，"评戏"成为现代的一个迎合大部分观众需要的有力的剧种了。

以上所述北京戏曲之变迁，自前清到现在，约可分为三个时期：第一，昆腔与京调（皮黄）相并时期（道光咸丰）。第二，皮黄与梆子相并时期（清同治光绪到民国初年）。第三，京戏与评戏相并时期。

所谓相并，乃指主要及比较的茂盛者而言。当然，昆黄相并时期，亦另有别种乱弹。黄梆相并时期，亦有昆腔及他种曲调。现在评戏与京戏相并，亦仍然有些梆子之类，但势力不能与京戏评戏相并（指在北京而言）。

上述京调皮黄之历次与昆梆各腔斗争而皆占胜利，造成"独出冠时"的奇迹，具体地指出它的优点，而昆腔之所以衰落，梆子之所以能与京调相并十年之久，而亦退伍，它们本身的优点缺点亦经切实指出。

以上所说优点缺点，大部分是就唱功上比较，因为唱的艺术是与戏曲最有关系的主要条件。

但"评戏"（蹦蹦）的本身唱术，还是没有什么可说的。因为比京调及梆子等都显得简单，无法比较，然而它居然与"京剧"相并而成为有力的剧种,这另有别的原因(大致上面已经说过),与曲调的优劣是没有多大关系的。

(程砚秋口述,徐凌霄笔录)

丰富多彩的中国戏曲艺术[1]

　　戏曲是流传在中国民间的一种舞台艺术。它包括的种类非常多,除京剧在全国各城市广泛流行外,各地区由于不同的方言和生活习惯、性格等的差异,又有自己的地方戏。据1956年初步统计,全国共有戏曲354种;它们虽然都具有戏曲的一般特点,但各剧种之间又保留着浓厚的地方色彩及独有的风格和情趣。

　　戏曲来自民间,它和我国历代人民的生活紧密地联系着。群众不仅熟悉、热爱自己的戏曲艺术,而且也能够一般地掌握它。现在除国营戏曲剧院、剧团外,仅只散布在民间的职业剧团就有2000个之多,戏曲从业人员约20万人;每当节日到来时,各地的业余剧团、村剧团就都活跃起来,农民们自己就可以打开戏箱登台唱戏。因此,戏曲已成为我国人民文化生活中不可缺少的一个重要方面。

　　各剧种,特别是历史较长、发展较大的如昆曲、京剧等,从形成、发展到现在,已有几百年的历史,历代都曾经出现过不少杰出的演员,如对昆曲有过巨大贡献的魏良辅,京剧名演员谭鑫培、杨小楼以及现在还继续在舞台上生活的戏曲大师梅兰芳等;同时也出现过不少优秀的剧作家,如《窦娥冤》的作者关汉卿,《牡丹亭》的作者汤显祖,《长生殿》的作者洪昇等(这些剧作都是我国优秀的古典文学作品)。在若干代的艺术大师们不断的创造、磨炼、加工下,使戏曲逐渐积累为有着丰富深厚传统的艺术。

　　戏曲艺术的特点,是它高度的综合性。它的表演本身,就包括着歌、舞、白、武打和表情等各个方面。因此戏曲演员必须掌握一系列复杂而繁难的技巧。一般训练演员从七八岁就开始,特别着重做工(即身

---

[1] 本文是程砚秋拟率团出国演出前,准备的向外国介绍中国戏曲艺术的讲稿。

段，包括形体的优美、肢体的灵活及动作的准确等）和唱工两个方面。传统戏曲对这两方面的要求极为严格。

京剧表演以"唱、做、念、打"为基础，它们在每一出戏里是互相结合运用的；不过由于剧目内容、人物身份的差别，对上述四个方面的运用也就有了选择和重点。如《三岔口》《雁荡山》《闹天宫》等剧目内容宜于用"武打"的形式来表现，因而形成"武戏"；像《醉酒》一剧，则以做工、唱工和舞蹈为重；《二进宫》则全是唱工戏，它们又总称为"文戏"。

实际上文戏和武戏由于表现的内容不同、人物不同，又各分很多种，武功的运用也各有差别，单以武戏来说，像《雁荡山》表演的是扎靠（身着盔甲）大将，它的"打"就是两军阵前肉搏陷阵的打法；而《三岔口》则是一种民间防身的武术；《闹天宫》则还要照顾到猴子动作的特点，它的"打"就特别注意灵巧、轻便。此外像《泗州城》《蟠桃会》等剧的武打，则又是另一种"打出手"的打法，但这种打，主要是用在神话剧，飞刀飞枪表示施法术、斗法宝的意思。

京剧剧目涉及的范围既然这样广阔，就要求演员掌握各方面的高度的技巧。但"唱、做、念、打"四个方面全能掌握的实在很少。只有掌握了它，并恰如其分地加以运用，才能被承认为一个优秀的戏曲演员。

京剧在表演上还有自己的一套方法，这就是口法、手法、眼法、身法、步法的运用以及随之而来的技巧。京剧中根据不同的人物类型分为若干行当，一般来说，女的有老旦（老年妇人）、青衣（青年、中年妇人，重唱）、花旦（年轻女子，重做功）、武旦（重武功）及彩旦（滑稽人物，女丑）；男的则有须生（老年、中年男子）、小生（青年，重做功、唱功）、武生（重打）、花脸（性格刚强豪爽或阴险人物）及丑等。因为代表的人物性格不同，各行在表演上又都有自己独特的方法和技巧，形成各行的表演风格。同时他们对口法、手法、眼法、身法、步法的运用也有差异。

所有各行运用的动作和表演方法，都是以现实生活为根据，从中提炼加工来的，因此它有高度的概括性、集中性和典型性。

此外，戏曲表演也尽量运用各行的服饰，如须生的"髯口""纱帽翅"，旦的"水袖"，武生的"翎子"等，从而产生了各种技巧。这些

123

技巧的运用，不仅是为了加强人物形象的美感，同时也是帮助表达人物思想感情的一种手段。

戏曲表演的另一特点是它动作的明确性和节奏的鲜明性。

戏曲，特别是京剧，无论动作、服饰、色彩、脸谱、锣鼓等，各方面都是比较夸张的。我以为这与它是民间艺术，以前大多在广场演出，必须照顾到几千观众有关。

戏曲与欧洲歌剧不同，它本来不用布景，表演是写意的，不像话剧那样接近生活的。如以桨代船、马鞭代替马等。但更重要的是以动作、舞蹈来表现它。如开门、关门、上楼、下楼、高山、大江、风雪、草木、花卉、白天、黑夜，可以说，剧中人所处的环境、时间、条件等，一切都是通过动作舞蹈来说明、来介绍。如《三岔口》的动作就很好地介绍了两人是在旅店中，黑夜里摸黑对打。而《雁荡山》则很好地说明了他们从陆地上打到水里，再从水里打到陆地上。拿起马鞭时就表示到了陆地，放下马鞭拿起桨就表示到了水里，所有这些都不必通过布景，就可以为观众所了解并且承认。这种表演方法的形成，给戏曲大量发展表演技术、舞蹈，并在舞台上留给演员以更广、更大的活动的余地。这些动作和舞蹈既然来自生活，因此就不能不承认它是现实主义的。

1949年我曾先后在苏联和捷克斯洛伐克看了《玻璃鞋》的演出，当午夜的钟声响起，女主角赶快从皇宫跑出二门，再跑出通往大厅的门时，在这样短促的时间内，苏联就用了三个自动化的门。相形之下，觉得我们干脆不用布景的办法倒是来得更简便、更经济。目前我国正号召戏曲剧团保留采用这种形式，以便在农村、矿山等地流动演出，以适应广大群众的需要（当然这并不等于完全不用布景或者说反对布景）。

戏曲的演唱没有音域上的区别，主要是各行根据它所代表的人物类型的特点在音色及表现方法上有所区分，一般说，青衣、花旦的音色要略带娇嫩；小生、老生则要有刚劲；老生、老旦的音色还需要带有苍老的感觉，花脸则要求洪亮、奔放。

戏曲是以演员为中心的，因为音乐在戏曲中只是帮助表演的工具，它只起配合作用而不起主导作用。戏曲唱腔是民间创造的，旋律优美平易，为群众所热爱；它在民间一辈辈流传下来，虽然只有几种基本的腔调，但运用非常灵活，至于怎样根据不同的剧情而发展变化，这就要看演员在这一方面的智慧和造诣了。乐队只担任伴奏,人数很少。打击乐的运用,使得演员表演的节奏性更鲜明准确,同时在表现人物的思想感情上,它也有很好的发挥。过去为了适应广场演出的需要,锣鼓敲击的音量很大,自从近几年进入剧场后,由于条件改变,我们适当地减弱了它的音响,但仍然保留着它,而不是取消它。

总的说来,它的音乐还需要很好地丰富和发展。

过去,戏曲是处在无人扶植,在民间自生自灭的状态下面,它们没有固定的剧场,演员们背着戏箱到处搭草棚演出,生活非常困难,在这种情况下就很难谈到艺术质量的提高,不少剧团往单纯商业化的方面发展,致使戏曲舞台上出现某些迎合观众低级趣味的表演,破坏了传统古典艺术的严肃性和完整性;特别是抗日战争年代,给戏曲带来了巨大的灾难,很多有才能的艺人死的死了,老的老了,有的为生活所迫而改业,使很多剧目失传,剧种流失,戏曲事业遭受到极大的损失。

解放后,几年来为了更好地发展民间戏曲,我们进行了一系列的工作:建立新剧院,成立正规的戏曲学校,训练戏曲事业的接班人;成立了中国戏曲研究院,从事戏曲的研究工作;同时澄清了过去戏曲舞台上的恶劣形象,恢复了古典艺术的真实面目,并提高了演出质量。经过这一系列的清理工作以后,几年来出现了不少优秀的剧目,使戏曲舞台艺术有了很大的革新。

现在全国各剧种,无论大小,在"百花齐放、推陈出新"的方针下,都普遍受到重视。过去改业了的老艺人,又回到了戏曲工作岗位上;流失了的剧种,经过挖掘又重新组织起来,得到了新的生命!

即将在此演出的昆曲,就是一个刚复活了一年多的剧种。昆曲在我国是一个很古老的剧种,在剧目、音乐、表演技术等方面都发展得很高,它对其他剧种的影响也很大,但由于后来逐渐成为文人学士所享有,脱离广大群众,因此经过了一段较长的停滞时期,剧团渐渐散了,演员也剩不多了,就是剩下来的也改行做了别的工作;最近才重新集中演员,成立剧团,使这个剧种复活,并为它办了培养年青一代的学校。我们相信这朵曾经凋残了的花,在全体艺人的努力下,是能够开得更鲜艳、更有光彩的。

为了更好地丰富上演剧目,也为了更好地继承遗产,在它的基础上发展新戏曲，近年来展开了挖掘传统剧目的工作，仅1957年一年，全国共挖掘出来的剧目就有五万多个，以我这个演了几十年戏的人来说，没有见过、没有听说过的就实在太多了！全国戏曲事业这样大规模地发展，在戏曲史上也是空前的。

目前戏曲正在朝着反映现代生活的方向发展。因为整个社会的飞跃前进，向戏曲提出了一个迫切的历史任务，这就是反映我们当代人民的新生活，新的道德品质，反映他们在进行建设中的英雄事迹。在进行这个工作时，我们遇到不少的困难，特别是在如何正确地来对待遗产这一问题上。我们认为只有在继承它，并进一步发展它的情况下，才能产生富有民族色彩的新戏曲。

在我们面前还摆着很多困难，但我们坚信随着我国建设事业的飞速发展，一切困难是能够克服，戏曲事业是能够得到与各方面相适应的发展的。

以前，由于各方面条件的限制，我们和各国文化艺术上的交流很困难；新中国成立以后，这种往还已经逐渐频繁起来，八年中，我国派出的代表团曾经到过欧、亚、非、澳及南美各大洲共60个国家，9368人；其中艺术团体5650人，在45个国家演出。来华的文化艺术代表团共60个国家，10705人。其中艺术团体有21个国家，5669人。各国艺术代表团的不同风格的艺术，给中国人民留下了很深的印象，加强了我们对各国人民之间的了解和友谊。去年英国兰伯特芭蕾舞剧院到中国演出，得到了我国人民一致的好评。

我国人民对世界文化名人如莎士比亚、莫里哀、易卜生、哥尔多尼、歌德、萧伯纳等人是非常熟悉的，去年我国的话剧团体就上演了莎士比亚的《罗密欧与朱丽叶》《第十二夜》，哥尔多尼的《一仆二主》《女店主》，易卜生的《娜拉》等名剧，而电影在我国演出的则更是不计其数了。

各国的艺术都有自己的特点和长处，尽管中国戏曲和欧洲歌剧有很大的区别，但原则是一致的，我们应该加强各国间的文化合作，互相交流艺术上的经验和见解，相互学习，取长补短，使全人类的文化艺术事业能够得到更大的发展。我们中国也像你们一样，是一个好客的国家，我们热忱地欢迎你们能派出艺术团体到我国去访问演出。我们深信，它对发展我国的文学艺术也是有益的。

戏曲名词研究

　　戏曲名词，向来缺乏明确的解说。因之专名（即个别的名）与总名（即公共的名）随便混用。甲词与乙词似分不分。不但外行人目迷五色，常常发生疑问，戏曲界亦莫衷一是，各说各的。以致已往的戏曲沿革体例不明。现实的戏曲种类印象模糊。与戏曲发展的前途甚有关系。因此不揣愚陋，就自己所见到的一些，用"问答体"分层逐序，写了出来，以备参考。

　　问：戏曲界常以"昆""乱"并举，而"乱弹"与"二黄"又常常混用。例如老艺人陈德霖、钱金福等，既会全套的昆腔，又能唱大量的皮黄。人们称赞"昆乱不挡"，却不说"昆黄不挡"。又如《金锁记》及其他昆黄都有的剧本，老辈们亦只说昆腔改了乱弹，不说改了二黄。好像乱弹就是二黄或西皮二黄的别名了，误会的不少。

　　答：清初的时代，只有昆腔算是正宗，此外都叫乱弹（杂牌）。昆腔可与许多乱弹对称，亦可与某一二种乱弹对称。二黄原是乱弹之一种。到了清代晚年，二黄特盛，成为乱弹之魁首，领导各种戏曲，与昆腔对垒。二黄便像乱弹的总代表了。老辈们因循积久的习惯，仍然昆乱并举，或指二黄班为乱弹班，或指二黄剧本为乱弹本子，是有历史原因的。至于"昆乱不挡"亦是多年相沿袭的语词。在先是乱弹为总名，后来二黄又成了总名，二黄系下有各种乱弹腔。陈德霖等在昆黄之外还有许多别的腔调，所以称为"昆乱不挡"仍无不可。问题是乱弹的"乱"字，须要考究一下。

　　问：昆腔算是正宗，其他都算乱弹，有何根据？乱弹共有几种？"乱"字作何解释？

　　答：据《扬州画舫录》徽班分"花""雅"两大部：
雅部专指昆山腔，认为雅奏。

花部有京腔、秦腔、弋阳腔、梆子腔、二黄腔、罗罗腔，统谓之"乱弹"。

昆腔唱的是一定的曲本。每支曲子有一定的牌名，有一定的长短句，一定的工尺谱。

乱弹没有那些讲究，也没有那些拘束。腔调只就地立名（如秦腔、京腔）或乐器立名（如梆子），词句大概都是七字格或十字格（当然不全是十字七字），其中加减，可以因时制宜，自由斟酌。梆子改唱二黄或二黄改唱梆子极其容易，二黄班里，若某场某段，想由黄改皮，或改板改词，只须临场之前，略为准备联络，就可以了。不像昆腔换个唱法，必须经过改谱换牌的麻烦。谭鑫培的唱谱，是先有了谭腔，而后琴师陈彦衡按胡琴上的工尺注出，就算是谱了。

昆腔是先由制曲者定了牌名，填了词，打了谱，然后每个艺人都须依照那些字句工尺唱，千篇一律（好比模型字体，虽然整齐，却没有个性，不算书法）。

然而雅人们即据此以为雅部正宗。除此以外，不但《画舫录》所举的那六种，即现在的京调、二黄、梆子，以及近年北京观摩大会所演出各地方戏曲，只要不按照昆腔那一套的规律的，都得算是乱弹了。

昆腔当年之所以独立称尊的原因在此，它后来所以衰败的原因亦在此（昆腔的缺点甚多，及其衰败的经过，且俟后文再叙）。

问：《缀白裘》是当年剧场实演的许多出戏合辑而成。除昆腔戏以外，还有些乱弹戏本附在后面。但是有的名为梆子腔（《戏凤》《面缸》等），有的名为乱弹腔（《斩貂》《挡马》等），还有总名梆子腔之下，又有某段乱弹，某段高腔等（《磨房》《串戏》），照此看来，似于乱弹腔又单有此一种，不像个总名了。而且《画舫录》把梆子附属于"乱弹"之下，《缀白裘》的磨房串戏，却把乱弹属于"梆子"之下。这些应当怎样解释？

答：讲到这些可知"乱弹"有些方面，的确是乱七八糟，真正称得起"乱"之至也。即如《斩貂》一出，近代人还常常演唱（三麻子即王鸿寿的拿手戏），都叫作"吹腔"。《缀白裘》上则写着"乱弹腔"，那里面的词句场子，与现在场上全然无异。"吹腔"亦是在严格的昆腔规律以外的杂牌。标上"乱弹"二字，自然亦没有什么不可。

至于《磨房》《串戏》那里面亦有几段上写"乱弹腔"三字，其中词句既长短随意（有好些三字句），而韵脚又胡凑一气（没有准辙），或者是一种特乱的"乱弹"，或者随便命名"乱弹"，不足为据，亦没有认真考据的必要（这出戏在二黄班里改为《八扯》，又名《兄妹串戏》，后来的《十八扯》《戏迷传》《纺棉花》，皆是由此辗转生出来的"戏中串戏"）。

《缀白裘》上的《戏凤》，词句排场与近时梆子班及二黄班所演，几乎完全一致，上面写着"乱弹腔"，其实根据那个本子唱梆子亦可，唱二黄（平调）亦可（只字句之间，略有不同）。这里亦可见得二黄或梆子都在乱弹系之内（近代的梆子、二黄，与清初的梆子、二黄，当然亦有些差别）。

现在把以上所述作个总结：第一，依据《画舫录》"乱弹"是"花部"各种戏曲的总名，但亦可指某一种。第二，"乱弹腔"本与昆腔对称，但昆乱对立的时期早已过去；"乱弹"这个名词，亦渐渐消失，只可作为戏曲史上一种记录。第三，花部乱弹不受牌的拘束，有才能有内心的演员们，可以体会戏情，运用艺术，自由创造好腔好戏，开放许多灿烂之花（即如《戏凤》当年在花部乱弹里，不过一出玩笑的小戏。到了北京黄班，经过王九龄、余紫云、贾洪林、路三宝各人加细心炮制后，就成为名生名旦的杰作好戏），这是有利的一方面。

但是，有些人因为没有拘束，任意胡乱改编，胡唱胡做，亦能把戏曲变坏，这是不利的一方面。

所以"二黄"既然领导各样乱弹，竖起了大旗，与近数十年戏曲变迁最有关系；而且面临着现代的戏曲的前途，责任之重大，亦可想而知。

问："昆曲"二字在北方是很流行的，什么"昆曲大家"，昆曲本子，唱昆曲，学昆曲，评昆曲，研究昆曲，等等。但苏昆人士所写的"曲话""曲谱""曲韵"之类，书里书外，很不易见到"昆曲"二字。北人认为这些是来自苏昆，创自苏昆，仿佛找到了"娘家"，然而"娘家"却没有这个人，岂非笑谈。

答：这的确是个有趣的问题。不但苏人写作的曲话、曲谱没有"昆曲"二字，就是口头上亦只说唱一支"曲子"，吹一支"曲子"；到了研究分析的场合，亦只说某出是南曲，某场是北曲，以至清曲、戏曲等等，"曲"字上是加了字了，但并用不着"昆"字。本来"曲"的历史很长，范围很广，种类很多，断乎不是一城一地所能专有。若统而名之曰"昆曲"，倒像宋元明清历代南北各地的曲本，都出在昆山县，不合情理，不合事实。然则"昆曲"二字，何以流行北地，众口成碑呢？这亦有些原因。第一，昆山腔把南北曲的唱法统一了，势力浩大，声名远播，使得外方人士提起"曲"来，就连带上一个"昆"。第二，苏人单说"曲子"，自然明白唱的是什么。别处尤其是北京，杂曲小曲甚多，若只说唱"曲"，不加"昆"字，难以指实。所以在实用上亦不得不然。

问："昆腔"怎么样？

答："昆腔"二字是合理的。它只指着唱法，并不像"昆曲"那样把曲本、曲词亦包括在内。但南北人的用法亦不相同。苏人在著作中或口述到历史沿革或比较的场合，方说些昆山腔如何，弋阳腔如何，义乌腔如何，至于唱的时候，亦只说某曲应用小功调，某曲应用阳调，某支应用阴调。因为唱曲行腔有一定的谱，不像北京皮黄每个名角，各有各腔，所以曲话曲评里偶然提到昆山腔，并不以"昆腔"二字为常用的名词，实在亦用不着。

北人口里或者笔下的"昆腔"和"昆曲"，简直没有什么分别。有时说唱昆曲，有时说唱昆腔，有时说某出是昆腔，有时亦说某出是昆曲。这在南方是听不到的（戏台上的演员们，说"昆腔"的时候多，例如《五人义》周文元说颜佩伟"你还唱的哪门子昆腔啊"，《浣花溪》鱼氏说，议剑那是"昆腔"，可见戏班子里常说"昆腔"，不提"昆曲"。至于文人词客口头笔下，除苏浙曲家外，就多用着"昆曲"了）。

问：二黄代昆腔而成为戏曲的主位，领导着许多乱弹腔，这和当年昆腔对乱弹的情形，应当如何比较？

答：情形大不相同。昆腔班里虽然有时亦加些乱弹小戏，但各归各演，决不通融（昆戏的曲谱都是一定的，亦无法掺加别的腔调）。

二黄则不然，它首先延接了一种强大而密切的伙伴西皮腔，再则南梆子、西梆子、平调、高拨子、昆腔牌子，都在二黄系下受着支配，随时听用，真有"海纳百川"的气概。它确已做过许多"推陈出新"的奇迹，这是呆板板的昆腔所办不到的。

问：当年昆腔与乱弹对称，到了二黄兴盛的时期，又有什么对称？

答：那就是"梆子"了。清末民初，有许多二黄班，亦有许多梆子班，有许多二黄名角，亦有许多梆子名角，梆子老生郭宝臣，旦角崔灵芝，直仿佛二黄班的谭鑫培、王瑶卿。民国初年，又有许多女班及女性名角，大张旗鼓与黄班对垒。所以那时人们提起北京的戏班，总以"梆子"和"二黄"对称。

但民国以后，梆子渐渐衰落，成为皮黄独盛的局面。近二十年，接梆子之运而兴起的乃是"评剧"。现在有京剧院，有评剧院，有许多京剧团，亦有许多评剧团。现代人又以"评剧"与"京剧"对称了。从上述可见，第一阶段是昆腔对乱弹；第二阶段是二黄对梆子；第三阶段是京剧对评剧。

问：清末民初的梆子，是不是清初花部乱弹系下的梆子腔？

答：多少有些联系，但不能确指为一事。因为梆子的种类很多，地域的、时代的，变化又大。当年又没有"留声机"，无从试听那时的唱法。

梆子是西北高原一带的产物，沿陕甘山西河北一线，各处有大同小异的梆子腔，到了北京，又有些变化。正如西皮二黄，原出在长江流域湖北安徽一带，到了北京，变化更大。现在的京调二黄，绝非当年花部的二黄，然而渊源所在，亦自有历史关系。

问：现代的京调皮黄，有人叫作"二黄"，有人叫作"京调"。都像是总名，哪一个比较合理？

答：用"二黄"做总名，容易发生误会。人们常常比较说"梆子玉堂春"如何如何，"二黄玉堂春"如何如何，"梆子大登殿"怎样，"二黄大登殿"怎样，其实《玉堂春》《大登殿》全是西皮，没有一句二黄。在说的人，不过沿着习惯，用"二黄"作为总名，与"梆子"对举比较，并非指这些戏唱的二黄。但是在一般人听了或者疑心他连二黄西皮都搞不清楚，或者竟认为《大登殿》等所唱的真是"二黄"（因为戏院里各方面川流不息的观众，根本不曾知道戏曲种类名目的还是很多），可见用一种名目代表另一种名目实是不妥。

若用"京调"做总名就没有这些问题。而且还有两种理由：第一，昆山产生了南北曲的特种唱法，名为"昆腔"，北京精制了皮黄，而成为特产，则名为"京调"，都是以产地立名，很有道理。第二，唱皮黄的戏剧既名为"京剧"，则皮黄名为"京调"亦甚合适。

问：昆腔叫作"腔"，京调叫作"调"，还有好些"腔""调"二字通用。例如"汪调""谭腔""衫子调""青衣腔"之类，似乎"腔"即是"调"，"调"即是"腔"。

答："腔""调"二字，意义大不相同。前代专家解释分明，亦从不混用。与昆山腔并列的弋阳腔、海盐腔都叫作"腔"。乱弹里梆子腔、罗罗腔、二黄腔等等，也都叫作"腔"，没有用"调"立名的。至于调的解释，照《乐府传声》及其他著作，则有下列的几种：

管色之调，即工尺。昆腔按笛孔，分别工尺上四合乙凡等符号，皮黄的胡琴，亦是比照笛管而定工尺。其不同处，乃是昆腔"工尺之调"，还要配合"宫调之调"。例如小工调属于哪一宫，上字调属于哪一调。皮黄没有那些讲究，所谓工字调、六字调、上字调等只指调门的高矮。所谓工尺谱，亦只把唱词里的字眼，腔的抑扬曲折，配上工尺字，谱了出来（现在用五线谱更明显了）。

附注：曲家虽然标举"宫调"，并在著作上开列许多宫名调名，其实自己亦弄不清楚。徐灵胎说："宫调源流不可考，只可略明大旨。"吴瞿庵说："宫调举世莫名其妙，只可认为限定乐器管色之高低。"既是这样，何如皮黄的工尺来得简明而合于实用呢？

徐灵胎说"调"除"宫调"外，还有一段"阴阳调"。他说："逼紧其喉而做雌声者，谓之阴调，放开其喉而做雄声者，谓之阳调。"这在京调皮黄，只是"小嗓""大嗓"的分别，用不着"阴阳"二字，亦用不着以"调"为名。

所以"调"只是"工尺"，是属于"物"的（笛管或胡琴），是公共的，是固定的，决不能说某处有个工字调，某处又有另一个工字调，某人唱的六字调，某人唱的另一种六字调，这就太不像话。可是"腔"就不然了，它是各归各说的。

腔是个别的，不是公共的，是灵活的，不是固定的。所以唱南北曲，则有昆山腔、弋阳腔、义乌腔、海盐腔；唱乱弹则有二黄腔、秦腔、西皮腔、拨子腔。同是二黄，有汉调二黄，有京调二黄；同是西皮，有汉调西皮，有京调西皮。而京调皮黄又有谭鑫培腔、汪大头腔、余紫云腔、王瑶卿腔，或因地而异，或因人而分，处处百花竞放，人人推陈出新。

戏曲的发展，可以说大半由于"腔"的竞赛勇进。

徐灵胎是清初苏人研曲的大师，所著《乐府传声》穷原竟委，辨析毫芒。其中说"调"的只有两段（宫调及阴阳调），而说"腔"的却有十余段。最精彩的如论"断腔"云："南曲之唱，以'连'为主，北曲之唱，以'断'为主，不但句断字断，即一字之中亦有断腔，且一腔之中又有几断者。惟能'断'则神情方显。有另起之'断'，有连上之'断'，有一轻一重之'断'，有一放一收之'断'，有一口气忽然一'断'，有一连几'断'，有断而换声吐字，有断而寂然顿住。以上诸法，南曲亦偶有之，然不若北曲之多。南曲之断，乃连中之断，不以断为重。北曲未尝不连，乃断中之连，愈断则愈连，一应神情，皆在断中顿出。故知断法之精微，则曲之神理得矣。然断与顿挫不同。顿挫是曲中之起倒节奏。断是声音之转折机关。"（按：此一节若用以形容肃霜《骂殿》之"快三眼"唱法，实乃切当合适之至。叔岩亦熟悉这个诀窍，故唱得巧妙玲珑。）

又论"顿挫"云："唱曲之妙，全在顿挫，一唱而形神皆出，虽隔垣听之，而其人之形容气象及举止，宛然如见，乃是曲之至境，此其诀全在顿挫。况一人之声连唱数字，虽气足者亦不能接续，顿挫之时，正唱者因以歇气取气，亦于唱曲之声大有补益。"

又论"轻重"云："戒人不可以轻重为高低。若遇高字则用力叫呼，唱低字则随口带过，此乃大错。所谓轻者，松放其喉，声在喉之上一面，吐字轻圆之谓。重者，按捺其喉，声在喉之下一面，吐字平实沉着之谓。"又："轻重又非响不响之说。有轻而不响者，有轻而反响者，有重而响，有重而反不响。高低是调，轻重是气，响不响是声，似同而实异。"

还有论"疾徐"云："必字字分明，皎皎落落，无一字轻过，内中遇紧要眼目，又必跌宕以出之，聆之字句甚短，而音节反觉甚长。"

这都是"唱腔"的精要的分析。此外还有几段"高腔轻过""低腔重煞""收声""归韵""曲情""研字"等，都说得细致而切实，虽然指的唱曲，却为后来唱皮黄的，开了无数法门，产生许多名角，而把京调充实壮大起来。

现在的"京调"若按"昆腔"前例，似乎应当叫作"京腔"，但是按照实用说来，还是"京调"二字为妥。因为：第一，京腔当年在乱弹腔里有此一种。据《画舫录》上的记载："京腔用汤锣不用金锣，秦腔用月琴不用琵琶，自四川魏长生入京，色艺盖京班之上，于是京腔效之，京秦不分。"由此可知当年的京腔，或是梆子高腔之流。第二，昆腔由曲谱规定，字字受工尺限制，无论谁唱，也是这腔。皮黄则不然，名角们各人有各人的腔。"京腔"二字不能包括，且易于牵混。第三，"腔"和"调"有密切的关系，虽然严格的解释不同，究竟"腔"离不开"调"，"调"亦离不开"腔"，所以用京调为总的名称，亦是可以的。

即如现在"评剧"与"京剧"对举，不但无所谓"评腔"，而且亦不曾听见有人叫作"评调"。旧时原名"蹦蹦"或"蹦蹦戏"，近时改名"评戏"（或评剧）。台上人是演评戏，亦说是唱"评戏"，台下人亦说"听评戏"。

于是有人说"腔"和"调"都是可以"听"的。"戏"如果说"听"的话，那只有听"无线电"放送，只用耳朵不用眼睛实是"听"戏。若在戏场里做了"观众"，那就不能闭上眼睛，专用耳朵。而且既名为"观众"，总是以"观"为主，以"听"为副。若说听戏，似乎不通。昔人疑问，"观音大士"之名称，说音是"听"的，不能"观"。要知此观非眼观之观，乃智观之观。因为大士六根互相为用，智照无遗，一观便知，不可以凡情测度。

但是北京早有"听戏"的口头语，甚至以"看戏"为"外行"。其中自有历史原因，可以由此而研究"戏曲"二字的关系及变迁。

问：戏曲二字，应当如何分析？怎样成为密切的联系？

答：戏曲二字若只讲意义，是简而易明的。"戏"是整个的。"曲"是一部分。每一出戏，有剧本编制，有剧场设备，有演员道具，音乐等等，许多构成条件。"曲"又是剧本里关于唱词的一部分。而每个演员有唱、做、念、打，各项工作，而唱曲又只是属于口的部分工作。

然而若考究戏曲的历史关系，那就又当别论了。

"曲"不但是戏的要素，而且有代表戏剧的特殊地位，由来已久，直到如今。远从三国时代就留下"周郎顾曲"的"佳话"。后来听唱，评曲，固然是"顾曲"，即看戏研戏，亦叫作"顾曲"。明明一本戏，只用"一曲"二字就可以代表。清初有个官员，家有喜事，宴会演戏，整本的《长生殿》热闹之至。却忘了这天是清室老皇的忌辰，被御史参劾一本，这位官员就得了革职的处分。因之北京的诗人就慨叹吟道："可怜一曲长生殿，断送功名到白头。"

其实台上演着整本的戏，被"一曲"二字代表了，还有四喜班排演全本《桃花扇》，接连演唱数日，座客常满，口碑载道。诗人们又吟着："新排一曲桃花扇，到处争传四喜班。"

一段曲子叫做"一曲"，一出戏也叫"一曲"，全本连台的戏也叫"一曲"。

有许多著作，如李笠翁的《曲话》，书内有"词曲"及"演习"两大部分。明明研究戏的全面，如剧本服装（衣冠）排场都有，而总名只是"曲话"，他也把"戏"包括在"曲"内。

问：把"曲"来代表"戏"，把"戏"包括在"曲"中是否合理？

答：用一部分的名词代表全体，当然只能认为一种习惯，不能合于理解。但是历史已注定了"曲"是戏剧艺术的要素，离了曲就没有戏，同时离了戏亦没有曲，因之"戏曲"二字，成为密切联系的名词。

戏曲界艺人有"四功"，即唱、做、念、打。而"唱功"居四功之首。所以完成四功的，又有"五法"，而"口法"（即关系唱念的方法）又独立于四法之外。其原因亦是唱为要素（四法是手、眼、身、步）。

问：戏曲的历史变迁应当怎样研究？

答：这里首先应须分清的乃是：第一，戏曲与诗文小说不同。第二，文史家的研究戏曲，与戏曲工作者的研究戏曲又不同。

诗文词赋小说等类，所表现的不离乎纸面。所以只要有了古今人的著作传记表谱等，编纂评述起来，就是文学史。即便是关于戏曲的研究，文艺界的先生们，亦可以搜集剧本曲谱图片以及其他的记载加以评述，而成为完美的著作。

那样的写作，若出于我们戏剧工作者之手，我们自己不能感到满足，相信戏曲界着重实际的同好们，亦不能满足。

戏曲有形有声，是立体的，是活动的，表演在台上，才是戏。至于纸面上书本上的剧本曲谱等等记载，只可以备参考，并非戏曲的主体。比如食谱食单，不能算是肴馔。正所谓"画饼不能充饥"。

因之我们研究戏曲，必须实指实验，是戏必须看得到，是曲必须听得到。我们的心情耳目，都要尽可能地集中在戏场上，不能拘于纸面书本，总以实指实验为标准。

问：你的话固然不错，但过去的戏曲一去而不可留。那时既没有留声机，又没有拍电影，除了老艺人们口头传说，以及剧本曲谱略有传留外，也实在没有法子。以致有些老人们说到当年四大徽班以及川秦苏鄂各戏班各老艺员的演唱，使得听者咨嗟叹息，不是某戏失传，就是某曲成了"广陵散"，恍如"白头宫女闲话开元遗事"一般，无从实指实验，将奈之何？

答：这是有办法的事，只要人们把旧时古板错误的观念改变一下，就可以由"死胡同"走向康庄大道。

很显然的，前代聚集在北京的四大徽班以及苏秦鄂赣许多大班小班各种地方剧曲，并非北京的产物，都是由外地来京演出。经过长时期的百花竞放，其中有的长远留在北京，有的散归原产处，有的流转各地方，不能因为北京不见了，就认为失传。

留在北京最长远、变化最大、成绩最优乃是皮黄，经过长时期的精炼陶铸，而成为特殊的"京调"。

其次是梆子，由西北来京后，亦有相当的改变，与皮黄各树一帜。至于昆腔，除少数贵族家庭子弟外，市街的营业戏里，没有独立的昆班（昆腔小出，夹在二黄班里，做了附庸）。自清光绪到宣统年间，北京各城的戏园戏班虽多，而剧种则只有梆子二黄两大队。

民国以后，北京戏曲界的门户大大地开放。首先是天津一带的女班（梆子多数）纷纷入京，随后各省各埠的剧种相继出演，其中与近代北京戏曲最有关系的，乃是昆弋班（即荣庆社自高阳来）及老皮黄班（即余洪元等自汉口来），此外还有李雪芳等演出的粤剧，小莲花等人的老梆子，易俗社的陕剧，丁果仙领导的晋剧，还有第一舞台新明戏院迭次演出的上海班。

彼时《京报》的戏剧专刊就说过："怀古必须证今，礼失可以求野。"如欲研究前代的戏曲,最好就散在地方重聚北京的戏班,作实际的体验。不必徒然向往着北京的过去,或者守着故纸叹气。

但是那时的政府没有知识,不能从文化方面看戏曲,不提倡,不过问。那些来京出演的戏班,多是营业性质,时来时去,唯昆弋班留京,在各园演唱二十余年之久。

新中国成立以后,在文化部领导之下,川越闽赣鲁豫以及其他各种剧曲,云集北京,历次观摩大会,不但剧种之多,出乎一般意想之外,而且戏曲得到正常的地位,受到人民的尊重、鼓励与评判,有了光明的前途。这是前人所梦想不到的。

砚秋从前到外埠演戏的时候,亦曾略为留意到各地方的戏曲,但说不到观察和研究。新中国成立后三两年内,乃周历各处,西北沿山陕以至甘、新、哈密(哈密的十二套大曲的发现是宝贵的),东南到闽粤边区以至华东华南各县村市镇,参观各地方大小戏班,许多不同的戏曲组织、演唱技术,不但大广见闻,而且可供实际参考的资料,极为丰富。

问:过去的戏曲,既然多数存在世间,它们每一种的变迁异同,是否都可以用实验的方法,考证明确呢?

答:每种都考证,这工作十分艰巨,断乎不是一方面所能办到,只能由各处的戏曲工作者,按照各人所熟悉的剧种,去作实验的研究。例如研究老皮黄的专家杨铎先生所著《汉剧杂谈》,就是一方面说明皮黄的源流衍变,一方面说明了现代汉剧,互相印证。所以述古不流于空谈,这的确是戏曲工作者的研究法。

汉剧既有如此的成绩,别处的戏曲,自然亦可按照各地路线去做。我们是京剧的工作者,只能顾到北京的戏曲一方面。

问:关于北京戏曲的指实研究如何?

答:古代的北京戏曲,如清乾隆时代,长江流域及西北高原的戏曲,纷纷到京。其中多数与现代的京剧没有关系(例如川人魏长生以秦腔入京,也曾红了一阵,见于《画舫录》及《燕兰谱》),现在无可指实,无可研究,亦无须研究。

与现代京剧有关系的戏曲乃是昆腔、老皮黄、梆子,都是可以指实的,都是必须要研究的。特别是昆腔,关系最密切,最重要。因为:

一、战胜其他诸腔,统一了南北曲的唱法,又产生了许多依照昆腔唱法而制成的曲本。

二、京调吸收昆腔的长处，遂成为戏曲的主峰。

三、昆腔帮助京调：成功之后，做了"退院之僧"，但仍不失"元老"地位。

四、昆腔自明末到清中，二百余年之久，保持优势，后来虽被京调战胜，但并未消失，至今存在。

问：昆腔是什么时代兴起来的？怎样战胜了其他的唱法？

答：据《乐府传声》及别家记载，昆腔盛行，始于明末清初。在此以前，唱南曲的有海盐腔、余姚腔、义乌腔（以上浙江）、弋阳腔（江西）、太平腔（安徽）与江苏的昆山腔，同时并列，各不相谋。由此可见，苏浙皖赣等处，即长江流域人文昌盛的地方，都喜好唱曲。后来昆腔独盛，不但南曲，即北曲亦都改了昆腔。不但旧有的南北"曲"都变了"昆"的格式，而明清人的曲本，连填词打谱都变了"昆式"。

至于昆腔何以独居优势的原因，可以分唱曲与制曲两方面说：第一，唱曲一方面，苏州人（昆山亦是苏州的一县）口齿清利，音声脆活，最利于唱曲。苏州的语言，旧时称为"南方官话"。谁都知道"苏白"与"京白"（北京的官话），是旗鼓相当的标准语。特别是在戏曲方面，各有相当的便利。第二，就制曲方面说，据清初朱彝尊、王元美等人的记载："梁辰鱼，字伯龙，昆山人，雅擅词曲。魏良辅喉转音声，变弋阳海盐故调为昆腔，伯龙填《浣纱记》付之，是为昆曲之始。"处处传诵着"度曲魏良辅，填词梁伯龙"，"吴阊白面冶游儿，争唱梁郎绝妙词"。可见梁魏二人的协力合作，不愧开拓新纪录的历史人物。

继此而起的唱曲的、制谱制曲的、评曲的风起云涌，由苏州而及于江南浙西一带，研曲的人士是日见其多，唱曲的人是愈来愈细。"昆腔"称为"水磨调"，唯一的特征，就是细致。昆戏的好处就是雅静。不论是听曲或看戏，总是一派沉静的气象，绝无叫嚣嘈杂的苦感。所以战胜其他各腔不是偶然的。

以上所述，虽然是根据前人的记载，但昆腔及苏白是现在听得到的。昆戏亦是看得见的，可以指实的。至于曾与昆腔并列的余姚腔、海盐腔、义乌腔、弋阳腔、太平腔，既是浙皖赣各县的产物，有地名可指，就有踪迹可寻，纵不能全数存在，总有一二处的腔调，可与昆腔比较一下，使昆腔优胜的原因，更觉显然。

问：民国初年，天乐园（鲜鱼口）曾经出现一个昆弋班，演期很长，它对于北京的戏曲界起过什么作用？

答：那个昆弋班，叫作荣庆社，社员（演员及职员）多是高阳人，向在保定府一带演唱，到京以后，在天乐园演唱几年，后又轮演内外城十余年之久，对于北京戏曲界起的作用很大，以下分为三点说明：

一、北京上自清光绪以来，只有梆子班，二黄班及梆黄两下锅班，久已不见昆班。忽然来了这样大规模组织的戏班，不但有昆腔，而且有高腔；不但有单出，而且有整本大套；不但有文，而且有武。使众所想望不见的清代"乾嘉盛况"复见于今，老辈们咨嗟叹息的"广陵散"居然又在人间了。所以一连数年，天天开演，常常满座。这就足够证明任何戏曲不能因为北京不见，就是"失传"。

二、这个剧社，因来自乡间又常在外赶演"棚戏"，风尘劳碌，所以唱念口音，服装举止不免有些地方色彩。以致有些自命雅人老辈们，还在那里说"风凉话"，说是"不地道"，不是"当年规范"等。然而完整的戏班，是实在东西，总比那些"抱残守缺"的空话强。

真正的曲家，却并不菲薄，如吴瞿庵、赵逸叟、袁寒云等人，是天乐园楼上的常川顾客，亦常与陶显亭、郝振基那些老艺人共同研究，又挑选几个青年子弟韩世昌等，指正字音腔板，颇极一时之盛。

三、荣庆社的戏曲，是以昆腔高腔合组的。一出戏亦许是纯昆腔，亦许是纯高腔，亦许昆高都有。高腔不用器乐伴奏，只是一味高喊干唱，唱到一段，后台里锣鼓响一阵，给听众以枯燥强烈的刺激。每到唱高腔的时候，座客多往外溜，因之想起前人留下讥讽高腔的两句："后台锣鼓响连天，今日来听戏有缘。"（即是表明听过一次，下次不来的意思。）形容惟妙。而今在天乐园荣庆社的座间，居然亲自领略这般风味。可见前代景况，并不是绝对不能实验于现在的。

那戏班管事人见高腔不受欢迎，影响了营业，于是逐渐把高腔减少，改唱昆腔。原来昆弋的曲本，好些是相同的（都在"曲"的系统）。可以唱高，亦可以唱昆，一转移间，并不太费事。后来高腔淘汰净尽，变做纯粹的昆班了。我们现在研究昆腔怎样战胜别种腔，则关于以上第三点，更感兴味。荣庆社把昆腔战胜弋腔的经过，实实在在地表现给我们看了。这不比书面记载或老人传说切实得多？

弋阳腔的失败是这样，那些其他各腔（即义乌腔、余姚腔、太平腔、海盐腔）的失败，亦可连类而推想其所以然。或者按着地名去实际考验，那些腔与昆腔作比较，在现代亦不是不可能的事。

总而言之，昆腔的唱法是"细"，昆戏的场上是"静"，不嘈杂，不浮乱，这是它独占优胜的原因。

问： 昆腔怎样帮助过京调，京戏怎样吸收了昆腔的长处？

答： 不论是何种腔调，要打算唱得清楚美善，第一件法宝乃是"口诀"，亦叫作"口法"。这以苏昆人士研究最细。研曲的专家有著作，唱曲的艺员们，人人有传授。

昆苏的艺员及剧团在清代早在北京占有领导戏曲界的地位。直到同治年间，北京的戏曲组织都叫作"某某堂"，都寓在"宣南"一带，共有六十余组，其中由苏人领导的，却有四十余组的大多数。最著名的如岫云堂主人徐小香，至今京剧界提起来，还尊为小生的泰斗。他的弟弟徐隶香，是崇德堂主人。还有景禾堂的梅巧玲，乐安堂的孙彩珠，紫阳堂的朱莲芬，绮春堂的时小福，丽华堂的沈芷秋。应须注意，凡苏人领导的堂主，不是小生就是青衣或者青衣兼小生。他们都是昆腔而兼皮黄，老辈所谓"艺兼昆乱"。他们自己用唱昆的口法唱皮黄，并且传授到后起的子弟。

我们参考前辈的故事，加以自己的体会，可以知道京调之接受昆腔的口法，是由青衣及小生一系传下来，所以要就京调实验苏昆的口法，则以青衣或小生为最便。近人如程继仙先生，他虽然本籍是安徽，但他既习小生，他的字眼吞吐，以及举止动作完全是昆生法度。再上一辈说，王桂官先生是北京人，他亦是小生行，对于昆法研究更深，他的唱功就是苏昆角色也都佩服，实在都是徐小香的一脉相传。

以上所述，只是说明苏昆口法，助成京调的渊源。由青衣小生而推广到其他的各项角色，当然京调各项角色里，接受昆法的，不只青衣和小生。但欲体验京调的昆法，则以小生青衣两行为最近。这也并不是说凡是京调的小生青衣，都了解昆腔的口法。

问： 常听内行老辈人说，要把京调唱好，须先习昆腔做底子。这话是否全正确？

答：这样说法，大体上似乎没有什么错误。但不能认为学了昆腔，就能把京调唱好；亦不能说不会昆腔，就唱不了京调。

举几个实例，如寒云主人袁抱存，是昆腔专家，若唱京调，即便《群英会》蒋干的几句摇板，亦不是味儿。他自己说对皮黄亦感兴趣，但唱来总格格不入。又如李寿峰即李六先生，昆腔为内外行所推服，亦唱皮黄，少数的散板或几句原板，的确字正腔圆，气味醇厚。但不能大段，不能做主角。因为没有生发，没有变化。

又如王瑶卿先生，不擅昆腔，只功皮黄。他唱皮黄，口齿清真，字音准确，入戏入味，行腔抑扬顿挫，则全是昆法。他父亲是唱昆的专家，他的确得力于家传。但所传的不是曲本，而是唱功的诀窍。

当然昆黄两擅其胜的艺员，亦多的是。但昆腔曲谱，拘束力甚大，若是太专门了，唱皮黄便不易生发。所以"先昆后黄"的说法，似是而非。昆腔唱法帮助京调，并不能作为"先昆后黄"解释。而且所谓"帮助成功"，亦只是事实的演进，积久的形成，并不是有些人主动的工作。假如当初的苏昆艺员，有意把昆法改造皮黄，正式授课，不但不能成功，并且根本无所措手（只有身段方面，确是给予京剧许多启发。因昆曲每唱一句，必将一句的词意，形容出来，这就给京剧好多的便利。尤其是京剧的青衣，向有"抚着肚子死唱"之讥）。

问：昆腔的唱法如何？

答：唱法以"口法"为第一要义。唱从"口"出，人类的"口"是天然赋予的利器，巧妙的工具。

原来声音之道，有"无形之声"，有"有形之声"。而有形之声，又分"物声"与"人声"。

无形之声，如风声雷声之类，但闻其声，不见其出发之处，人力不能控制，没有节奏，听其自然。

有形之声：第一，物声，如金石丝竹，都可以发音，都可以制成乐器。但是正如《乐府传声》所述："箫管之音，虽极天下之良功，吹得音调明亮，只能分别工尺，令听者知为何调；断不能吹出字面，使听者知其为何字，此人声之所以可贵也。"是的，不论是胡琴，是笛子或其他乐器，由人口去吹，或人手去抚，只能发生高低曲折的音调，不能唱出词句来。因为"物"没有舌齿等机能，不能吐字。第二，人声，人声于高低曲折之外，更能清出字面，全仗有个机能齐备的"口"。人们常说道，唱功要有好嗓子（南方说"好喉咙"），有嗓子就是唱功角色的本钱。这话固然亦有一部分的理由，但试问人的"口"，若没有舌齿唇，而只有一条喉管，那么发出声来，必然和箫管一样，有声而无字，无论如何高亮，亦只是"物声"一流了。

动物如犬马虎豹，亦有舌有齿有唇，但没有灵性，没有意识，不能运用，所以只有嗥吼不能语言。

人类的口腔，既具备各样的机能，又有天赋的才智，运用这工具说话唱曲，运用得法，便是"口诀"。

凡是以唱为专业者，不论唱什么，或戏曲或大鼓小调等等，都知道需要"嘴里清楚"。但是把"口诀"加细研究，而且配合字音成为专门之学，则以苏昆人士为"首屈一指"。

把人的口腔以内，分为"喉舌齿牙唇"五部，每一部又分"偏、中、上、下"，好像一部机器，内部构造都分析清楚。

"口"能发出各式各样的声音，但必须配合词句，方有实用，有意义。所以唱的工具是"口"，而唱的对象乃是词句。每一段戏词，是由句子积起来的，每一句中有若干节，每一节有若干字，所以说"词生于句，句生于节，节生于字"。

字是词的基础，要把戏词唱好，必须先把每个字的音认识清楚，并与口的机能配合妥当。"口"有喉舌齿牙唇，字有平仄阴阳（即清浊）。每段词句的字与字之间，又要连贯，又要清晰，这谓之"交代"。每个字怎样出发，怎样收束，谓之"归韵"。

字眼清楚了，再研究腔调板眼，顿挫抑扬，这些在《乐府传声》里都有详细的说明。

凡是京调名角，总得"嘴里好""身上好"。细按起来，都和昆法渊源一脉。

问：有好些人说"唱昆腔须先学苏白，唱京调须先学京话"。确否？

答：这些话也都似是而非。《传声》说过："一字有一字之正音，不可杂以土音。"又说："譬之南北两人相遇谈心，各操土音，则两不相通，必各遵相通之正音，方能理会。"说话尚且如此，何况唱曲。

苏白在江南一带，虽然比较优胜，然而究竟是一种地方语，有一定的局限性。即如四声里的入声，在苏白里最为擅长，分别阴阳，字字清楚。而唱曲却无用处。所以《传声》说："入声不可唱，唱而引长其声，即是平声。南曲唱入声，无长腔，出字即止，其有引长其声者，皆平声也。"又说："北曲无入，将入声派入三声（即平、上、去），因北人言语，本无入声，故唱曲亦无入声，必分派三声，北曲之妙，全在于此。""帷北曲则平自平，上自上，去自去，字字清真。出声、过声、收声，分毫不可宽。故唱入声，亦必审其字势……派定唱法……亦如三声之本音，不可移易……故观派入三声之法，则北曲之出字清真，益可征据。"有个笑话说："北人只有赶大车，手执长鞭，吆喝牲口，'哒哒'那是入声，除此以外，就没有入声了。"四声缺一，是缺点，然而徐灵胎先生却说这在唱曲方面说，乃是优点。

苏语读"儿"如"泥"，然《酒楼》之"论男儿"决不能唱作"论男泥"。又"归""居"不分，"百""卜"不分，"物""没"不分，诸如此类甚多，若依此唱昆，无人能懂了。所以苏人唱念，除净丑科诨外，都须依中原音韵。而且苏白是著名的"吴侬软语"，口小齿清，柔活敏捷，即使上韵，亦宜于旦角及小生。所以苏人提起"阔口"角色，常有畏难之色，以为出一个正生或大面，甚不容易，因为那是要"张大嘴，喘粗气"的。我们调查当年来京许多苏昆角色，徐小香，朱莲芬，沈芷秋，等等，不是青衣，就是小生，没有老生、大花脸，其原因亦在于此。

苏白或其他的地方语，大半不合于戏曲之用。所以如说唱昆必须苏人，或别处的人必须先学苏白，这都是错的。近人如袁寒云、溥西园，都不是苏人，亦并不曾先学苏白，然而他们昆腔都唱得好。

问： 你刚说过苏人口齿清利，便于唱曲，现在的说法，似乎苏白与唱曲没有关系，岂不是矛盾吗？

答： 并不矛盾。"苏音利于唱曲"和"用苏语来唱曲"是两回事。一，苏音在江南一带，只是比较有优势者，所谓便于唱曲，亦并不等于"非此不可"。二，苏人研究"口法""音韵"，并不能以苏语为标准（大致是以中原音韵为标准）。不过用他们的清真口齿唱出来有多少的便利而已。

北人如袁寒云等，有了清真的口齿，熟悉了苏昆的口法及中原音韵，即具备了唱曲的条件，自然唱得圆转如意。当然没有学习苏语的必要。

不但昆腔如此，京调亦然。北京语音，有圆活清脆的优点，于唱皮黄大有便利，是事实。但不能说"用京语唱皮黄"，亦不能说"唱京调必须先学京语"。因为北京语亦是一种地方语，固然有它的出众之处，但亦不是没有缺点。它的优胜亦是比较的而不是绝对的。日前有位相声艺人，谈论北京语为"标准语"的问题，他指出北京语亦有许多不能普通的，如"不论多少钱"说"不赁多儿钱"之类，北京的卷舌音太多，往往带上几个"儿"的音，就把应当念出的字，给混过去了。所以如推广北京语作规范，必须先把北京语检查改正，入于规范。这些都很中肯。

总之不论是唱曲，是说话，需要口齿清利，需要字眼真切。所以李笠翁《曲话》有"字忌模糊"一段说："学唱之人，勿论巧拙，只看有口无口；听曲之人，慢讲精粗，先问有字无字。字从口出，如出口不分明，有字若无字，与哑人何异哉（哑人亦能唱曲，只听其呼号之声）。于学曲之初，先净其齿颊，使出口之际，字字分明，然后使工腔板。"所以不论是苏人唱昆腔或京人唱京调，总以"净其齿颊""认准字眼"为要义。昆腔及京调都以中原音韵为标准，但亦只是一个大概的标准。苏人唱曲，亦许参用几个合用的苏音；京人唱皮黄，亦许参用相当的京音；要看什么角色，什么词句，所谓"法是死的，人是活的"。没有法，固然不行，呆于法，亦不行。

问：既然昆腔京调都以中原音韵为标准，那么这个"相通之正音"是否全正确？

答：只能说有这个标准比没有标准强。却不能说这个标准是完全正确的。第一，因为中原音韵，亦是有地方性的。（中州）既不是"空中楼阁"，当初亦并没有经过系统调查，亦不是严格制定的法规。不过优点比较多些，再经昆黄两大剧种前辈名人先后推崇之后，戏曲界公认为标准。这也只是事实上自然的演进造成的一种局势。第二，中原音韵，成为昆黄两大系的标准，亦只是个大概，而且在听众方面，并不是相通之正音。现在推行"规范语"，提倡"普通话"的运动中，对戏台上的

"上韵""上口"发生疑问的很多。将来新歌剧中或竟完全推翻,亦未可知。这个问题,相当复杂,此处且不能详谈。现在"言归正传",还是先说说"昆戏"帮助"京戏"的其他方面。

关于全国戏曲音乐调查工作报告书

这一次的旅行，时间是整整七个月，所走的道路，约近三万里，所到之处，承各方特别相助，获得不少的见闻。我们目的虽是专为戏曲音乐，但遇到其他文艺材料，机会难得时，便也进行了一些了解工作，下面分地区作一简单的总报告，详细内容俟各分题中，再为述说。

在青岛我们所见到的，有两种地方戏，一种叫作柳腔戏，一种叫作茂腔戏。茂腔又称茂州鼓，也有称作"州姑"或"肘鼓"的。据他们的演员们讲，这些都是"郑国"两字的讹误，所以他们的社名便也名为"郑国社"。但是这不见得可信，他们说，所以名曰"郑国"，是因为这种戏起源于春秋时候的郑国，捕风捉影，显见得是一种附会之说。社中有一位老演员董长河，据他谈，茂腔早年行于苏北一带，徐州附近，演员只有两三个人，也没有音乐伴奏，后来有师兄弟两人，北来到山东地面，渐渐改良，加上弦索，又增大了组织，师兄一班，行于青州一带，称曰茂腔；师弟一班行于莱州一带，称曰柳腔。茂腔别有一派，传至鲁西一带，叫作吕戏，也称化装洋琴。

茂腔和柳腔的流行地带南起海州附近，北至东北各地，但近年来只在胶东一带活动，班子也渐少了。这两种戏的剧本是相同的，演法也无甚出入，只在唱上互不一样，可是演员们多半兼会两种腔调，时常也交杂着演唱。他们的剧本，多半是连台本戏，有时一本戏可唱好多天，因此他们的观众，多是长座，他们在未开演之前，可以很有把握地料定上多少人。

对于这两种戏，我们进行了几项调查工作：一、来源和组织，二、演技概况，三、剧本的名目和提要，四、承青岛广播电台林明台长的帮忙，把每种主要调子录了一段音。

在青岛的曲艺，也有好多种，以西河大鼓和坠子比较盛行。特殊的曲艺，只有梁前光同志的胶东大鼓，这种大鼓是梁同志自己创造的，基本的调子是蓬莱大鼓，又加进去"武老二"的技巧，因此相当动听。唱时有时用三弦伴奏，但多半是不用。他所唱的曲子多半是新作品，很多是他自己编的，描写许多胶东地区的英雄故事。他对于北京新作的曲本很注意，希望常得到联系，我们已将他介绍给王亚平同志。

梁同志好久以前便参加革命工作，在胶东军中，担任了好几年的宣传工作，最近他在领导着一批盲童学校的学生学习曲艺，也是一项值得钦佩的工作。

济南方面所见到的戏剧有吕戏，有拉胡腔。吕戏即化装洋琴，除了化装之外，一切全同洋琴书，这等下文说到洋琴书时再细讲（化装洋琴剧于1950年定名为吕剧）。关于拉胡腔，即徐州一带所称的四平调，但这名称来源不久，可能是后起的。考求它的正名，原来也即柳腔的一种。柳腔之所以称"柳"，由于其主要乐器是一种琴，形似琵琶，但较小，两根弦，名叫柳叶琴。柳叶琴或称之曰半琵，所以也称作半琵戏，俗讹作"蹦蹦戏"。至于拉胡两个字，乃是因为唱时末句由大众接腔，名叫拉腔，因而称这种调子叫拉后腔，胡字又是后字的讹误。

拉胡腔分中南北三路，南路行于泗州一带，中路行于徐州一带，北路行于滕县一带，往北流传，最远不过济南。关于这两种戏，一切调查工作如前，只是录音工作未能进行，但一切准备都定规好了。

济南市的曲艺，种类甚多，值得调查的，第一要数洋琴书，这时在济南演唱洋琴书的，是一向负有盛名的邓九如（1897—1970，编者按），他曾灌过好多唱片，这次我们也搜罗着两张，寻常唱的调子不拉杂，有唱片也可以抵得录音了。特殊的调子是带牌名的，他们很不常唱。

洋琴书，顾名思义，似当以洋琴为主要乐器，现在的情形是这样，但实际不是这样，它的主要乐器乃是筝和琵琶，邓九如演唱时，他便是弹筝来唱，他所用的筝，形式也和一般不同，普通筝的两端，多是下垂的，他所用的，两端却是卷起，据说这样的筝，只有两个。洋琴书既不以洋琴为主，当然洋琴二字，又是讹传。但是这种曲艺，究竟是什么呢？从其组织和音调看来，和南阳一派的曲子很相近，而河南境内各地，也多有这种琴书流行，那么山东琴书，或可能也是由河南繁衍过来的。南阳曲子，系出于道家黄冠之唱，琴书两字，是否是道情的变化呢？

山东琴书分两派，南派以曹州为根据地，邓九如即此派魁首。北派在蒲台、利津、博兴一带，近年多改为化装洋琴。

"武老二"也是山东境内的一种特殊的曲艺。这种曲艺，不唱，只是手打竹板干念，可又不像数来宝，它所说的总不离武松故事，所以称为"武老二"。每演之前，多是说一段小段，类似弹词的开篇，这种小段，专以滑稽为主。近年擅长这种曲艺的，以傅永昌最有名，他是东昌府人，他还有个师弟，名叫杜永顺，一个师侄名叫高元均，曾在天津演出，红极一时。

此外还有一种木板大鼓，形同竹板书，但不打竹板而打木板，其调子近似西河大鼓，以李积玉最为擅长。

在潍县所见到的，有四种东西：一、潍县秧歌，共有六句腔，无论什么词都用它。二、潍县大鼓，这种大鼓，是从利津、寿光一带传入的，但年代已深，又称曰东路大鼓。演奏的方法很奇怪，只有一个人，左腿上拴一副铁板，用脚一踏一踏，便可以拍打，右手弹三弦，同时用第四指持鼓箭子，一边弹一边打鼓，皆合节奏，互不影响，唱调也近似西河大鼓。三、潍县梆子，名曰梆子，实即东路章丘调。四、柳腔，即前文所说的柳腔，不过存留在此地的，比较多地保持了旧规模，但唱的调子，却比其他柳腔好听。此地戏院只演京剧或评戏，本地戏反无人演唱，我们所听到的，乃是几位盲目的先生，他们也只能清唱，表演是久已失传了。

在潍县时，又抽空去了一次寒亭，寒亭是烟潍路上一个大镇，此地向以出产年画出名，附近十来个村子，都经营着年画事业，和天津的杨柳青可以抗衡了。关于此地的调查，已写成一篇调查记，送交民间文艺研究会了。

到了周村，听说鲜樱桃的剧团在那里，我们急去访他，果然他和明鸿钧都在。他们这种戏，一般称为五人班，实际上乃是章丘西路调。鲜樱桃本名邓鸿山，早年他这种班子，连演员带场面一共只五个人，演员是一生一旦，行头不过两套，一套红的，一套蓝的，这样便应付了所有的悲哀和喜庆的场子，场面是一人掌鼓板，一人打锣，一人敲钹，必要时场面也参加表演，居然成本大套的戏也能对付下来。民国二十年（1931）左右，他们曾来北京演出，组织略扩大了些，但一切还不离旧规。此次在周村相见，却大有改进，人数增加到十八个，行头也复杂起来。他们本是以表演细腻见长的，如今又吸收了不少如京剧等等的成分，益发丰富起来。明鸿钧是小生正工，他唱的调子却和别人不一样，仿佛是大鼓腔，但应用得非常巧妙。做戏也好，是一个上品的小生人才，同时他还善于反串小丑，他所演的小丑，有一种特长，凡使人发笑的地方，都是出乎自然的，绝不故作丑态，或是说些和戏情毫不相干的丑话。一切动作也工稳无火气。所以他们这种戏在民间颇有叫座能力，到一个码头，总可支持一年半载。我们如果不固执在方音问题，不纯站在京剧立场去看旁人，则他们很应该算做我们一个畏友。

周村永安戏院经理任勇奎，他是河北梆子当年著名的演员，我们同他谈起河北梆子过去的情形，他很感慨。论起河北梆子，实在不应该像现在这样衰微，自然，过于紧张嘈杂是其缺点，但演技的精深，唱法的高妙，在各种戏剧之中可说是很有独到之长的，似乎不应该如此一落千丈。据任先生讲，这其间的原因，第一是由于京剧复兴以后，使梆子在都市的地位，突然衰落，想退回农村，可是河北一带，连年战争，使农村的景况远不如前，就在这进退两难的情况之下，好多班子便一直垮台到底了。第二是由于梆子的唱功演技，都比较需要艰深功夫，后来者多以为既多费力，又少收获便不肯学，这样一来，后继无人，渐渐组不成班子，只好混在别种戏里一起来唱，可是死一个少一个，慢慢地便连一出戏也难以凑齐了。据我们四处打听现在还有几家班子在勉强支持，萎靡景况，可怜已极，当年那些著名角色，有的还存在，但大多早已改业了。

我们觉得，这方面的一批遗产，是很宝贵而值得重视的，早些着手，把这些老成而未凋谢的角色搜集了来，传留下他们的绝技，确是一种必须而且急需的工作。我们已托了好多位朋友，代为打听都还有些什么人物，以备用着时，不必再费事去四处访寻。

山东方面，早年也曾有一个易俗社，是受了陕西易俗社的影响而产生的，像王芸芳、张宏安都是其中杰出的人才。起初是私人组织，后来收为官办，便日趋腐化，终至灭亡了，比起陕西易俗社之能支持到如今，是相形见绌了。可是他们的成绩，却也不弱于陕西易俗社，他们自成立至解散，不过五六年的功夫，所编演的新剧，竟达三百几十本之多，据闻这些本子还都存在，由山东省政府教育厅保管着。

总结在山东境内的工作，也发现了不少缺点。除了人事和工具的配备不足，致使一部分重要工作未得进行以外，还有像这次携带一个剧团同行，虽然在经济上，在和当地艺人联系上有相当的方便，但是到一个地方演出，其日期的长短，每每是和调查工作所需要的日期是相反的。例如到了博山，当地并无可以采访的材料，但事实不能演一两天便走。又如在潍县调查工作是需要相当深入的，但演出只能支持一个短期，想把工作深入却不可能。还有，有些地方，是蕴藏着不少珍贵的材料的，但剧团却无法前去。这样只好从侧面间接找到一点材料，准备将来另设法去研究。已得到的有以下几种：

一、莱芜调，也称莱芜梆子，调子很高亢，近似开封梆子，用二胡为主乐，现在著名的演员以杨带子为最。流传地区只在鲁西鲁南，最近听说在新泰县成立了一个科班，由当地政府帮助指导。

二、弦子戏，又名五音乱弹，也是柳腔的一支，乐器以二弦为主，笙管笛箫柳琴也都用，流行地区多在兖州、曲阜、曹州、济宁一带，唱调很细致，脸谱很精美，本戏很多。

三、胶东秧歌，有大小两种，大秧歌多在登州一带，小秧歌行于莱州一带，山东省文联卢棘同志对此很做过一番调查研究工作，此外山东流行的小曲，他也记录了不少。

除以上几种以外，据闻鲁西南流行的还有一种用笛伴奏的戏，名称不详。还有一种只有男女两个角色的戏，都踩跷，打锣鼓干唱。惠民一带，有环戏、傩戏、大弦腔、赃官戏。无棣有哈哈腔。河北、河南、山东交界地方有大锣腔、大梆子、四股弦、平调、三跳板……曲艺则各地都有大鼓、道情、小曲。

关于记录剧本，我们到处都计划进行，但有的演员们自己可以动手，只要付他们以相当的报酬，像青岛的柳腔、茂腔，我们已研究妥了进行的步骤。但有的全班都不识字，只好找人去代抄了。为求整齐一律，我们想聘请两位对戏曲稍通门径而懂得山东各地方言的，给他们一个格式，让他们到已接洽妥的地方去记录，但是到了徐州之后这计划又失败了。

说来也好笑，因为天气渐渐盛热起来，同时雨水又多，演戏在这季节里，很不相宜。于是在周村演完之后，应大家同人的要求，把剧团暂时结束了，全体演员，便从周村回京。但到了徐州之后，当地政府，非要求演出不可，再三摆脱不得，只好回京再行调集人马，这一样，成本太重，又赶上雨水连绵，勉强支持完了一期，赔累不少，这样一来，把在山东各地所盈余的亏损大半，一切计划暂也不得不搁浅了。

七月十九日，剧团返回了北京，我们则轻装直去西北，二十一日，到达了长安。去年在长安时，常常听人提到王存才，说他的演技是如何的高妙，不但在晋剧中是难得的人才，便在任何戏剧中，也是不易多求的。今年他来长安治牙，经大家特烦，表演了几场，据马健翎兄讲，的确是不平凡，技术精娴，还是其末，最使人佩服的是生活的逼真和丰富。可惜他没多停留便又回去了，我们又不曾得见，只是从各方面得到一些关于他的材料。

碗碗腔影戏的名演员一杆旗，也曾来长安，此间的戏改处，曾把他的艺术加以详细的调查，并且选录了好多的剧本，听说将来要有一个专册出版的。关中的曲子，在四十多年前，曾出版过一部《羽衣新谱》，共六卷，去年我们曾各方托人访求，始终没得到。这次承王绍猷先生替我们找到两本，其余的王先生也答应再帮我们搜集完全。现在找到的两本，内容都是越调部分，已由戏改处翻印。戏剧公会的石刻，是考证秦腔历史的重要材料，我们也设法把它拓了下来。

汉中的二黄戏，已有三十多年不来关中，今年也兴高采烈地到了长安，这种戏和京剧是同源而异流的。除了唱腔显得古拙，动作和音乐有些秦腔化之外，一切和京剧无大分别。近年以来很有人评论，说京剧从地方戏变来的过程中，曾经在本质上有了极大的变化，这种论调也颇有一班人力持反对，可是双方都缺乏充足的证据，如今得到这样一种戏，很是一批有用的研究材料了。据安康来参加西北文代会的戏剧代表杜玉华对我们说，汉中戏的班子，还很有几个，秦腔化的成分，一点也没有，和京剧的相似，是比较更近的。

汉中戏里，很有几出戏是京剧班里望尘莫及的。例如张庆宏所演的《张松献地图》，形容张松的机变，真是谈锋四射，口如悬河，张庆宏已是七十多岁了，但演起戏来，手眼身法步，还是丝丝不苟，一气呵成。人们常觉得《法门寺》里的贾桂念状子，是一件不容易的事，可是和这戏相比较，相去且不可以道里计了。西北戏改处，已将他这戏录了音，这次并且带到北京来展览。

七月二十九离长安西行，路经平凉、兰州，都抽空看了几次戏。从山东到西北，豫剧是相当兴盛的，不过郑州以东，多行东路开封调，郑州以西，则东西两路混合演唱了。实际说起来，西路在唱调上，的确有胜过东路的地方，特别像常香玉，她把原来的音乐，大加改变，把木梆的声音减低，伴奏的乐器，在唱的时候放轻，到了过门，再加重起来，这样，使一腔一字，都清楚地送到听众耳朵里。同时她又对各种戏曲的腔调，加以吸收，融合进去，因此调子也比以前大见丰富。所以她在西北一带，能获得大众的好尚和拥护。还有长安的狮吼剧团，是一个学校式的团体，领导人樊粹庭先生，一向以编演进步剧本为社会人士所称赞，所以成绩也很昭著。因为有这样两个剧团使一般豫剧团体在西北也有了相当的地位，他们的奋斗和努力，是值得大家学习的。

到了迪化（今乌鲁木齐）之后，开始进行了解各兄弟民族的戏曲音乐，但因为语言不通，又缺乏适当的翻译，工作非常困难。在第一周中，除了参观几次新盟会的歌舞演奏，还有文联赠送我们一批维吾尔族唱片之外，什么材料也没访到。八月十二号，和新疆文教委员会孜牙主任约谈一次，请了一位蒙古族同志做翻译，因为他对戏曲音乐不内行，好多话也无法传达，还几乎闹出笑话。这一次的谈话很失败，仅仅得知维吾尔族音乐中有十二套古典大曲，可是现在最多只有人会九套了，这人还不在迪化，无法去研究。

这天夜晚，王震司令员忽然对我们说陶峙岳副司令员，明天要到南疆去视察，同时张仲瀚政委，也要到焉耆，假使我们想去喀什、和阗最好一同去，在季节上，在方便上，都是很好的机会。我们听了很兴奋，马上准备了一下，在第二天清早，便出发了。

在南疆路上，因为陶司令到处要视察和作报告，所以在好多地方都曾停留，在焉耆，在库车，都曾试作了些调查工作，在阿克苏，又见到当地新盟歌舞团的表演，并作了一次访问，不过所得甚微。二十六号到了喀什，当地的新盟会和苏侨会，连日组织晚会招待我们，使我们见到很多样的歌舞,同时也见到维吾尔族和乌孜别克族的歌剧和话剧。

在这里,我们计划着学一些歌曲,记一些谱子,预备做研究材料,但时间来不及,同时语言方面也无法沟通。二军文工团的各位同志,见到我们这种情形,很慷慨地把他们一年以来所记录的谱子,抄了一份赠送给我们。这样诚恳的友谊,只有而今的社会才可以见到,使我们更深感觉到新时代的伟大。

我们的行程,是准备在八月三十号离喀什到和阗去,不料在二十九日晚间,忽然得到和阗附近桥梁发生障碍的消息,同时车辆也发生了问题,就连陶司令一行,也只能挑选着前去,而且最远只能到莎车。这样一来,我们在喀什又多留了几天。三十号,喀什文艺界约我们参加一个座谈会,这座谈会举行的地点是在一家美丽的大花园里,歌舞音乐,极一时之盛,我们得以实地领略到当地文娱生活的真相。

在会场中有一位年老的音乐师,名叫哈西木,是维吾尔族人。在饭后休息的时间,我们向他请教塞他尔的用法,因而攀谈起来,渐渐扯到维吾尔族十二套大曲上去。他听了,好像有所感触地笑了一笑,可是并没有说什么,接着便是演奏开始,谈话便也中断了。晚间回想起此事,觉得有些特别,为什么这位老音乐师,听到问起十二套大曲的话,他微笑不语呢?莫非他晓得一些么?第二天我们一早便到新盟会去,特地请这位老音乐师到来,诚恳地向他请教,真是意料不到的事,十二套大曲,他不但是完全都会,并且现在完全都会的只剩下他一个人了。据他说几年前,听说和阗还有一人能完全都会,他特地由喀什去访他,到了和阗之后,不幸已经故去。现在他有几个弟子,但最好的才学会了八九套,他感觉到他自己年纪已老,怕在生前不得传留下这十二套绝技,言下不时唏嘘,可是忽然又笑了,对我们说:"真不想万里之外,会有知音来相访!"我们真觉得过意不去,没想到这番谈话,使这位老人家的感情发生了如此的激动。

第二天我们预备了一餐便饭,请他和他的几位弟子来做再度的长谈。他们把十二套大曲的组织讲给我们,并且择要演奏给我们听。更是意料不到的,这十二套大曲,竟是很复杂很美妙的管弦合奏乐。

时间匆迫,记谱是办不到的,录音机又不曾带来,真使我们感觉到良机空放的可惜。回到迪化之后,遇到中央西北访问团的王同志,他带有录音器材，并且不久也要去喀什，我们把这件事对他谈了，希望他把这工作完成。他也很高兴，不过他所带的钢丝已不多，大约不过七小时左右，但是这十二套曲子，连奏起来，至少在二十四小时以上。后来我们又把此事对邓力群主任讲了。他已答应设法把哈西木请到迪化，如果迪化方面解决不了这问题，再向长安（今西安）联络。我们回到长安之后，和柯仲平、马健翎诸位谈起，他们也很注意，愿尽可能来助成此举。我们觉得这件事无论如何是应该搞好的，录音是必要，可是研究学习更重要，故此我们向文化部建议，请文化部对此早定一个处理的方案。

从喀什归来，经过黑孜尔的时候，特地去看了一次千佛洞，此地的千佛洞，已发掘的有八十几个洞，但看情形可能还有不少洞子仍在埋藏着。论年代比敦煌更古，而壁画的作风，又是一派风格。可惜近年以来屡遭破坏，如不及早设法保存，只怕要损失罄尽。又库车盐水沟外，也有一处千佛洞，残破情形比此尤其。新疆境内，昔年佛教极盛，所以千佛洞的建造，也不止一处，据闻特克斯和库尔勒、吐鲁番都有，但我们这次并没去看，还有人讲，在蒲犁、乌恰一带山中，也有不少这种建筑。

九月十五回到迪化，新盟及文联的各位，多已去长安参加文代会，我们预备回来研究的问题，一概无法进行了。这样焦急了几天，幸亏得到二十二兵团洪涛同志的帮忙，他介绍给我们很多书，使我们对新疆各民族情况得以了解，又介绍我们和新疆分局研究室的苏北海同志相谈，得甄别了各书所记的正确或错误。又介绍给我们一位哈萨克族的文艺研究家柯仁先生，在他那里很有系统地得到研究哈萨克族的文艺情况，从他那里又得认识了新疆省府秘书长倪华德，还有许多哈萨克族、柯尔克孜族的朋友，又得到不少的见闻。在苏联领事馆的宴会席上，遇到公安厅的舒慕同厅长，从他那里得知到锡伯、索仑、满族三族的文艺情况。中苏友好协会赠给我们一批哈萨克族唱片，马寒冰主任，搜集了几件维吾尔族乐器相赠，蓝月春同志代我们采购了乌兹别克唱片，二十二兵团韦文元同志教给我们各族的歌曲，新疆军区文工团也准备把他们记录的曲谱抄一份相赠，这样我们的工作才得以顺利地展开。

在青海和兰州，也是多亏了各方面的同志们努力帮助。在西宁了解的，是藏族和土族的歌舞，还有流行在甘青两省的花儿少年，流行在青海的附子，在塔尔寺见到的是藏舞和打鬼舞。这些都承华恩、王博、程秀山、逯萌竹、苍谦各位同志或是给我们介绍专家去谈，或是把自己所得相告，尤其华恩同志，他费了半年多功夫，在青海各地所实地采得的歌曲，悉数拿来让我们抄录，并且把其中奥妙，详细讲解给我们。我们很觉得对不起他的，是这许多宝贵材料，我们只选抄了一部分，未能把他的全部成绩，介绍到东部地区来。

在兰州，文教厅的曹陇丁同志，也帮我们发掘了很多的文艺宝藏。水楚琴老先生，给我们讲说了兰州秦腔的系统和特质。李海舟、王叔明两位先生，给我们讲说了兰州十种曲子的组织和内容。岳钟华同志为我们画了一份完全而准确的秦腔脸谱。余正常同志赠我们许多曲谱和甘肃影人。

其余各方面的帮助，实难一一罄述，这些隆情厚谊，使我们是永志难忘的。

各兄弟民族的歌舞，初看去总不免有奇异之感，多以为是一种从未习见的东西，其实这些形式，在中国的文艺史上，都曾发生过很大的影响。维吾尔族音乐与唐代大曲的关系，已略如上述，此外藏土两族的歌舞与唐宋以来词曲的兴起，也有极深的关系，尤其是哈萨克族的歌曲，南宋时代，民间突然兴起许多的新奇的文艺形式，一向研究者莫名其妙是怎样产生的，这次我们研究所得，觉得和哈萨克族文艺的关系，是不容漠视的。

西宁的附子，兰州的十种曲子，论起来应该是一个系统的东西。这一个系统，在国内流传的地域非常之广，据我们所知道的如陕西的曲子、眉户，河南的曲子、鼓子，四川的琴书，浙江的平湖调，江西福建的南词，北京的单弦杂曲……都是同源异流的，他如两湖、两广、苏、皖、晋、鲁，也都有类似的体裁。只因地域不同，腔调不免因方言关系而发生变化，还有代代相传之间，也常常吸收些新东西，丢掉些旧东西，所以各支派便各成一家，但若从其本质分析比证，血缘的特征，并不是很渺茫模糊的。

这一系统的曲子，和唐、宋、元几代所流行的词曲，是同一根源的。词曲被封建阶级和资产阶级的拨弄，早已死气沉沉，唯有流传在民间的这一支，一直还在生长繁衍着。我们应该做一个综合的研究，使其在新社会中，得改进为人民文艺的一种形式。兰州所存留的，现在还有十种，而各地所存的只有两三种，所以若是入手研究，当从兰州开始较为顺手。兰州的十种曲子是：平调、夸调、令儿调、背（避）工调、荡调、勾调、百合调、词调、鼓子（即曲子）、越调。

以上所述，是我们这一次各地访问的概况，至于研究所得，拟整理成下列几种报告：

一、《柳腔的源流及其特质》。相传中国戏剧，有所谓"南昆""北弋""东柳""西梆"的四大支派。昆、弋、梆三派，大家比较知道得很熟，唯有东柳，一向只举《小上坟》一剧为例，可是再找不到第二个。但东柳一词，既留在人们口中，和昆弋梆同举则断不会发展得范围如此窄小。这次我们在山东，见到许多种地方形式的戏剧，都是名为柳腔的，其唱调有一小部分，近似《小上坟》的腔韵，但这并不足以代表全部，乃知相传以《小上坟》代表柳腔的话，是不正确的。至其流行区域，单就山东所见的几种，足迹已到五六省之多，再从其特质上来推断，可能流行在长江流域的几种地方剧，来源也和此有关。然则柳腔之所以能和昆弋梆并举，并不是没有原因的，可惜一向太被人们所忽视了。这篇报告，当然不可能把柳腔的一切，作详尽的说明，只就我们所见所知，把这件事发掘出来，以引起各方的注意和研究。将来总会有一天，能完成一个完整的记载的。

二、《从维吾尔族的十二套古曲来研究隋唐大曲并古代东西音乐交流的情形》。

三、《哈萨克族的文艺形式对于南宋以来民间文艺的影响》。

四、《胡琴、洋琴其源流性质及在中国戏曲中的地位》。

五、《中国戏曲与中国文字的声韵》。

六、《藏族土族的歌舞和唐宋词曲的构成》。

七、《民间曲子的种类及形式》。

八、《寒亭的年画》。（已寄交民间文艺研究会。）

九、《从汉中戏剧来比证京剧的变迁》。

十、《秦腔新论》。从这次所拓来的石刻，从秦腔的音律特性，从各方所新得的史料，来探寻秦腔的根源，并分析秦腔的性质。

十一、《中国戏剧的作场制度》。中国戏剧的演出,早年称曰"作场",但作场和现在的演出,制度上很不相同。可是现在演出的制度,很多还保持着作场制度的遗留,形成了很无谓的形式,有的则失掉了原来意义,反成了一种前进的障碍。这些必须根究其由来,以为改进工作的参考。

十二、《中国民间歌曲的乐律》。中国民间的歌曲,种类是很多的,所采用的乐律,也有很多种。近来很多以西洋音乐的乐律来整理中国民间歌曲,但西洋音乐的乐律,实在不能完全包括中国民间歌曲所用的乐律。这问题若一忽略,一定要整理去了很多的东西,所以我们要特别提出这问题。

十三、《谈花儿少年》。

十四、《访曲随笔》。凡零星片段的材料都收在此。

| 京剧交流 |

赴欧考察戏曲音乐报告书

引　子

　　我奉南京戏曲音乐院之命，赴欧洲考察戏曲音乐，从1932年岁首出国，到1933年4月归国；中间经过十四个月有奇。这一点点时间，要把偌大一个欧洲的戏曲音乐考察个通明透亮，当然是不可能的；但我身所经，目所见，耳所闻，不肯轻轻放过，愿加以深切周密的注意，记述下来，并在我可能理解的范围内为之说明，以期不完全虚此一行。归国迄今，转瞬经月，整理编次，列为上下两章，上章为活动经过的概述，下章则列举考察所得而加以建议。此项报告，除录呈南京戏曲音乐院外，并另函梨园公益会，冀蒙采择参考，以助中国戏曲音乐和剧界生活的改进；同时公开提出于社会，企图获得指导和批评。

上　章

　　我是在1932年1月14日搭北宁车离开北平的。那天有许多师友把我送到车上，殷殷致其属望之诚，要我忠实而勇敢地负起考察欧洲戏曲音乐以为沟通中西艺术的初步的使命。我紧紧地记在心头，随着车轮的进展而增强了我此行的决意。

　　因为顺从郎之万先生的主张，我们是由南满路入西伯利亚的。郎之万先生是法兰西的名士，受国际联盟派遣为中国教育考察团主要团员之一；他是中国文化的同情者，是世界和平的志士，曾经深切地称赞我的

《荒山泪》，因而我们有了友谊，因而我们一同到欧洲去。

在哈尔滨有一天延搁，25日才到莫斯科。

红色的莫斯科，他们有一种特长就是灵活的组织，那是他们一切活动的基本方策。他们的戏剧界，有一种通信机关的组织，凡是到那儿去的外国戏剧家、音乐家、戏曲作者，都可到那机关去签名报到，他们便有人出来接待，并引导你去参观各戏曲音乐机关。当我到莫斯科的时候，到那通信机关去签了名，就承那里派员引导我们去参观了一些剧院。假使我能在莫斯科多住些日子，相信那通信机关能引导我遍观大革命后俄罗斯那充盈着新的血液的戏曲音乐的全体。

郎之万先生主张我在莫斯科住下；他认为苏联和德国的戏曲显然比法国的强，因为那是比较有正确的人生意义的。同时，莫柳忱先生也说要我在莫斯科至少住一星期，不可"如入宝山空手回"。我在街市上看见每一个苏联人都在忙碌着，绝没有瞎溜达和闲磕牙的，足见他们的建设工作之紧张及其工作精神之盛旺。我们乘火车所经过的地方，经郎之万先生指点着告诉我，许多在大革命前的荒原，于今都变成繁荣的都市了。在他们的国度里，两个五年计划的空气是到处笼罩着的；虽然不常看见什么标语，可是他们的壁画比标语更为有力。从这些上头，很容易想见他们的戏曲音乐也必然是朝气勃勃的，的确那是我应当而且必要考察的。有的剧院，还要请求我多留几日，开欢迎会，请我讲演。但是，因为先一天在车上，郎之万先生接到北平法国使馆转来巴黎的一个急电，催他赶快回去，我为旅行中各种便利计，决然同他先往巴黎，只好对他们说，预备归国时再到莫斯科住些日子，却没想到后来是由海道归国的，这心愿只好俟诸异日才了。

在苏联和波兰交界的地方换车，一直开往巴黎。

莱茵河畔约莫有十里路远的煤烟弥漫着，充分表现着一个重工业国的德意志。过柏林未下车，前途便是巴黎。

28日到巴黎。

郎之万先生的公子来接车，并且把我送到一个大旅馆去。因那儿的用费过于浩繁，仅住了七天，便迁移到一个小旅馆中。觉得耗费还是太多，不是长住的办法，乃又于一个月后迁至一个公寓似的地方去住，一直到5月10日才离开那儿。

巴黎名教授而兼为国立大剧院秘书长的赖鲁雅先生，1931年我们在北平认识的；这次我在巴黎，得他的教益很多。他介绍我去参观了许多歌剧的、话剧的和半歌剧（指轻歌剧）的国家剧院。最富于思想的、最平民化的、著名的戏剧家兑勒，便是他介绍我认识的；他并且再三告诉我，要我在巴黎多看兑勒的表演。他邀集了许多剧曲家、音乐家，与夫研究东方文化的学者，开茶话会，一一地介绍我认识。在茶话会中，他把1931年从中国带去的唱片开起来；还要我清唱一段，但我推辞了。

　　兑勒问我要中国剧的脸谱，给了他许多。

　　研究东方文化的巴黎学者，他们有学会的组织，曾经要求我到会表演中国剧，我因事实上不能不要伴奏器乐而单人表演，所以不曾应允。但我不能辜负他们的热忱而使他们过于失望，就告诉他们说梅兰芳先生不久要从中国到欧洲来的，他带了乐队和配角来，我可以代为邀请到会表演。这么一说，才使他们得到安慰，才使我摆脱一次苦境，然而我心中仍然是很抱歉的！

　　以教育家而有名于时的班乐卫先生，介绍我在一家剧院里见过曾经以表演艺术名动欧陆的夫妇两个，名字叫都玛，男的是俄国人，女的是法国人。关于化装术、发音术、动作术、表情术，中西两方的异点和同点，在那儿我默默地作了一个比较的观察。

　　穆岱先生是一位左派政治家，他介绍我去参观巴黎国立戏曲音乐学校。那学校的设备和成绩都使我十分满意。校中有音乐陈列馆，世界各国的古今乐器都有一些，其中代表中国乐器的便是一把胡琴，并且是新的，没有松香，没有千斤，没有码，于是我黯然了！我对那校长说：我们中国乐器，不如是简单，这不能代表我们中国。将来有机会时，我送几样重要的乐器来，请您陈列吧。他对我说："戏曲音乐是不分国界的；在欧战正酣时也有法国的非战戏曲家到德国去演奏，而获得德国广大民众的热烈欢迎。"他又告诉我德国的戏曲音乐比法国的进步，使我把郎之万先生在莫斯科对我说的话生一联想，而心仪莫斯科与柏林。我初到欧洲，无从作比较的研究；法国学者还是自谦呢？还是超出狭小的国家观念为公当的评判呢？两者皆值得敬佩！

　　巴黎苏联使馆因为一部苏联影片到来，特邀集许多名人到使馆去参观。请俟批评后，再到市上公演。那片子是纯然主张建设的，也可以说是五年计划的反映，我觉得丝毫没有流弊的；但不知怎的，后来还是不曾在电影院公映。那次我是穿长袍马褂去的，座中有人要给我画像，殷勤致其羡慕中国戏曲艺术之词，但我终于委婉推脱了。

有扮演男子著名的女演员，曾经邀我到她家里去参观她表演的《夜舟》，是一个单人剧。灯光的配置极为精巧。她所演的都是单人剧；往往手提一个皮包，装置应用的灯光，任意到各处表演，非常地灵便。真可谓别开生面。像我们演剧，这样累赘，相形之下，不能不佩服而又自己惭愧。那天，她要求我舞剑，因为没有剑器，将就着拿细铜棍舞了一会儿；她很诚恳地要跟我学，后来终因时间不许可而未果。

在巴黎南市中有一座"学生城"（中国译名），世界各国都有学校在那儿，这是很可以利用着来做世界和平运动——我想，假如我们在那儿去建筑一个剧院，专拿雷马克的《西线无战事》之类的材料编成剧本去表演，一定是能够使那儿的各国青年涵泳成大同思想的。中国也有一块地皮在那儿，然而没有建筑学校，更谈不到有学生了，当时我不禁羞愧得面红耳赤！"我们先来办一所学校吧，剧院问题且摆在后！"这是当时我内心的自讼。

我在巴黎的一切活动，除赖鲁雅先生帮忙外，承郎之万先生的指导尤多。他有他的经常工作，也是很忙的；但至少每星期要见面三次：星期日是他和他的夫人、公子等全家陪着我到各处散步，此外六天中要同我看一次戏和喝一次茶，同时他就告诉我许多考察戏曲音乐的方法。有一次他请意大利某文学家宴会，座中还有1931年受国际联盟派遣为中国教育考察团主席的德国教育家裴开尔先生。在宴会时，郎之万先生郑重地对裴开尔先生说，要他于我到德国时予以接待，这种隆情盛意，的确是可感得很！

离开巴黎，来到柏林。

裴开尔先生是从前普鲁士的教育部长兼艺术部长，后来是柏林大学名望很高的教授。他在中国看过我的《荒山泪》，他和郎之万先生是很好的朋友，所以我在巴黎得到郎之万先生的指导独多，在柏林就得到他的指导独多。

由于裴开尔先生的介绍，我才认识国家剧院的总经理体金先生。此公也很诚恳，特定招待程序，并派他那剧院的一位音乐指挥韩德荣先生引导我参观各处戏曲音乐机关，还承他详细地一一解释，使我于我的责任得到极大的益处。

普鲁士国立的柏林音乐大学，规模极其宏大，教授法也好，设备也齐全；例如那儿的陈列室中，中国乐器倒也不少。在那学校中，只有一个中国学生，便是《东西乐制之研究》《东方民族之音乐》等书的作者王光祈先生。真是凤毛麟角了。

这位校长布利兹先生，是个有名的音乐家。外表质朴，招待殷勤。从早晨九时起，陪着我们参观，直到午后零时三十分左右，他饿着肚子，口讲指画，毫无倦容，的确是忠于职务。临行时还要我写了几句话在一本小册上以作纪念。在其他地方参观，也多有要经过这种题词签字的手续。

柏林有一个远东协会，秘书长是林德先生，他为欢迎我而开了一个大规模的茶话会；那天到会的有远东协会会长、普鲁士教育部长、外交部司长、国家剧院经理、戏剧家、音乐家、银行家、新闻记者、乌发电影公司的经理和中国使馆的全体人员。林德先生演说，对于中国戏曲艺术极尽夸耀；只是把我捧得太高，使我惭愧！如许的来宾中，奇才异能之士的确不少；奏乐器的、唱歌的，万籁争鸣，煞是热闹！林德先生要我唱一段中国戏，我因为没有乐器相伴，苦苦推辞；但卒因主人和来宾的执意相求，万不得已才干唱了几句《荒山泪》。在未唱之前，林德先生代为把《荒山泪》的内容作一简略的说明，称赞这是一出非战戏曲，大家就鼓掌欢迎。唱过之后，大家高兴，要求再唱，我只得又唱了几句《骂殿》。于是有许多戏曲音乐家又重来和我握手，表示他们的敬佩，而我则只有惶恐！因为一则干唱到底不是味，二则觉得对不起赖鲁雅先生和许多法国朋友。

体金先生告诉我一个消息：国家剧院将要上演一个非战的剧，译其名可称为《无穷生死路》，那是普法战争时一个在前线的小兵的著作，描写战壕生活非常深刻。自然，这是要去看的，上级军官和军需官们是怯战的，下级军官则是和老兵同一心理；老兵的心理是怎样的呢？"我们的老弟兄们还剩下几个？都死完了呵！"这时候，只有"初生之犊不畏虎"的新兵就不顾利害。在新兵和老兵的对话中，逐渐得到一个共同的结论，便是"我们为什么打仗"这一问题。后来听见开赴前线的命令，就无论新兵老兵都颓唐着装睡了。一个青年的新兵对他的同伴说："你是有妻儿了，已经享受过家庭的快乐，死也不冤；我才冤哩！"最后，前线的新兵已死完了，在休养中的受过伤的老兵又要再赴前方，那种欲哭无泪的情景，用暗淡的灯光烘托出来，使人凄心动魄！这实在是伟大的。我们的《荒山泪》《春闺梦》也应当这样充实其意识。是的，民族斗争，经济斗争，现世界的确是一个全部的武剧，但我们知道战争毕竟是兽性的发挥，人类的终极鹄的毕竟是和平。

柏林有一所各国侨民共同组织的化装跳舞场，他们常常以男扮女，这可说是与巴黎那以女扮男的女演员相映而成奇趣！

在柏林，最可纪念的就是会见名动世界的剧场监督莱因赫特先生（二十世纪初期德国著名导演。——编者），他请我数次看他导演的一出匈牙利的剧本名《醉汉》，使我得到许多可珍贵的知识。再则，乌发公司那几乎欲夺好莱坞之主席的精神和实质，也的确使我拆舌不下！公司为我而设茶点，并且介绍许多明星和我认识；当我看见那些曾经在银幕上瞻仰过风采的明星的时候，自然生起一些有趣的联想。但惜没有见到我十年前最崇拜的詹宁士先生。

德意志民族同于俄法民族，到底是伟大的，他们的进步并不因一个专制魔王引起来的世界环攻失败而遏止，这也足见战争的威力无论如何庞大也终究不能解决问题。这，只要看看他们的无线电事业就知道了。德国无线电台成立不过十年左右，正是在战败之后，正是在《凡尔赛条约》紧紧的缚束之下，仅仅十年光景，他们现在是每家都有收音机了，甚至有一家而用三四个收音机的。无线电的播音，自然有新闻、讲演、商情等等，但总不敌戏曲音乐的成分之多。

由郎之万先生间接地传达，并由裴开尔先生对我说，国际新教育会议就要在法国尼斯开会，其中有戏曲音乐一门，可以参加，劝我前去出席，我当然同意。8月1日是开会期，我便于7月27日离开柏林。在瑞士耽搁一天，30日才到尼斯。31日经郎之万先生办理入会手续，第二天就赴会去了。

这个国际新教育会议是英国安斯女士发起的，每两年开会一次，这已是第六次了。会议主任是安斯自己担任，她聘请的几位主席与副主席，恰巧是郎之万、裴开尔诸先生，这于我当然有很多的便利；因为由于两位正副主席的介绍，能使到会的五十余国的几百位代表了解我的立场，我才好和他们作沟通东西戏曲技术的商榷——我的意见才更加获得会议全体的重视。

9日，在会场中，各国代表很有些奏唱乐曲的；这并不限定是唱国歌，只要各自能表现出他的民族或国家的特殊风格来就行。轮到中国，大家便要我唱一段，这是不能辞脱的，自然非唱不可。唱一段不够，大家又要求再唱一段，也只好又唱了，这天唱的还是一段《骂殿》和一段《荒山泪》，不过与前在柏林远东协会所唱的词句不同而已。郎之万和裴开尔两位对于《荒山泪》是极尽颂扬之能事的，他们郑重地把这剧的本事和意义告诉大家，所以当我把几句词唱过之后，大家就高呼起来："废止战争！""世界和平万岁！"

有一位波兰大学教授，他讲的题目是"东方道德问题"，他很赞美东方的道德，他说："我们西方正在倾向他，的确有研究借鉴的价值，为什么东方的学者反极力来模仿西方，真是莫名其妙。"我对于这位学者的讲演，是非常表同情的，科学文明，诚不如人，但是各国有各国的立场，我们所应该保存的，还是要极力维护它，不可自己一概抹杀。

在会场中听到了许多教育家、文学家、艺术家的高论，中国代表当然也是要说话的，我的讲题是"中国戏曲与和平运动"。这段演词，已由世界编译馆印成小册，兹不备录。

当我的话说完的时候，一个日本老人在热烈的鼓掌声中走近前来和我握手，诚恳地表示他对于和平主义的中国戏曲之同情。这个老人是日本一个老教育家，他的确没有军国主义的火气，这是一望而知的。假使人人能够如此，中日间乃至其他国际间还有什么问题呢？无疑地，这仍然需要和平运动者的不断努力，《荒山泪》《春闺梦》之类的确是对症下药的。

8月11日才闭会，中间经过三次旅行；因为每三天旅行一次，是团体的行动。有一次是到的罗马边境，受过黑衣人的严厉的检查；但是我们知道这是法西斯蒂（指法西斯）政权下的题中应有之义，并不感觉特别。到过一次世界驰名的孟利卡勒大赌场，那儿正象征着一幕人类谲诡的斗争剧。

尼斯闭会之后，陈和铣先生请我到瑞士休息几天，同时孙佩苍先生又邀我到里昂去。孙先生是里昂中法大学校长，他邀我去就是为参观中法大学，这当然比到瑞士去休养好，所以我于12日便同他向里昂去了。里昂是巴黎以次最要的城市，且与中国关系最多，如商业文化比比皆是。尤其是里昂中法大学，校舍是由一座兵房改成的，中国学生一二百人在其中居住，不但有园林屋宇等实际的便利，并且象征深远的和平哲理，与中国文化的国际合作，我焉能不往一观！这不仅是一城市的特色，或者法国满墙高标自由、平等、博爱三词，由这点可以表现些它的精神。

15日，里昂中法大学以盛筵来款待我。在许多中国男女青年的热烈督促之下，我免不了是要唱几句的，却好，这次是有胡琴伴奏着。第二天，里昂《进步日报》有这样一段记载："……以一种高贵而不可模拟的吸力，应热心青年男女的请求，即由其本国青年用一种乐器名胡琴者奏伴着，以圆润的歌喉，圆润的心情，作尖锐洪亮而又不用其谈话的声音歌唱。……时而作急促之歌，时而作舒缓之调，为吾人向所未闻的声音。此种锐敏的歌声，在欧洲人初次听见是不很了解，但觉其可听；而在中国的知音者听着，就不禁心旷神怡了。"这几句话，未免过奖，比前几次干唱，这次有胡琴伴着使自己也觉得顺耳得多。

那儿的大剧院也去参观过。听说那儿有一所大规模的傀儡剧场，可惜我失之交臂，竟没有去看看，匆匆地就返回柏林去了。前经莫斯科未住下去考察苏联戏曲音乐，这回在里昂又没去考察傀儡剧场，这都是我此行对于使命欠忠勤的地方。

我前在柏林便是赁屋居住，这次回转柏林仍然住在那里，因为是幽静而又经济。这次和前次的工作不同，前次是侧重参观。这次是侧重搜求书籍、剧本、图片等等。共计获得的剧本约两千多种，都是教育界给学生们念的教科书或参考书；图片五千多张，其中以关于戏曲音乐为最大多数，其余也都是与文化有关的；书籍也有七八百种，除直接关于戏曲音乐之外，则以合作社的论著为多。

接到了日内瓦世界学校方面的来书，是要我去教太极拳。这是我十分高兴的。因为那学校是富于大同思想的拉斯曼先生和莫瑞特夫人等主办的，没有什么种族、国家、宗教、男女任何的歧视，组织是从小学一直到大学，主意是要从小孩儿起首来深种世界大同的根。当我在尼斯参加国际新教育会议的时候,对于一个决议感到极度的愉快和兴奋,那决议就是说:"从现在起,与会的同志们大家贡献他的全人格于发展孩童的人类同情心,以启发世界和平的机运。"我对于这个伟大的决议的躬行实践就从应日内瓦世界学校的聘起,这还不高兴吗?于是把住德两年计划暂时搁起。

离开柏林,是11月9日到的日内瓦。因为快要放年假了,所以我暂时没到校教课。到第二年——就是1933年1月25日才去授课的,预定期限是一个月;因为这是纯粹义务,所以期限易于商得学校当局的同意,为了时间的短促,太极拳尚未教完给学生,我就要离开日内瓦了。但是我把未教完的部分教给了一位体育教员。

在授课前,承该校董事长拉斯曼先生设宴招待,又承校长莫瑞特夫人举行茶会,并邀我演讲,我勉强说了几分钟的法语,当然不能尽达我所说。在宴会中,拉斯曼先生告诉我,他想要把太极拳改成太极舞,把音乐掺加进去。我想,这比《汉宫秋》和《清平调》等之翻为西洋歌曲更为可能而且自然吧。西方人之重视中国艺术,于此可见一斑。

世界学校里面有消费合作社,有医院,设备都很完整。学生三百多人,有二十个以上不同的国籍,将来一定可以更扩大的。学生每人一间房,他们除读书外可以从事各别的职业之实习——如制造化学品,木工、铁工之类。教授就按各国的特长聘请的,那儿是一座熔冶世界文明的洪炉。

在日内瓦三个多月,除授课外,多的时间便是消耗在游览风景和学习提琴。到欧洲一年了。平时是除考察戏曲音乐之外就只有读法文,至于学习奏乐则仅在日内瓦的时候;不过,时间到底太浅了,提琴拉得到底还不是味。

2月25日到巴黎,向郎之万、赖鲁雅……许多先生辞行,这便是准备回国的时候了。这时我的考察工作并未完成,本不能匆匆回国;但因山海关发生变故,平津动摇,我不得已而要赶着回国省亲,因了这意外的挫折,使我连必须要去的英吉利也没有去,这对于我的使命,我的初衷,都是十分感觉不安的!

在巴黎,由李石曾邀约与欧阳予倩——广东戏剧研究所的创办人——谈谈戏曲问题。李石曾和欧阳先生谈到戏曲上的人生哲学问题,相持一个多钟头还是未曾得到解决。这个问题也牵涉到我近几年的"和平主义的戏曲运动"在内，所以应当记述于此：李石曾是主张合作与互助的，欧阳先生是主张竞争与抵抗的。我以为人生的目的是在幸福，幸福便只有在和平中获得，所以归纳到人生的最终目的是在和平；不过对于侵害者之需要制止，对于压迫者之需要反抗，也就可以说是对于破坏和平者之需要克服，这却又是不得已的事。

27日又到日内瓦，这是来取一部行李。取了行李，并未停留，28日到米兰才停了小半天。这小半天中，参观了大名鼎鼎的米兰戏曲音乐院。从那儿便到了罗马，也参观了与墨索里尼的住所比邻的国际教育电影学院。都因为时间太少，犹如走马看花，未曾看得十分了然，甚为可惜！

罗马有一处戏院，是欧洲各国戏剧表演者的最后一块试金石。因为你如果想在戏剧界成名，你就要到那儿去一露本领，在那儿受人欢迎以后就可以无往不利，欧洲各国的人自然会一致承认你是个好佬；否则，你如果在那儿不受欢迎，你的戏剧生命大概就没有什么指望了。因为罗马继承希腊文化而来，是戏剧的先进区，早为全欧洲人所公认；在罗马受欢迎的戏剧表演者，在他处焉有不受欢迎之理！在罗马不受欢迎，则犹之乎落选，犹之乎考试不及格，当然在他处也不会被人重视的。我到那剧院里去看戏，就是要去看一看这块试金石到底是怎样一个状态；不料才只看了半出戏，动身的时间已到，就匆匆地离开罗马了。

在尼斯参加国际新教育会议时，因时间关系，只到意大利边境，罗马未去，这次到罗马，正赶上法西斯蒂专政若干年纪念的盛大庆祝会，所以比前次热闹得多。在那庆祝会中，有许多的陈列品，许多的宣传品，有人说："在那儿是看不见丝毫和平的影子的，只有黑衣色的恐怖支配着他们的全人生，统治着他们的全世界！"但我在参观国际教育电影院时，却也发现了一些和平的色彩，尤使我相信互助合作的潮流超过一切了！这院并要我在《剧学月刊》里披露有关电影问题的文章，原则上我已赞同，但如何实行，须俟与月刊同人具体商榷。

有名的意大利的火山，我上去了，几次被山上冒出的烟所迷，而我仍然鼓着勇气往上跑；但是，最后终于被更大的烟所慑，不敢看个痛快，悄然地退下来了。这好像正是我这次赴欧考察戏曲音乐的一个缩影，想起来又自愧！又自笑！又自怜！

3月7日到威尼斯水城，10日上船回国。

同船有国际新教育会议中国代表，有世界文化合作会中国代表，有中国赴欧考察教育团及留学回国的多人，其中有几位要学太极拳，我便于二十四天中给教完了。同时我们也曾讨论太极舞的实现方案，但是未曾得到具体的决定。

4月3日，我携带着惶恐和惭愧到达上海，7日回到北平。对我属望甚切的师友们，都在等着我的成绩报告哩。而我只有坦然地把我的惶恐和惭愧陈列出来！我希望大家更督责我，更鞭策我，使我将来再去寻一寻托尔斯泰的遗迹，看一看莎士比亚的故乡，那时或许有一个略为使大家满意的报告。

下　章

欧洲戏曲音乐之发达，显然不是现时中国所能望其项背的；这原因并不怎么复杂，说起来反而是很简单。他们的许多教育——如宗教教育、伦理教育、政治教育、社会教育等等，可说全是以艺术为手段，和我们早年以戒尺为手段的固然不同，即和我们现时之以单调的黑板为手段的也是不同；更显明些说：许多给予国民的教育，我们用着经典的或者论文的教科书，他们则是用着戏曲音乐为教科书。他们并不是没有经典和论文，他们的经典和论文也许比我们更为富有；然而，他们的小学生便读剧本、听音乐，中学也是如此，大学生还是如此，经典和论文宁可说较后的学年的时候才需要。因此，戏曲音乐可说是他们的国民教育、常识教育，中国哪里是这样的呢？

国立的剧院，每每在学校休假的时候开演日戏，使学生有机会到那儿去印证他所读过的剧本，从而理解到实演上的许多技术——化装、发音、表情、动作等。同时，音乐的听赏也是很重要的；不仅此，一切灯光、布景、服装……也都有一个与剧情调协的要求。

他们差不多人人读过若干种的剧本而能够默诵下来，人人能谈莫里哀、莎士比亚、易卜生；再则，他们差不多人人会奏几样乐器，人人懂得和声、旋律、节奏、对位法。这完全是国家的教育政策的结果。我以为这种教育政策十分合理；因为戏曲音乐是携带着兴趣而来的，比那板起面孔的经典和论文容易使青年们接受些。蔡子民先生的"美术代宗教"论，李石曾先生的"戏曲代宗教"论，当然也是基于这种见解而成立的。我的意见，一方面比蔡李两先生的主张稍为活动，就是不必拿美术或戏曲来代替宗教；他方面又比蔡李两先生的主张稍为广泛，就是不仅宗教教育要以戏曲音乐为手段，其他如政治经济教育、伦理道德教育……也都要以戏曲音乐为手段。

如果国家的教育政策是以戏曲音乐为手段，则这戏曲音乐应当有协和的形式。因为一个国家的教育政策，是整个国家政策的一部分，与这个国家的一切政治政策和经济政策都有呼应相通的功用，才能够形成政策上的国家步调或国家意识；唯其如此，所以教育政策的手段之协和形式，不但是教育政策的必然要求，而且是国家政策的必然要求。现时中国的戏曲音乐之缺乏协和形式是无可讳言的，国内各地方各自为政，能够彼此沟通的部分很少；在这样涣散的形式之下，焉能望它具有负荷国家的教育政策进行的力量？

中国各地方戏曲音乐之各自为政，并不是指京调、秦腔、徽调、汉调、粤戏、闽戏……的分别而言；这些分别是以语言不同为最大原因，其实这是不足以妨碍我们所要求的协和形式的。欧洲各国的语言文字各不相同，但是各国戏剧演者都能以不同的语言在罗马去猎取最后的功名，就是因为他们有全欧洲相同的乐谱。戏曲音乐之所赖以发生教育效果的，除开词句以外，还有音节和表情等等，都是由于乐谱决定的；能够听得懂词句固然更好，或者听不懂就以国语在小册子上传播也行，即令听不懂而又不用小册子，只要有各地方一致的音节和表情等等也就能收到相同的教育效果。欧洲人运用乐谱，完成了戏曲音乐的欧洲风俗，同时又各自完成其国家的教育效果，这是我们所应当效法的。

中国戏曲音乐在大体上是没有乐谱的；局部的虽近些年也有，但各行其是，没有一个标准谱。从前的"九宫大成谱"之类，那是前一个时代的东西了，也就不必说它。昆曲衰败以后，皮黄名曰"乱弹"，本来是不讲究要一定的谱；但如果要皮黄负起教育的责任，则合于现时中华民族和世界人类的要求的新创作为必要，要这创作在各地方有一致的效果，则不可不有一定的谱。假定创作一个描写"九一八"或"一·二八"的政治剧，或是以这些为背景而写一个社会剧或家庭剧，其中一段词句，如其没有一定的谱，则演唱者可以随便增减或改易字句，甚或彼此以不同的调子唱出来，则其感情不同，其教育效果亦必各异。因此。我在此提议：新中国的戏曲音乐必须普及乐谱制，才能实现国家教育政策的效果。

在演剧术中，如化装术，欧洲的确是很讲究的，但能供我们采用的虽有而很少。因为种族和地域的不同，皮肤的颜色，面部的位置，衣冠的服用，都是不和我们相同的，当然我们舞台上的化装不能模仿他们。再则，他们为传统的写实观念所囿，他们可以在资本势力之下极量活跃，像莱因赫特对于《奇迹》剧中那七百人的服装费了多少的心血和金钱，这在我们无论暂时不可能，而且也是不必的。但是，欧洲舞台上的化装，要求与背景、灯光、音乐……一切调协，那却是我们所应当采用的。

表情术也是演剧术中的重要的。欧洲的伦理道德和风俗习尚有很多与中国不同，最显著的是性爱关系；因此，舞台上男女的调情，在我们要费许多周折的，在他们就不妨"开门见山"。以此类推，他们的表情术是有些不能急切搬到我们的舞台上来的，否则观众也许就会说我们在发狂。尤其是欧洲的话剧，他们的对话可说纯然是冰冷的理智，和我们在舞台上要得到理智与感情的调和的表情当然不同，这也是不便模仿的。但是，他们的表情是面面周到的，是以整个剧为单位的：断非我们的主角表情之畸形发展者所可及；自从戈登·格雷（二十世纪初期英国著名导演、舞台设计家）和莱因赫特以来，他们表情的规律越发整齐而严肃了，这在我们也是不可忽略的。

欧洲演剧术为我们所必须效法者便是发音术。发音之必须倚仗肺力，这是生理学所肯定的。我们发音固然也是由于肺部使力，但过去我们不曾留意到蓄养肺力和伸缩肺力的科学方法，对于音色、音度、音调、音质、音势、音量、音律，更不会去求得了解；因而用嗓时并不依生理学的定理，因而除天赋独厚者外，嗓子便每天都不能保险。欧洲的戏剧演者便和我们两样，他们每个人的肺部都大力膨胀着，用之不尽，取之不竭，一直到老还不衰，这的确是我们所急应效法的。

说到导演问题，更使我们惭愧！我们排一个戏，只要胡乱排一两次，至多三次，大家就说不会砸了，于是乎便上演，也居然就召座。更不堪的是连剧本也不分发给演员，只告诉他们一个分幕或分场的大概，就随各人的意思到场上去念唱"流水词"，也竟敢于去欺骗观众——我这话也许会开罪于少数的人，但请原谅我是站在戏曲艺术的立场上说老实话！

欧洲的导演是这样草率的吗？不，他们认为演剧的命运不是决定于演员，而是决定于导演，可见他们对于导演之认真。莱因赫特对我说："排一个戏至少总得三个星期以上，还要每天不间断地排。排演时有了十二分的成功，上演时才会有十分的成功；排演时若仅有十分成功，还是暂不上演的好。"我在乌发电影公司去参观导演，见那导演者的威严，见那些演员对于导演者的绝对服从，的确令我惊奇！内中一个鼎鼎大名的明星为在剧中说一句话，做一个姿势，曾经反复至很多次，导演者既不肯放松，演者也不敢发什么好角儿的脾气。导演戏剧是如此，导演音乐亦复是如此：柏林音乐大学是采用单人教法，我看见一个教授对一个学生教一句简单的词，曾反复唱至数十遍。

近些年来，中国新的戏剧运动者和批评者，大概也都能说明导演的重要了；但这空气在皮黄剧的环境中似乎是不甚紧张的，何怪人家说我们麻木和落伍呢！不用消极，更不必护短，从此急起直追，我们当中也可以产生出莱因赫特来的。

在外表上看，法国剧院和德国剧院相比较，是法不如德之设备完全，德不如法之美丽壮观；然而这也只是比较上的话，其实德国剧院并不丑陋，法国剧院也并不缺陷太多，在现时的中国剧院都是望尘莫及的。最重要的约有两点：无论法国或德国，剧院的后台面积总是比前台面积大，这是一点。平时剧院光线是很强的，演剧时虽把光线驱逐了，而利用机器终把空气弄得很流动，这又是一点。中国现时的剧院呢？全面积百分之八十乃至九十以上是为前台所占了，平时光线嫌其弱而演剧时光线又嫌其强，空气更是经常地不甚流动，这都是恰恰与德法相反的。

剧院的光线和空气问题，这是谁都能解答的。后台面积为何要那样大呢？那里面有缝纫处，有铁工处，有木工处，以备制作布景服饰等之用。甚至演员的化装室、休息室、布景服饰及其他器具的安置处所，还有储衣室、图书室等，不用说也都是需要相当地面的。前台呢，通常能容三千座，小的剧院有仅容五百座的，后者固不待说，前者也不及后台需要地面之大。戏剧本是一切在后台弄得整齐完善了搬到前台来献给观众的，可说后台才真正是戏剧的策源地，若只顾贪图前台座位多，就不管后台的设备和周转，则戏剧必不能成熟，必不受观众的欢迎，座位多也没有用；关于这，欧洲的剧场监督们已悉心考虑过了。

无论德法两国是我勾留较久的地方，就是像莫斯科、米兰、罗马……许多我只走马看花般看了一下，他们的剧院也够我们羡慕的！本来，我们的矮屋一所，光线微弱，灰尘满地，加上烟气的弥漫，小贩的叫嚣，痰沫的乱吐，茶水的横泼，尤其是后台把人逼得几乎要上壁，我也受了二十年的罪了，于今见了人家那样完善的剧院焉得不羡慕呢！不过，徒然羡慕也没用，我们应当效法他们，这问题便牵涉到政府了，因为欧洲各国那些完善的剧院都是国立的，至少也是国家资助的。

莱因赫特的一个转台，他曾邀我去参观，那是在转台上分为四个间隔，相当于东西南北四个方面，当一个间隔转向于观众而演出十幕剧时，后台便把其他三个间隔逐一把背景道具人物都安置好了，只等前幕一完，后幕便立刻转了出去，中间费不了一分钟的时间。这种办法，中国已经有人采用了，但莱因赫特有三个特点还未学到：一是不因布置在后台的三个间隔而使敲木、打铁、搬器具的粗呆声音传达到前台，以免搅乱观众的情绪；二是转台转动时使观众看不见痕迹，也听不见声音；三是每一间隔的背景、灯光，要与转台以外的舞台部分的色彩线条相调协，绝不使转台上是一个昏夜的森林，而转台以外的舞台部分又是白天的宫殿。总而言之：中国现时转台是使人一望或一听而知是转台，莱因赫特的转台则前台看不出是转台，因为他那舞台始终是整个的，没有分裂的迹象，因是又不使观众于任何时候发现有台子转动的声音。我以为转台的确是可采用的，不过要采用就得连同莱因赫特的三个特点一齐采用，否则就会画虎不成反类犬。

欧洲舞台上的灯光，那的确是神乎其技！我们这个世界是处处使人厌恶的，唯独进了剧院，全部精神便随着视线而集于美妙的灯光之下，恍如脱离了这个可厌恶的人间而另入于一个诗意的乐国！月下的园林，海中的舟楫，岸头的黄昏，山上的云气，一切在诗人幻想中的伟大、富丽、清幽、甜蜜，在欧洲舞台一一献给我们的，那就是灯光的不可思议的力量！

灯光在戏剧上的功用，约有这样几种：一是使戏剧在舞台上，不到台下去和观众搅在一起；所以剧场中台上和台下要用灯光来分为两个世界。二是象征某个剧的意义，所以全剧必须有一种基本的灯光。三是随着剧情的转变而转变，即是表现剧的推进状态；所以全剧虽有一种象征整个意义的灯光，而其光度的强弱和颜色的深浅则常常在变动着。四是映出剧中人的心理状态，以加重演员的表现力。五是表明季候的寒热，时间的迟早，天气的晦明，山林房屋的明暗等等。

中国舞台的前途必不能忘记灯光的重要，我们将来必须采用欧洲舞台上的灯光，这是毫无问题的。在目前，舞台的建筑是很不适于灯光的装置；现在我们应当一面努力于新的舞台的建设，一面就可能范围内改良旧的舞台以应用灯光——例如把台上和台下分为两个世界，只许台上有许多灯光，而台下则没有灯光，或有而也仅有光度很弱的。这是立刻可以试办的。

欧洲的音乐，无论大规模的交响乐，无论戏剧中的伴奏乐，就是那些乞丐在道路上奏着的，也有和声和对位法等等的运用。再则，他们的乐器是以弦乐为主体，次为管乐，再次才为打乐。又，他们最少有四部音——高音、中音、次中音和低音的合奏；中国的音乐呢？旋律尚不十分健全，和声和对位法等等更很少运用；乐器是以打乐为主，弦乐和管乐反而是次要的；四部音的合奏是没有，连低音乐器也少见得很；因此种种关系，中国音乐是不如欧洲的柔和、复合而完全。

中国音乐有中国音乐的风格，正犹之中华民族不同于欧洲民族一样，我不主张抛弃我们固有的而去完全照抄欧洲的老文章；但是，在乐理上所不可缺的，如和声、对位法、四部音合奏等，纵令欧洲没有，我们也应当研究而应用之。

欧洲的许多剧场监督，很关心观众的购买力与兴趣的相应；就是说：既要使观众尽量满足其观剧的兴趣，又不使观众为谋满足观剧兴趣而负担过于巨额的费用。许多学生、店员、尤其是工人，他们对于戏剧的兴趣很强烈，假使要他们每观剧一次就要花多量的钱，他们就只有相当抑制他们的兴趣，减少观剧的次数，才不至于危害他们的日常生活；这样，固然悖于国家经营剧院的目的，同时戏剧也有离开民众艺术立场的危险，所以无论国立的或私营的剧院的经理者都引以为忧。

大革命后的苏联，起初剧院对于观剧的工人们是不收费的，新经济政策实行后对于观剧的工人虽收费也只有百分之四十乃至五十。巴黎戏剧界有类于我们的梨园公益会的组织，那儿出售年票，只有花一百佛郎（即法郎）；或者更少些，便可购买一张，任你到哪家剧院里去观剧都行，在一个周年内有效；普通在巴黎观剧的人，每次也要花三十来个佛郎，这是一个何等可惊的差别！柏林也有这样的办法，有些是收费百分之五十，有些是组织一个会，缴纳很少的会费，便可由抽签而得到优等的座位；拿这去比较每次要用十来个马克才换一张入座券的，也就有天渊之别。

巴黎观剧一次要用三十来个佛郎，柏林观剧一次要用十来个马克，都合中国十多块钱。那么，中国现时每次给予一个观众以一张入座券，只向他索取一元至三元或五元的代价，似乎甚廉了，似乎无学欧洲减价优待观众的办法之必要了。其实不然。现时中国经济破产的事实已经昭然摆在我们面前，普通观众花一元至五元钱是很不容易的，近年"票价平民化"的呼声之高就是这个原因，所以我们实有学欧洲减价优待观众的办法之必要。

欧洲戏剧界社会组织，尤其是我们所应当效法的。这种组织是戏剧界自身的生存力，没有这种组织就会使每个戏剧从业者在这经济搏战的社会中逐一死亡，这是一件何等重大的事！

欧洲的戏剧从业者的社会地位都是很高的。柏林的戏剧界，大部分都是大学毕业生，因为他们以为大学生到戏剧界中来活动，比较有力量些。一般人之视戏剧家，如同超乎寻常的天使。当我在柏林远东协会受林德先生他们的隆重招待时，林德先生的演说几乎要把我捧上天去，我心里很觉不安！其实，他们心目中的戏剧家是每个都值得那样夸张的，不足为奇。欧洲戏剧从业者的社会地位既是有那样高，他们的生存力似乎个个都具有着，还用得着一种社会组织来做保障吗？是的，他们仍然需要一种社会组织。在中国，因为一般的传统观念是视戏剧为"小道"，为"玩意儿"，不像欧洲人那样视戏剧为教育工具，因而对于戏剧从业者也远不如欧洲人那样重视；我们的社会地位既不如欧洲戏剧从业者的社会地位之高，在这经济搏战的社会中，他们尚且需要一种组织来做生存的保障，我们更何待说？

当我1932年1月刚到巴黎的时候，就赶上巴黎戏剧界的大罢工。巴黎有名的四个大剧院，国家每月应给每个剧院各一百万佛郎，大概是近些年不甚发得足数吧，反而还增加了剧院纳税率，因此四个剧院的人便罢工表示反抗。他们的罢工很有力量，势至非要政府低头不可；就是因为他们有强固的组织，能使他们意志和行动都坚固，自然就能处处表现出他们的社会势力来，使政府不敢高压。

欧洲戏剧界的社会组织，当然也是以类乎我们的梨园公益会的组织为基础；这种组织，不管是什么名称，反正总是和工人的工会、商人的商会、农人的农会、学生们的学生会一般，是戏剧界的集团机关，普通可称为"剧界公会"。这种基本组织我们也有了，所异者就是在这组织中的活动若何。组织是肉体，活动是灵魂，没有灵魂的肉体是没有生命的啊！

欧洲如法德两国，他们的剧界公会的活动，最主要的，我们所必须效法的，约有三件：第一，对于同人失业救济；第二，对于同人职业的介绍；第三，办理同人的消费、保险、信用……各种合作事业。他们的剧界公会中，有失业救济会，职业介绍所，以及各种合作社的个别组织，使每个组织各负专责去努力，而剧界公会的委员会或董事会则为最高的指挥与考核机关。

凡是剧界公会的会员，每月缴纳百分之五的所得税于失业救济会，作为公积金，就是准备用来救济失业会员的生活的。救济金额的标准，是依消费合作社的购买价格以决定他的最低限度的必要生活，使不失于滥费或不敷。其因疾病或衰老而致长期失业时，不能让公积金巨额支出，则又有疾病互助社、养老互助社等等以济其穷。

剧界公会会员之由职业介绍所的介绍而得到职业的，第一个月应缴纳所得税百分之十，除一半是作失业救济所的公积金外，其余一半则入于疾病、养老、信用等合作社作为公有基金。

剧界公会会员存款于信用合作社，其利息并不较普通银行为低，而信用合作社都能拿这些存款去谋戏剧界的各种公共福利，无异除直接付了利息之外又间接付了更大的利息于存款人。信用合作社怎样去谋戏剧界的公共福利呢？无非放款于消费、保险、疾病、养老……互助合作社，使它们加大其活动力。

在各种合作社中，消费合作社自然是主要的。它所供给剧界公会会员的衣服、粮食、燃料、化装品……固然要比较其他商店的价廉而且物美；它并且能代会员们购买廉价的车票和船票，至于剧院的入座券那更不用说了。

疾病的和衰老的，不能再活动于舞台上了，也还有事可做的。如其能受到某种技术的训练的话，他便是生产合作社中的生产者了。再则，精神的生产事业，例如给予剧界公会会员的子弟以教育，这也是疾病者和衰老者所能够做的。

这些，假如我们都能够学到，我们梨园公益会便立刻可以充实起来，我们便能自己把社会地位提高，这是毫无疑义的。我们的目的并不含有政治意味，我们并不必像欧洲戏剧家那样受社会重视就引为荣幸，我们所要求的是经济的解放，是要在中国戏剧界实现《礼运》所谓："老有所终，壮有所用，幼有所长，鳏寡孤独废疾者皆有所养。"至少至少，要比仅在每年年终唱一次"窝窝头戏"以救济贫苦同业者要积极些，要彻底些，要有计划些。

一个国家的戏剧界，和其他国家的戏剧界，必须有若干的联络，这是林林总总的世界文化交流现象中之一。在欧洲，例如莫斯科戏剧界组织的通信机关，有许多国家的戏曲家和音乐家在那儿签了姓名，在那儿得到指引而认识了苏联的戏曲、音乐。必须这样，这个国家的戏曲家和音乐家才有与别个国家的戏曲家和音乐家交换意见的机会，才有彼此沟通艺术的途径。中国的戏曲、音乐的缺点已经自己发觉了，因而我们发下宏誓大愿要采取外国的长处来补救我们的短处；同时，中国也有中国的长处，艺术是大公无私的，我们也要贡献给外国。因此，我以为我们的梨园公益会也应当负起与外国戏曲家和音乐家联络的责任。

再则，像柏林的无线电台，常常以很大的报酬去聘请外国有名的戏曲家和音乐家来演奏他的惊人技能，而以之广播于全德意志，或者全欧洲。这不仅是使德国人或全欧洲人有听赏外国戏曲、音乐大家奏技的机会，而且是德国人与外国人交换戏曲、音乐意见的办法。无线电台是国家经营的，我希望我们的政府也拿出这种办法来，则于我们做沟通中西戏曲音乐艺术的工作的人有很大的便利。在以前，外国剧团或乐队到中国来的也有，也在舞台上表演过。但总是他们和我们全都失败了，为什么呢？他们老远地到来，售票当然超于在其本国时的三十佛郎或十个马克，而经济衰落的中国的一般人便只好徘徊于剧场的门外了，于是他们由因得不到多数观众而冷清清地走了，我们则与一个大好的参考机会失之交臂。这种可惜的事，我们盼望此后不再出现，其挽救方法便是政府帮助我们的力所不及者，如德国政府之支出报酬于在无线电台播音的外国戏曲家和音乐家一般。

欧洲戏曲音乐及其从业者的社会组织等等，凡是我们所应效法的，就我的"管窥蠡测"已大致说明于本章了。也有我们所不可勉强去学的，例如剧情的内容，一般所谓风格问题便是。

时代虽是同在一个时代，而环境则各不相同，所以剧情的内容固不可忽略时间关系，亦不可忘记空间关系。各民族各有各的经济生活，各有各的政治制度，因而涵泳以成各自特有的民族性，剧情的内容则必是这民族性的反映或再现，所以各国有各国的异点。苏联是社会主义国家，十余年来由共政治的和经济的涵泳而成为普遍的社会主义的民族性，加上有苏维埃政府的国家政策督课于上，所以他们的剧情的内容也全是描写或宣扬社会主义。法国民族是以博爱、自由、平等著称于世界的，从路易十四上了断头台以来便是如此了，所以他们的剧情的内容是以讽刺政治、法律等统治工具的成分为多，不过暂时还未十分显露排斥国家的意识罢了。德意志民族自经1914年至1919年的战祸和《凡尔赛条约》的苛待，至今十余年尚未脱离危机，大家对于战争不但害怕，而且深恶痛绝，所以他们的剧情的内容大半是如雷马克的《西线无战事》之类的描写非战。这些当中难道就全没有值得我们效法的？例如非战，我便是一个这样主张的人，我为什么又不说要学德国呢？例如讽刺政治，抨击旧的已经腐化的制度，像《打渔杀家》和《荒山泪》也就是这样的，我为什么又不说要学法国呢？要知道从民族的经济生活和政治制度反映或再现于戏剧上，这是犹之乎小孩儿吃奶，是本能的，用不着去学别人。而且，风格之不同，不但随国家或民族而异，并且是随作者的生活与心境而各别的，自然与人相同是无妨的，勉强去学别人徒然是缚束自己，消灭自己而已。

中国戏剧有许多固有的优点，欧洲人尚且要学我们的，这里也说一说。中国人自己有些不满意于中国剧，就把中国剧看得没有一丝半毫的好处，以为非把西方戏剧搬来代替不可；假如知道西方戏剧家正在研究和采用中国戏剧中的许多东西的话，也该明白了。

中国戏剧是不用写实的布景的。欧洲那壮丽和伟大的写实布景，终于在科学的考验之下发现了无可弥补的缺陷，于是历来未用过写实布景的中国剧便为欧洲人所惊奇了。兑勒先生很诚恳地对我说："欧洲戏剧和中国戏剧的自身都各有缺点，都需要改良。中国如果采用欧洲的布景以改良戏剧，无异于饮毒酒自杀，因为布景正是欧洲的缺点。"莱因赫特先生也对我说过："如果可能的话，最好是不用布景，只要有灯光威力就行；否则，要用布景，也只可用中立性的。"谁都知道莱因赫特的《奇迹》和《省迈伦》的背景都是中立性的，和我们舞台上的紫色的或灰色的等等净幔是同一效果。当我把我们的净幔告诉兑勒、莱因赫特……许多欧洲戏剧家的时候，他们曾表示过意外的倾服和羡慕。至于赖鲁雅先生，则更是极端称许，认为这是改良欧洲戏剧的门径。

提鞭当马，搬椅作门，以至于开门和上楼等仅用手足做姿势，国内曾经有人说这些是中国戏剧最幼稚的部分，而欧洲有不少的戏剧家则承认这些是中国戏剧最成熟的部分。例如当我1932年离国赴欧，途经莫斯科的时候，在一个小剧院里，见到一位有名的戏剧家，他对我说，他们以木凳代马，以棒击木凳就表示跑马。在法国，兑勒也曾提起这种办法，而认为这是可珍贵的写意的演剧术。此外如赖鲁雅、体金……许多人都有同样的意见。我每每把我们的方法告诉他们，赖鲁雅、郎之万、裴开尔……许多曾经在中国来观过剧的人也屡次把我们的方法告诉他们自国的人，他们便以极其折服的神气承认我们的马鞭是一匹活马，承认这活马比他们的木凳进步得多。《小巴黎报》的主笔很惊奇地对我说："中国戏剧已经进步到了写意的演剧术，已有很高的价值了，你还来欧洲考察什么？"我起初疑他是一种外交辞令，后来听见欧洲许多戏剧家都这样说，我才相信这是有相当真相的话。

兑勒向我要去许多脸谱，我以为他只是拿去当一种陈列或参考而已，后来看见《悭吝人》中有一个登场人是红脸的，才知道欧洲人是在学我们了，脸谱是一种图案画，在戏剧上的象征作用有时和灯光产生同一的效果，法德两国已有一些戏剧家是这样的意见了。我并不说脸谱必须要用，我也不说脸谱必不可废，我更不因欧洲戏剧中有一个红脸人便拿来做主张脸谱的论据；我只觉得反对脸谱者并不具有绝对的理由，因反对脸谱而连带排斥中国戏剧者更不具有绝对的理由。

独白也是中国戏剧中一件被攻击过的东西；站在对话的立场来攻击独白，原是很自然的，不足为怪。但是，如巴黎某女演员的《夜舟》，是话剧，又是一个人独演的，那里面便只有独白而没有对话。这虽不是巴黎某女演员在学我们，却可见欧洲戏剧也并不是绝对排斥独白。在我们的新创作中，于可能状态之下不用独白是可以的，要绝对排斥独白也可以不必，这是我的一个信念。

中国剧中的舞术，和中国的武术有很深的关系，这是谁都知道的。拉斯曼先生要把太极拳改为太极舞，足见欧洲人对于根源于中国武术而蜕化成的舞术是同意的。我们现时应当把中国武术完全化而为舞术，如把太极拳化为太极舞之类，不要把武术直接表演于戏剧中，这倒是一件切要的工作；至于把西洋舞术掺加到中国剧里，虽并不是不可能，目前总还没有这个必要。

在此，把我在本章所述的建议列举出来，以便一目了然：

（一）国家应以戏曲、音乐为一般教育手段。

（二）实行乐谱制，以协和戏曲音乐在教育政策上的效果。

（三）舞台化装要与背景、灯光、音乐……一切调协。

（四）舞台表情要规律化，严防主角表情的畸形发展。

（五）习用科学方法的发音术。

（六）导演者权力要高于一切。

（七）实行国立剧院，或国家津贴私人剧院。

（八）剧院后台要大于前台，完善后台应有的一切设备。

（九）流通并清洁前台的空气，肃清剧场中小贩和茶役等的叫嚣。

（十）用转台必须具有莱因赫特的三个特点。

（十一）应用专门的舞台灯光学。

（十二）音乐须运用和声和对位法等。

（十三）逐渐完成以弦乐为主的音乐。

（十四）完全四部音合奏。

（十五）实行年票制或其他减价优待观众的办法。

（十六）组织剧界失业救济会。

（十七）组织剧界职业介绍所。

（十八）兴办剧界各种互助合作社。

（十九）与各国戏曲音乐家联络，并交换沟通中西戏曲音乐艺术的意见。

这里所列举的，都是我们所应效法欧洲的。至于背景只用中立性的，化太极拳为太极舞……或是我们已经如此，或是中国自己的事，这里就都不列举了。

结　语

在我的建议中，有许多实行起来都是经纬万端的，例如舞台化装、背景、灯光、音乐……要一切调协，例如国立剧院，例如兴办剧界各种合作社……皆是。这还需要三个条件：一是要各方面的专家共同努力，二是政府和社会要一致动员，三是大家要以坚定的意志和持久的毅力长期干下去。我的建议也许有许多幼稚和遗漏的地方，这是因我在欧洲的时间太短，兼之了解力也不强，以致观察不明白。但我不敢文过饰非，我仍然鼓着勇气这样写出来了，有待于将来的匡正和补充。

1933年8月10日

致本所同人书

同人均鉴：

别后十七日到哈。曾寄上一信，托由悔庐先生转交，想收到了。那封信中，因无甚消息报告，故叙述极略，此情形谅在鉴中，当不以草率为罪。

二十五日，打从莫斯科经过，承莫柳忱先生招待又参观几处大剧院，都很壮丽美观；回想我国剧场，矮层一座，灰尘满地，真是惭愧得很！遇见了一位苏俄有名的表演家，他正在研究写意的戏剧，殷殷来问，言话之间，见得他很崇拜我国的戏剧。我与他谈话颇多，其中有件很有趣的事：我问他用何物代马？答曰"木凳"；问他用何物代鞭？答曰"木棒"；问他马跑时如何办？答曰"以棒击凳"。我彼时心中默想那种神态，几乎忍俊不禁了！当即告以中国戏剧写意的方法，他觉得很有意味。我谈到种种身段，他尤其注意倾听，连声说好；他并且拿出日记本来，写了许多——可惜我不认得俄文，不知道他所记的与我说的有不有些出入。在谈话中，我也向他调查些材料。他们坚留我多住些日子，要我讲演，我只好答应回来的时候再说。这一场谈话，旁的姑且不说，只说把我们一匹活马换了他们一匹死马，似乎就亏了本，哈哈！这也不过一句笑话！从来大道无私，艺术岂容有神秘性么？况我们志在沟通中西戏剧艺术，这就是应当的事。在莫斯科街上，看见来来往往的男女，差不多没有一个不是一副很沉着严重似有隐忧的神气；较之现时在巴黎所见，路上行人，每个是那样欢喜活泼，真是各在一个极端了。我想戏剧与人生的关系密切，不用说，苏俄一定是风行悲剧的了。本想下车小住；郎之万先生也劝我去。临时变计，又回到车上；郎先生还说："这个地方应当去考察的。"话未说完，车已开行，我只好坐在车上，思考他们的戏剧与人生。

在西伯利亚道上，最苦闷！唯见两旁山雪，有同白冢，静对着那淡黄的日光，好不凄凉人也！将到莫斯科，便觉另有天地，如入山阴道上，目不暇接了。路经瓦隆、柏林等处，因为准备将来长时间的勾留，所以未下车。

三十日到巴黎。欢喜之余，同时生了不快之感，就是听不大懂，又不能说，至此我才知道我的法语程度还差得远哩！因而，我胡诌了两句介乎戏词与打油诗之间的话头："丈夫不怕历艰辛，哪怕身入聋哑城？"聊以解嘲而已。因为语言不大便利，直焦闷出病来了！吃了一些顺气丸呀，平心散呀，慢慢也就好了，得这种病，我这算是破题儿第一遭。初到此地，拜客应酬，忙碌一番，不用细说。赖鲁雅、穆岱诸位先生，都已见面。由穆岱先生介绍一位名推赖者，是巴黎有名的表演家，赖鲁雅先生亦称赞其人。此人改良戏剧多年，反对写实很力。他对于我国戏剧，认为有真价值，很是信仰。他说利用布景以改良戏剧，不到三年，就要破产。又说中国如要采用西方戏剧作模范，无异于饮毒酒自杀。他说话时，非常诚恳，非常沉痛，真是难得，我曾看过他的表演，有许多动作同我国相近。前天去见《巴黎报》总主事。他开口先说："你们中国戏剧有很高的价值，为什么要考察我们西洋戏剧呢？这不是笑话吧？"我想他这话，也许是一种外交辞令，专拣那好听的话来说的。初到时所见所闻，不过这般如此；要知后话如何，且听下回分解。

信笺还有地位，再写点别的吧——

此地看戏，要穿大礼服，我还是长袍马褂。不过走到路上，颇惹人注目，有点不自在。现在分别参观各戏院。此地有最著名四剧院，或国立，或系国家补助：第一为国立大剧院，规模宏大极了，即赖鲁雅先生担任工作之处，为世界最美的剧院，房屋上有字一行，译为"雅克德尼米喜克"，就是音乐研究院；此院不但是演奏，而且同时研究，乐字实包括戏曲音乐而言。其余三校，也都分别参观，容将来再作报告。此外私立乐曲学校也甚多，打算排定日期分别参观。目前最重要的工作，就是常常看戏；日子还浅，我也不敢胡乱批评。不过我总觉得他们奏演，似乎太机械了，一举一动，都不得自由；说起来似不如我国演员可以表现本人的天才。其他导演员同音乐家，也觉过于专制。这或许就是戈登·格雷主张的部分的现实吧？那么，其中当然是有真理存在着。好在日子很长，倒要从容地领教领教。至于他们剧院建筑之伟大，后台设备之完全，恐怕我国再过二三十年，也赶不上。他们国家对于演员的保障、津贴，很是优越。观众对于戏剧的尊重和对于演员的爱护，这是我国演员所梦想不到的。此外还有一节，就是剧院与学校，息息相通，有很密切的关系，学校以剧本为课本，而国立剧院常常特演日戏，以便学生读剧本后，到该院观剧，以为实习，这是最可注意的事。据我目前的观察，他们剧场上所用光影，可以使登场人的生活环境得到一种抽象而融合的衬托，可以增加剧的情绪，的确有采用的必要，还请诸位先生作剧时多多注意！

此地留学界中有许多人，分别集会，专研究改良戏曲，亦有研究音乐者，亦有研究舞台建筑者，倒很有趣，可以增长无数见识。我因感觉有实习法文的必要，初到时由狄伯义先生之外甥名白克奴者担任讲授，现每日下午五时，另由吴景祥先生介绍，在某处学习法文。此种生活，这一生没有享受过，这是我生平最美好的纪念。郎先生说：我若能说法国话，巴黎的日光，都会加倍光亮起来。我说：巴黎的日光也够亮了，只是我的法国话，至今还是格格不入，真是惭愧！听说尼斯地方，风景绝好，又很幽静，宜于读书，打算先去小住，再分别往游他国。话说多了，其余再报告罢。敬祝健康。

1932年2月23日，于巴黎

出行前致梨园公益会同人书

梨园公益会前辈暨同人均鉴：

十多年来，砚秋承各位前辈及同人的指导和帮助，在戏剧艺术上略有一点收获。砚秋每想替我们梨园行多尽一些力，多做一些事。第一要紧的事，就是要使社会认识我们这戏剧，不是"小道"，是"大道"，不是"玩意儿"，是"正经事"。这是梨园行应该奋斗的，应该自重的，砚秋就根据这种意思略为尽点心力，以报答各位前辈及同人的指导和帮助。

但是砚秋的学识太浅陋了，能力太薄弱了，怎能负起这样重大使命呢？因此便生了游学西方的动机。

这动机已生了有一二年之久，苦于环境不许可，未能成行。去年李石曾先生等创办南京戏曲音乐院，要砚秋也参加。在许多文学家与艺学集团中，天天讨论，更加增进了砚秋对于戏剧艺术的认识与要求，于是游学西方的意念格外坚强了。现在，虽然环境无改于一二年前，而砚秋则已决计不顾一切，定于本月十五日以前由西伯利亚铁路赴欧。预定在半年以至一年的功夫，想游历法、英、德、意、比和瑞士六国，把他们的戏剧原理与趋势考察一下，带一个有系统的报告回来，以为我们梨园行改进戏剧的参考，就算是砚秋报答各位前辈及同人的初步。

东方文化与西方文化是显然不同的，因而东方戏剧与西方戏剧也是显然不同的。但是，看一看现代的趋势，一切一切都要变成世界整个的组织。帝国主义的资本势力无孔不入，已经成功了经济的世界组织，这是最明显的。再则，国际联盟成功了政治的世界组织，基督教成功了宗教的世界组织，红十字会成功了慈善的世界组织，此外，工人国际、农民国际、妇女国际、儿童国际，都是天天嚷着，应有尽有。将来，戏剧也必会成功一个世界的组织，这是毫无可疑的。目前，我们的工作，就是如何使东方戏剧与西方戏剧的沟通。

要使中国戏剧与西方戏剧能够沟通，我们不但要求理论能通过，还要从事实上来看一看此刻有没有这种可能！

中国戏剧的脸谱，似乎很神秘、奇特；但是西方戏剧也未尝无脸谱。许幸之先生的《舞台化装论》里，从演员的面部上指出各种特征来，便是西方戏剧的脸谱的说明。再则，以前西方戏剧，在写实主义的空气下笼罩着，与中国戏剧之提鞭当马，搬椅当门的，差不多是各自站在一个极端。现在西方写实主义的高潮过去了，新的象征主义起来了，从前视为戏剧生命所寄托的伟大背景，此时只有色彩线条的调和，没有真山真水真楼阁的保存了；尤其是自戈登·格雷主张以傀儡来代替演员，几乎连真人都不许登场了。西方戏剧这种新倾向，一方面证明了中国戏剧的高贵，他方面又证明了戏剧之整个的世界组织成为可能。举一概百，西方戏剧之可以为中国戏剧的参考当然很多。砚秋一个人的联想力是很有限的，希望各位前辈暨同人大家把在中国戏剧与西方戏剧之间所生的联想都掷出来，交给砚秋带到欧洲去实地考察。这样，将来砚秋回国，在各位前辈暨同人面前报告的，或许有供参考的价值了；同时我们沟通中西戏剧的工作，也许有些把握了。

行期已经迫近，各位前辈及同人处，恐不能一一登门告别，非常抱歉！所以写几句话，向各位前辈请教，并请多多原谅！敬祝健康！

返国途中在邮船上的谈话

这次匆匆忙忙回到国内，本来没有预备作什么谈话或演讲。我本不曾想在这个时候回来，忽然间就回来，所以可以说是无话可说，但既经鬃先生一定要我谈话或演讲，我不能不勉强说一说。但这毫无预备毫无价值的话，实在值不得发表，这是我首先要声明的。

我去年1月，就郎之万先生回欧洲之便，同伴作一次旅行，一面因为郎先生看了我的和平主义戏曲，劝我西游，一面也因为我常常有到西方考察戏曲的希望。所以我鼓起一时的勇气，竟作了游欧的旅行。当初我不过预备以半年作欧洲几国的旅行与参考，不料我到了西伯利亚，在火车里已感觉哑旅行的无意义，愈承郎先生在车里教我法文，我愈觉不通西文的惭愧，感到半年计划之不足。到了欧洲，一天一天地更增加这个感觉，所以我就逐渐把半年考察计划变为一年两年三年的留学计划了。

不幸，我的留学计划又受了时局的影响与挫折。战事扩大，平津动摇，不能不回国省视。匆忙离欧，不但考察戏曲说不上告一段落，就是连普通旅行游览的计划也相去甚远。因为我要留学，所以我不忙于参观各国，连最普通必要看的英国，都没有到过，要说"考察戏曲"，连士克司比（莎士比亚——编者）的故乡都不去一看，更说不过去了。我本来想保留英国作一长期的居住。一面温习语言，一面考察戏剧，并一面研究社会与戏曲界合作互助的组织。因为我在欧洲很感觉互助合作组织的重要，尤其是戏剧界合作运动，更为切要。所以很想到合作组织最早发达的英国细看几时，谁想希望较高但连最低限度的结果都不曾达到。虽然如此，但是我重游欧洲与环游世界的希望固不曾打断，并且恐怕与时俱进，总盼望要达到我留学的目的。在我不粗通一两国语言，不稍作一点基本研究之前，我本不想作何等发表，但时事不许可我不回国，鬃先生又不许可我不发一言,所以我只好就我十五个月的旅行,简单地说一说吧。

我于民国廿一年(1932)1月13日由北平东车站启程赴欧洲,本年4月3日乘意大利船回到上海。去时,车路是半个月,回来的海路是三个半星期。去时,在天津、大连、哈尔滨、莫斯科等处,各有一日半日的停留,归途在伯兰第希、堡尔塞、苏伊士运河、孟买、克伦波、新加坡、香港等处,各有一半日或极短时间的停泊。除感谢途中朋友的招待,完成旅行的手续与普通游览之外,殊少可作谈话与资料。偶然有之,另见他段,暂不赘述。至于在欧洲旅行,如由法而德而瑞士而意大利,往返几次,在旅途中也有一星期以上,合计前后长期短期的旅途中,共有一个半月的光景。在欧居住共有一年零一个半月,这十几个月的期间,大约在法国五个多月,在德国五个多月,在瑞士两个多月,在意大利两个星期。这可以说是十五个月内一个简单的概述。

关于与欧洲戏曲界作第一次的接触,是在莫斯科那里,因参观一个改良的剧院,见到俄国一位著名的戏曲家。他极注意中国的戏曲及写意派的价值,也很表同情于国剧,他并欢迎我在俄多留几时。我自己的意思与郎先生的意见,也均以为应在俄参考参考。唯因旅途的便利,此行已来不及,只好另作一次了。

在欧洲最久的时间,即是法德两国,与他们戏曲界的接触也很多,如参观巴黎、柏林的戏曲音乐院,参观他们的国立诸大剧院、省市剧院与各家的表演,及长时间的谈话,此等经过较长,一时反难详述,只好留待专篇的记载。

最后一次在欧洲与戏曲音乐界的接触,就是意大利的米兰与罗马。米兰戏曲音乐院名震于世。去岁即拟参观,因暑假未果,临行之前,始能见之。罗马国际电影教育学院的参观,更有一种关系。

以上所说的,都是欧洲戏曲音乐在艺术方面教育方面的机构与人物,我固然很注意,但也不专在此两点,而关于戏剧界的社会组织也同时注意,或者可以说是尤为注意互助合作组织的详备。自是一般的问题,但就戏言戏,我很希望把我调查来许多关于戏剧界互助合作组织的材料,陆续贡献出来,并很希望中国戏剧界的社会组织早一点实现,早一点成一种较有条理、规模较大的实现。若就原则与历史上说,或者我们"老有所终""疾病相扶持"与种种公益团体——戏剧界团体也在内——比西方的社会制度还早,也未可知。但是,就近代互助合作组织而言,我很希望我们的戏曲界急起直追,学起世界同类的组织来。对于戏曲界的学术,虽然我很主张求新,但我不敢轻言仿效,至于戏剧界的组织,我说仿效的胆量,就大得多了。

我本立一志愿,在直接用西文西语研究几时之前,对于戏曲问题,不轻作论断。我现在虽提前回国,此意却是未变。这并不是我的"谦德",也不是为"藏拙",我实在觉得不通语文难于十分明了。在未十分明了的时候,还是要多研究少论断,论断还待将来吧!

至于说"重登舞台"与"改良演奏"的问题,在出国的十五个月期间,中外友人多以此为问,我曾屡次简单直率地回答过,我说,如果在研究西剧未能自信之前,要重登舞台,我绝不敢轻易地改头换面,当作"改良戏曲",我宁愿明了地分作两个时期:一演旧剧的时期,二行改革的时期。这两个时期的过渡,或者也未必能判别分明,但在今天,我决不敢自标了第二个时期,我对一般的"改良中国戏曲"与"沟通中西艺术"的观念,敢与我自身表演,同一态度,所以现在实无多少话可说,还是要留待将来了。

关于搜集戏曲音乐的材料我却已得到不少,一部分已运回,一部分还在欧洲,容我整理整理陆续介绍出来,但多是客观的参考而少主观的贡献。也没附带声明,这与前面所说的意思相同。

在欧洲与国人讨论戏曲,也是一段可记的事。2月间在巴黎承李石曾先生约与陈真如、欧阳予倩两先生谈戏曲问题。欧阳先生在南通、广州先后作研究戏曲的组织,陈先生对于提倡戏曲十二分的热心。李先生在廿余年前即在巴黎作研究戏曲的运动,欧阳先生并说起曾经自演李先生所译的两个新戏曲。我这日能参加这个谈话,是何等的有兴趣。这日谈话很长,还有两位法国戏曲著述界的名人参加。这个宴会,大家的旨趣很相符合,唯有一个关于戏曲中之人生哲学观的论点,李先生与欧阳先生讨论了一个钟头,还未能得到解决。这个问题也牵涉了我的和平戏曲在内,故不能不连带说一说。我近年的和平戏曲与李先生的和平哲学不谋而合地同入了一个潮流。李先生的互助斗争和欧阳先生的竞争抵抗精神,均能持之有故,言之成理,我只好同样地佩服,但我相信和平戏曲运动的人，亦不能不因国难而停演和平新戏本。已过的事实，总而言之，人生的矛盾，在目前恐怕还是一件无可奈何的事，但是我相信矛盾不是人生永久的现象，和平不是单方的运动，所以无须改变我和平戏曲运动的初衷，只要全人类全世界同作和平的运动，这本也是我要到欧洲与戏曲界交换意见的一点。但是也为了语言困难的一个障碍，使我这个工作也还在潜伏的时期，所以无论为艺术计、为主张计，在我须先努力学习西方的语言文字，是我此次游欧所最感觉得需要的。

在戏曲音乐以外的问题，甚多甚多，难于个个地回答，并且有许多游记，许多专书，我不必重加抄袭，只就我自身的经过再谈一二吧。

实在各种事都是不能分开的，说戏曲也牵连了他事，说他事也牵连了戏曲。一年前，国联教育考察团的郎之万先生与裴开尔先生等到北平考察，观我的和平戏曲，我遂与两位先生相识，并在法国与德国先后得到两位的指导很多。又恰好在法国尼斯举行国际新教育会，又是由他们两位任主席。新教育会中，也有戏曲音乐问题，尤其是和平问题，所以我也去参加。又如在日内瓦世界学校，也是由富于国际思想的拉斯曼先生、莫瑞特夫人等主持的，因我在尼斯的和平歌又联想到我的太极舞，西人认为太极拳是一种有节奏的舞（或者是的，我不敢说准，也想作一个试验），遂邀我到世界学校教习太极拳的体育。我习太极拳虽有几年，但仍是很幼稚的，不过勉强承之，教了前部就回国了。方才所说参加世界教育的两事，关于我的和平歌与太极舞，均不过一时充数，没有什么关系，但是这两个世界教育机构予我极好的观感与极大的希望。关于太极拳在西方的可以通行，我也极为信赖，可惜我的学力不足与时间不足，我很盼望我们的高紫云先生能实行介绍此项体育到欧美去，这是我对高先生与中国体育界的建议。

我这谈话不知不觉地已经太长了，为简明起见，我简单地写出后列的四点，并加一个比方来结束吧。所说的四点如下，是谈话的一个节要：

（一）我此次在欧洲往来十五个月得的教训很多，最要之点，却是使我首先注意语言文字及幼年的教育。我时常恨我年岁太大，补习太迟了。

（二）我此次出国年余，时间既少，贡献更感不足，但求勉图补救，继续进行。

（三）对我国戏曲界的贡献是早作互助合作的社会组织，这也是戏曲界革新运动的一个建议。但我对于艺术的改良的意见，现在还暂请保留。

（四）我收集的材料，容我陆续贡献出来，有何别的意见或在彼时再补充吧。

所说的比方也列后，是谈话的一个结论。我这段比方，就是把我过去、现在、未来比作两个房舍的布置。我三十岁未出国以前是一个旧式房舍，我的出国原是想要稍稍改良这个旧房，既出国，这稍稍改良的六个月计划，太不彻底。所以想要加工做一番较为彻底的布置，这一改变计划，于是弄到不彻底计划与较为彻底的计划均未完成，现在只好还是一面仍旧用着我这旧式的房舍，一面想方法逐渐完成我的较为彻底的计划便了。至于究竟用如何的方法，勉求贯彻我的新计划，请到相当的时候，再报告关心的诸位吧。现在实在是惭愧，久劳诸位的希望，竟无新奇的话可说，更无新奇的设备可以欢迎诸位，只好请加原谅吧！但是我稍可自慰的一点，就是都是说的老实话，不敢"自欺欺人"，这或者也就是诸位肯原谅我的一点！

（这是写在印有PFo"ConteRoso"LLOYDTRIESTINO邮船专用信笺上的"谈话"手稿，共14页。1933年3月10日—4月3日间）

返国抵北平火车站接受记者访问

余以去岁1月13日由北平启程,系与法国物理学家郎之万及法国国家剧院秘书长那罗瓦同行,由大连循西伯利亚赴法。在法住四个月,在德国住七个月,其余时间,多在各处旅行,但未到英国。返国时,系与李石曾先生同乘意大利康德罗索号轮船,于本月3日到沪,5日晨由沪乘车北上。

此次到德法诸国,均系过学生生活,常与中国留学生同住,一切日常起居,亦完全与学生相同。中国留学生有自行烹饪之组织,予亦曾加入,觉此中颇有乐趣。至于此行用费,共计二万元。

余在德法,均未公演戏剧,因既无配角,亦未携带行头故此。虽各戏院曾来相邀,但以余未准备公演,故均婉言谢绝。仅去年7月国际新教育会议开幕时,照例在每一国代表演说之前,须演奏国歌,我国代表演说前,即由余清唱《荒山泪》一段,既无胡琴,又乏鼓板,干唱一曲,为余生平所未有之为也。除此以外,即终未歌唱。

余在欧曾参观许多新剧院,有种种地方可以效法,但余以语言文字关系,不能十分明了,不过亦尝详细研究我国之舞台设备、布影砌末,以及演戏时间过程等等,均有改良必要,且戏词、戏情,亦须改善。不久将与戏界前辈及教育界共同商议改革之法。

余出国已一年又两个月,原有戏班,现已星散,若重新组织,非两三个月时间不可。当此国势危殆,抗日紧张之际,前线军士,极为辛苦,余将来必为卫国健儿演唱义务戏,筹款慰劳。

北平日记

北平沦陷时期日记

1943 年日记

中华民国三十二年二月五日谨识

癸未日记，时年41岁。

年年上元前后外出表演，奔走于天津、济南、青岛、烟台之间。今春始不外出，戏生活暂告一段落。流浪江湖20余年，大江南北所见所闻，所谓侠客、隐士，秋与交者极多，光怪陆离谲诡者有之，较忠实者间或有之，惜未之记。今始以每日所见所闻，自觉拉杂而记，待殊将来或可再成一极有趣味回忆。天地之大能容若许装奸饰巧之人，大道非远，人而离之，人生如流光，瞬息万世，吾人尚无觉悟乎！

癸未程砚秋志

公元1943年新历始2月5日（癸未正月初一日）
年乐。

2月6日（初二日）
邵君茗生来贺年，言其父近患血压高病，不能写字。我想若至荣宝斋或可以得纸笔等，目下纸、墨、笔、印泥皆贵，实无法白尽义务，茗生兄定赞成我议。

2月7日（初三日）
管君翼贤来贺年，外出未晤面，甚惜。
不然可听到许多新贵新闻：有一日三迁新贵，有一日被下而不知的要人，初一日做市长，初三日休息。新年三日无报纸之故。

2月8日（初四日）
岳父来，锡之姻伯与我全家同抢状元筹，可谓合家欢乐。

2月9日（初五日）
至邵茗生处回拜，与邵伯絅先生畅谈，此老态度豪迈健谈，不似杭人，有北方人气概。数年前对吾人尚有阶级观念，今已无。

2月10日（初六日）
岳家接姑奶奶，姑爷亦被接去，觉其家与往年不同，有乐融融之气象，可贺！

2月11日（初七日）
厂甸一游，处处听到"卖您两块还不够1斤杂合面钱哪！"火神庙内玉器摊，一个个愁眉苦脸，真惨！

2月16日（十二日）
宪兵李君至锡之伯处，畅告其准备赴满洲，欢喜而去。临猛龙对联六副。任骗子不拿到此事不得了结。

2月17日（十三日）
书济南友人对联七对寄出。三兄叫静华来要食粮，内子付米76斤。极反对与米，恐其有所恃而无恐。家用不够，因其吸鸦片故入不抵出，生活如此艰难不知戒掉，可恨！

2月18日（十四日）
开始学画梅花。读三国《魏志》。

2月19日（十五日）
写小字六行。

上元节与往年不同，无甚喜欢气氛。市上亦同。

2月20日（十六日）
至岳家竹戏，内嫂因买白菜1000余斤无法售出，愁眉苦脸，要400斤为其解围。

2月21日（正月十七）
至钟兄喜久处与佛航和尚见面，言流年运；二月六月最不佳，七月以后好，有财收入。二、六两月不要管闲事，实有麻烦找上门来！

2月22日（十八日）
临《张猛龙》对联20对，读《魏志》10篇。

2月23日（十九日）
读《明本纪》10页。

2月24日（廿日）
读《明本纪》8页，写大字4张。三兄处静华来要米。

2月25日（廿一日）
吴兄富琴来言：长安戏院命将守旧拆回，准备演布景剧，仿照广德《八仙得道》、开明《三侠八剑》带真狗上台，长安由王玉荣演《斗牛宫》，天上《斗牛宫》上海布景大王朱耀南设计，风雷闪电雨虹，变幻神奇惊人，画上美女自说自话，最高票价1元8毛，广告特别。

各戏院广告，开明不标人名标狗名，广德标题：角儿多，花钱少，最高票价1元5毛；庆乐《济公传》，京剧电影混合演出，剧人上了银幕，难得好词，佩服！

再过数月恐无真正旧剧出演，末路末路，真惨！

2月26日（廿二日）
写小字2张，读《明本纪》6页。

太祖始至嘉靖，均怀老慈幼，免水旱各税，祀天，莫不以民为宝。民国二三十年来，所谓上层阶级，人莫不以私欲难满为怀，姨太太鸦片大房子为宝，民人焉得不困穷，国家如何得了，思之痛心！

2月27日（廿三日）

吴兄富琴来言：欲随坤伶至外埠演戏，甚赞其意。情愿赠一全份应用戏装，令其将所应用之物开一详单来。坐吃山空太危险，相随20余年，戏衣未做一件，皆用我物，若不助他戏衣，恐无活动余力。此人尚属忠实一流，不过了了之人，真是"秸秆上爬牵牛花"，不能独立，可畏！

2月28日（廿四日）

读《三国志·魏祖传》，观其用人方法独有心得，不似演义描写。其人奸而诈诡，太露骨。静华来要米，果不出我所料，彼有所恃，本来收入不够，初云欠5天，赠米后变成15日不够，未给其米。吸大烟能将自力心羞耻心全失，令回告其父以后不要上我处来，因不愿叫其姐静贞见其穷而露骨之态，并拿出烟泡与子女们看。要想一妥善方法安置子侄等。

3月1日（廿五日）

金仲荪先生来，将前戏曲学校解散时开支表送来观，所欠16000余元已偿清，尚余4000余元，将校用大汽车、戏衣箱、铁床均卖掉，东华门大街路南日本翠明庄之地亦系校产，卖掉偿债。六年间卖掉若许之物，好有一比，旗族大少爷、败家之子！

3月2日（廿六日）

尚富霞代其兄来看戏衣，准备将出国所做戏装全部售出，变无用为有用。

民国廿六年（1937）准备出国，垫款30000余元，又由戏校担保借上海友人之款，已还清：叔通、经六、作民、志铨12000元，每人3000元，信用要紧。其数目与在上海演40余日义务戏相似。

3月3日（廿七日）

临大字40个，执笔觉有心得。三兄处永庆来要米，一月数次向我要米，非长久办法，思代其疏散家中人口，已令静贞往拜香山慈幼院孙主任，请绍介永昌、静敏入慈幼院读书，一可减轻其家食粮，虽花钱较多而有意义，二可免见其父怪样子，脱离丑恶环境，此乃治本方法。

3月4日（廿八日）

临大字40个。接香山慈幼院寄来简章。

高登甲来电话云，张君秋要《柳迎春》《朱痕记》《金锁记》剧本，排《红拂传》，检出与他为是。张君秋有希望，李世芳看其命运，李金红正如含苞未开花之才，以他希望大，若骄必定败，亦看他命运如何！君秋标榜梅派，亦来学程派，有心人有辨别，此时向学，尚不为晚。

3月5日（廿九日）

张君秋来，将《朱痕记》《金锁记》剧本抄与他，排《朱痕记》两遍、《金锁记》一遍。君秋言：周长华给章遏云妹逸云吊嗓每月300元，俞振飞处100元（俞振飞不过傍坤角学程腔教程剧而已，吊嗓出100元，他亦只肯做笨事）。训练十余年，今不上场教程腔可以吃饭，与胡铁芬同，很对得住两个拉胡琴者，因两个拉琴者皆我教出之故。

章逸云仿照其姐用胡铁芬等办法教腔代说戏，我理想效果较其姐相差不可以道里计，因戏剧已至末路，目下生活之高，有限之财，难填琴师无厌之求。

3月6日（二月初一日）

王准臣、陈宜苏来访，谈秋季到更新舞台表演事。代我筹划长住上海，减少开支，每一星期唱三天。当即回复其不可能，理由个人或可以，同人等不可能拿一月包银耽搁尚不止两个月，院方担任两个多月食住，双方均不上算，待考虑。并且与黄金大戏院有约在先，待后议回他。

今年预备结束演戏生活，或再至黄金一次，因孙兰亭兄要求黄金今年秋季满期合同，上海结束后从此不演。他等想投机，说得好听，所谓

"我亦不到上海演戏，他们亦不办黄金"，我根本就想不去。

3月7日（初二日）

接永年由济南农业（银行）来信，言济南苦极，行中无事，因闲而病，恐不易好语，春夏之衣亦无，应如何办法。已复信令其辞职回，待有好机会再说，不要因我介绍在外受苦，不好意思辞职。

年轻之人初出做事看事太易，自视太高，不晓艰难困苦，得陇望蜀之心太重，不自知学问造就深浅，想在社会找饭吃谈何容易，托多少有力之人如经理魏子厚、省长唐仰杜，不过得此位置。

3月8日（初三日）

本区特务郑及成来访，口出不逊之言而去，态度骄横，想定是东北老乡。现下特务名词极响亮，比日本天皇帝号还要响亮得多。

3月9日（初四日）

本区特务贺某打电话要《春闺梦》剧本，言东城日本宪兵队要。回家无人做主。

不定哪位小坤角撒娇要我剧本，或俞某的太太主使？待考。

3月10日（初五日）

本区警察二人特务一人言"查卫生"，内子接见。直至上房查户口，单问：家主何在？答：到青岛未归。问：几时回？答：未定。问：可有闲人借住？答：无。问：可否查各住房？答：可以。当行至西耳房后走去。我实在内房高卧，因听查卫生亦未注意，幸奔西耳房，不然见面又费许多唇舌。突如其来好奇怪，内子言二警察一日本人，想是东北老乡，辨别不出，若系日本人，如何奔入上房查户口，治外法权撤销，想不应有此举动。

所谓闭门家中坐，祸从天降来，煎好的螃蟹捡样挑，肥瘦认便。

3月11日（初六日）

王孟群先生设法借剧本去观，他等若要，可由锡之伯处抄写，不过令其出一纸手续而已,免得白白拿走,将来向何人去要。

李永年夫妇来访,他们将翻译送走才走,还不错,对大媒很忠实。

东城日本宪兵队翻译郭某会同本区特务贺某,来索戏本,点名要《春闺梦》。内子问何人要,答复不出。与其台阶下,告待与外子去信青岛后再电告。送走时见门外汽车内坐一摩登女郎,我想定是坤伶撒娇,当时非要不可,翻译亦夸下海口,到此当时拿走,用宪兵队名义想即奉送。若由友人通融来说或可,借宪兵队名义拿去强要,万无此理!剧本甚多,若照这样方式拿去,向何人要回!

小翻译坐汽车捧女伶捧舞女,若许金钱从何而得,亦许是玩票家有钱。

3月12日(初七日)
临《张猛龙碑》联。看《明本纪》20页。

3月13日(初八日)
同锡之伯至海淀看房,50间合700元一间,内房小间亦合2000元左右一间,实不合算。

早思在海淀买房另作一途径,思做农夫,不知能达到否,并将大兄嫂、二嫂、三兄嫂等安置海淀,备自作归计,大家亦可减少开支。我理想如此,不知白住者愿意出城来住否?

3月14日(初九日)
张君秋来排《朱痕记》,谈及尚小云,性情别致,偶然生气能将桌上所有之物摔于地上,窗上玻璃用拳将其击碎,常常如此,无人劝还好,有人劝能摔之不已,可谓之勇而浑,此人性乖,暴殄天物,恐将来无好结果,我人慎之。

3月15日(初十日)
前查户口者尚有一日本人,在本区与范邵阳先生谈,调查我之平日为人如何?范答:此人平日规矩谨慎,不乱交友,绝不枉取人财,平日做人,能不如履薄冰处此社会乎!今方信做人社会上尚有公论。

仲荪先生送来《十八岁生日册题词》，写我个性、为人，极透彻，非交多年知我者不能写出。

充数戏界20余年，所见所闻心常厌恶而不满，常以我见解为吾人安心之法，所谓不义之财不取，非礼之色不贪，损人利己之事不做，人人所做不到我总为主，思做戏界中安分之人，行之多年，感觉识与不识、上中下阶级人，对我舆论批评均佳。

3月16日（十一日）

静贞拜慈幼院孙主任，命备齐应用各物即可入学校，备叫侄女侄男一同入校，小者不能离母，缓去。

吴富琴来言，前日，梨园公益会有人调查，会中曹某与我从未晤面，对于调查人答：程某人向不乱走，向不收任何戏院定银，他可担保。虽普通一句话，甚难得，因目下多事之秋，敢负责说话，平日我若无信用，他绝不冒险说话。子女应注意信字。

3月17日（十二日）

素瑛代静敏找衣服被褥各物极热心，甚难得，因女子向来量小不顾大局，目光短。读完《曾文正公嘉言钞》。

3月18日（十三日）

静敏来言，其父同其母商要将其入校所备大夹袄拿走，送白面房子，其母未答应，他即偷将其衣服拿到街坊家藏起，如此为人父，真不知难为情，可耻！

吴富琴来言，济南行作罢。

王准臣来约至更新演戏，任何条件均应，要多少钱给多少钱。已回他不能答复，因黄金（剧院）方面有言在先，我准备今年不唱，黄金亦准备不做，我人做事应有始有终，若去亦应先至黄金。

更新为何与我特优条件，因历年至外埠表演，认定双方合作生意，虽然包银先付，总不令其赔本，开演后不怕受累，赶排新戏如《锁麟囊》《女儿心》皆在黄金先唱，去沪20余年立于不败之地，因负责之故。

3月19日（十四日）

看青岛来平曹善揆局长言及赵市长被免职事。15日尚预备来平开省市长会议，因候飞机故迟三日来平，不想20日会议决批下免职令，若先乘车来平太难为情，大杀风景。以先河南、河北吴赞同、陈鬃二省长亦如此待遇，我想并不奇怪，"三日京兆"，青岛已做五年市长，亦可自豪了。

历年官场似戏场，戏场若被下之角色还想方法免其难为情，官场被下台，不择手段，尚不如所谓戏子。

3月20日（十五日）

张聊公、哈叔黄来信问，是否从此不演唱，若从此不唱太可惜之语。复其函：适可而止。所谓好花看到半开时，何况是快落之花呢。

3月21日（十六日）

傅局长约竹戏，因早眠早起，故过年后尚是头一次。

打牌耗夜于身体实无益，可说对竹戏趣味毫无，散后预定至我家来竹戏，当时未允，恐竹戏开始无已时，金钱、竞争，徒伤感情，儿女效法又不卫生，环境立场不同，恐外人道抽头聚赌嫌疑，有此数点极不愿，极力避免至我家来打牌，友不谅解亦无法。

3月22日（十七日）

看唐露岩省长，言及赵市长突被免职，言下甚代其难为情。他自身亦不知朝夕如何，感觉苦恼不向外人道，今对我言之，邻居以前是描红模子，今始临帖，越来越深刻越亲善，听其言此人尚有心肝，兔死狐悲。

3月23日（十八日）

临瘦公先生所书集放翁对联56字。

卢毅安、吴镜芙先生来访，言及瘦公先生墓应留一影片，待清明再照相，分赠瘦师友。

3月24日（十九日）

吴富琴来，言25日随李宗义、张贯珠等至济南表演，即将其所应用戏衣、凤冠、翎子、狐尾等检一全份奉赠，从此可另谋一新生路。人忠实而无打算，相随20余年无所余，等于鬼混。

3月25日（廿日）

临大字40个，读《明本纪》7页。

族弟承瑞小名所儿，要钱要无赖，年纪不到40岁，常至我家要钱，已将近30年，穷凶极恶。

人无一技之长，不能立足社会。读书受教育最紧要，前车之鉴，儿女们能不用心读书耶？

3月26日（廿一日）

读白香山诗6首，写大字30个。

素瑛筹备静敏入香山学校，连夜赶做被褥等，找出衣服令静贞拿回去改做，忙了几天，很难得。

代三兄作根本计划，疏散人口，减轻食粮一种方法，亦恐其幼小儿女受不良环境熏陶，惜其最小之弟不同去，此于性极劣，其母姑息不舍，未来之患大矣。关于程氏命运只好听之于天。

3月27日（廿二日）

二兄来约，明晚6时至兴盛馆便饭，坐有励峰俊、孟静斋等，不知为了何事？

临大字16个，写扇页6个。

3月28日（廿三日）

本区特务李长雨、卢定国来访。卢特务系"满洲"派来调查任铁城事，李特务亦系前数日来我家调查任某事。内子初晤面，其阴森面孔望而生畏，令人观之不快。告其与任铁城经过欣然而去。

3月29日（廿四日）

市内各局署调查者皆系"满洲"人服务，不知为何？卖海洛因者均是朝鲜人，我想皆有授意而来，看成败如何。北京人若皆淘汰恐无宁日矣。

中国宪兵队李队副光锐，约下午1时在锡之伯处晤面。

卢定国、温翻译、日本特务朱什么，详谈与任铁城接洽赴"满洲"经过，详记载，结果问我对任某感想如何？答：此人不单是败我名誉主人，亦系社会上之害，见面定将他陪到宪兵队。是否拿他50000元定洋，问明后我好心安。

锡之伯由1时至4时详谈，未吃午饭，太苦了，谈话很负责任，老辈风范，难得，此年轻人不及老辈处。

3月30日（廿五日）

送静敏入香山慈幼院，同行永利、永源、永庆、静贞。1时乘三轮车出发，3时半至学校，见刘主任遁初，办理手续毕即归。至万寿山前街吃自带大饼炖牛肉，到家已8时。

刘主任言目下经费困难，已将磨电机卖掉，学校中之旱地一顷余亦卖掉，熊希龄先生在世时，原有自耕自食之计划，因雇人不得力而失败。

山东乞丐武某，讨钱兴学而能成功，香山学校创办以来反卖掉若许之物。有大力量之人，钱易筹反而亏欠，两下相较，武君为何胜利，一尚实一尚虚之故。等于创办戏曲学校，焦菊隐个人苦心作于前，打有基础，后仲荪先生非接办而为消磨岁月，名义既好听而又表示个人之清高，办戏校对其立场最合适没有，我极不赞同接办他人所成之事，精力不及焦之年龄，焦对新剧旧剧均了解，已成之局给破坏，可惜！

3月31日（廿六日）

午1时，至海淀陈府看房，数处皆不合意。燕京大学校内水塔到处皆可看见，恐那一方居住均要受其影响。

思在海淀觅住房数处，可以能安置三家兄长，市内之房太贵，不得不向外发展。

大兄现住锡之伯在端王府夹道之房，因在"七七"事变前所借，每月两间房租金2元已住6年，恐其公子不明真相，有住便宜房不肯搬家之嫌。

4月1日（廿七日）

吉人弟来谈，在综合调查所与五个日本人为公事而争论，结果被其局长迁就了事。言下大生气，称之官僚尚不够，谓之私僚。我说方出学校，头颅是方的，待过数年社会生活，脑袋撞圆，亦就不会与人争论抬杠了，言下大笑。

永利来为三兄房租事。三兄吸烟便宜，租一土膏店与二兄，商令其搬家另租，好涨房租，须代垫3个月房租，才能做到这样办法。

不事生产有嗜好，坐吃山空，倘无人代其经营，能令土商将房算计到彼等之手，现成饭不会吃，大烟之害胜于利刃，可怕！

4月2日（廿八日）

岳父送来《观音灵迹》一书，令敬念。观音咒10句背熟，免得辜负了老泰山好意。锡之伯来言海淀房子事。

4月3日（廿九日）

与曹善揆先生去信，代售青岛物料事，若卖出即汇钱来，因海淀已看妥房子待付款。又复济南刘阶三、张慎修二经理信。与锡之伯定明日至海淀看房。

4月4日（二月三十日）

上午10时至海淀看房，付定1000元。回拜吴君幻苏，谈极感锡之伯为其谋事，言语间对其父母有尽孝之意。处此无父无君时代，听到这类话极为悦耳快心，同到翁偶虹家回拜即归。

4月5日（三月初一日）

参观保育园，专收五六月与一两岁儿童，代为看管免妨碍其父母工作。仿照苏联托儿所办法，虽不完备，在中国是很难得。到小饭铺吃饭，厨子正与警察打牌，等了20分钟尚不出来招呼客人，赌之为害大矣，后至隔壁饭铺吃自带之饼。

同永江（庆、源）上罗瘿公先生墓，早8时乘西直门火车至黄村下车，步行三里多路到，见松牌坊上铁钉被拔去很多，有两家代看墓尚且如此，再过数年，我若不在了，无人祭扫，想定变成荒原了。烧纸毕与杨老太太送看坟钱，谈她活这么大岁数就没吃过豆饼，言狗全不食拿来给人吃，真新闻。谈后至小饭铺吃素面四碗，共6元，真贵！

骑驴四匹至香山慈幼院看静敏，言其不想家，去了七天尚未吃着玉米面，很高兴。每日上课与同学游戏，身心有益。创此学校之人与社会造福不浅，熊希龄先生功德无量。

4月6日（初二日）

孙主任言为何不到香山饭店去吃，真是不负责的信口胡云。后至红山口葡萄园，高氏弟兄已将60亩葡萄地改成田地，二人如此努力，今年收成大有望。分粮方法较妥，若自找工人绝无此善意经营。至刘兄永泉处，谈片时至青龙桥看房甚好。落雨无车步行至海淀。

大风极冷复结冰，真正与穷人为难，接刘放园先生来信，言汤师定之新婚燕尔之喜，奇怪，68岁尚做这类把戏。临大字40个，《三国志·魏》读完。武帝善于用人，俊杰以魏最多，司马师昆仲亦非凡，均有超人之智，结果非做到唯我独尊不止。

4月7日（初三日）

大风，与定之先生贺函，并与叔通先生函，极有趣味，待回信定有许多有趣味话。与儿女们论朝鲜人专在中国设白面房子以毒害人，较比英国人输入中国鸦片烟害人要毒加千万倍还不止，将来若有威权时定要将彼等驱逐出境，不可授意而来，将来定受天谴。

目下日方倡言亲善"共存共荣"的口头语，当局者应向日方提出取消卖海洛因的朝鲜人才对。

4月8日（初四日）

看电影《银翼英魂》奖励爱祖国，父子之爱，极伟大。夫妇意见不合，女令其夫就食其家，男子不肯，女怒回娘家，男至外发展时，偷至女家与其幼子告别。至北京饭店看赵瑞泉市长，极发牢骚，言谢康白、姚作宾二人是其一手提拔而起，反倒戈相向，吕局长善看相，言二人如何好，不想如此结果，言下极为感慨。应了帝王将相成功失败皆在自己独断独行，水之冷暖自知，旁人如何能代体验，自己不善观人，靠旁人选择，万无此理。

二人谋市长，一人得之谢总务局长哪能久长。

至中央公园看王无涯未遇，又至高紫云先生处谈一小时，言面贵而买不着，后院同居日本人有四家，每家均有10数袋白面存，皆8元所买极羡慕。我想"中日一体"，谁吃饱了皆是一样，他们吃饱我们不饿？

仲荪先生来信，一见而"无别事"，为何写"无别事"不懂，政客是也。

4月9日（初五日）

至金先生处畅谈，龚心湛先生对日演说食粮问题：你们说英美人不好，中国人不似现在一切享受，你们日本人好，可是某处某处存多少米面，为什么不拿出点来给中国人吃！说话很壮烈，日本人甚为动容，此老胆量不小，真不畏死，可佩！

锡之伯送来青岛曹局长信，言卖物料事，与地一齐卖最好，问应如何办法再与其回信。买地经过系由田衡甫兄、曹善揆君经手，当然出手时请二位全权办理，不应只托朋友卖出，虽卖钱少亦应如此办，免得重财轻友。

4月10日（初六日）

动工程应找字号铺，多花点钱保险，若亏欠，由他负责，不然我们盖在半途不继续，我们成骑虎之势，多难为情。

西单遇钟鸣岐，同步行至其家，动工所盖之房尚未完成，工头去拉石头四五日未归，包工应得之钱已全数支完，工人若用请主人先代付。2500元盖四间当然便宜，我想就不会有便宜叫花钱人来占，结果若能3000元了事，就大幸事。

报工程按手续20余日尚未批下，花了许多运动费，托人至齐股长处花2元7毛手续费，当即办妥，真万幸。不然彼等串通不知要填多少人私囊，吃饱了才能叫你满足，可叹中国官吏！

4月11日（初七日）

至二兄处，为三兄涨房租事。最初令土膏店加共120元，三兄反代土膏店要求少涨，结果100元反代出3元房租，不过得到土膏店四五十元好处，失去每年300元的利益，真是败家子弟！大烟害之大，千万不要尝试。

4月12日（初八日）

与静贞、静宜买自行车，静贞乐在心里，静宜乐在脸上，我想他们这才是真快乐。

李丽久送还所用1000元。晚9时约吉人弟、李丽久兄至。张燕卿家看周佛海太太，遇陈公博，其谈话极似外交家，对于女太太们讲话满无顾忌，话粗而野，女太太们脸上表情极喜听之态，不知其内心如何？备极好大烟土狂抽，望上去不似新人物所应有之态度。所谓光脚不怕穿鞋的，或者现在已达到穿鞋时代了。人到最高峰，吃喝嫖赌均做到，方觉心满意足，应注意以前同光脚者在那里虎视眈眈。

二兄言，三兄房租事，今晚听回话。

4月13日（初九日）

风鉴家闫子安先生谈，已82岁，配给2斤食粮，牢骚不止，言北京极好风水被人破尽，幸尚留有护城河水拖延，再破此水，北京苦极，伤其所学不止。

所谓一命二运三风水，问其阴阳宅如故宫、十三陵，依我看当时一定是有极好风水家看好，为何皇帝换了多少，陵寝被掘。还是种德为第一要义。

4月14日（初十日）

闫子安先生、二兄至海淀看房，灵宫位上塌陷，家败，好子弟寿不长，坏子弟非倾家荡产不止，原好意令二嫂、三位大嫂们去住，若应其言，岂不是变成恶意，只好作罢。

4月15日（十一日）
同李德久兄看刚振清房，尚好。遇林三舅，谈1小时。所到数家均谈吃饭问题。三轮车、路上骑车无一不谈此。民国革命至今已到最后阶段，种因得果之时也。
少数野心家造成万万人处此人间地狱，常见过去许多造乱者，皆手拿念珠似赎罪恶，真是老虎戴素珠假善人。

4月16日（十二日）
至西直门魁兴居马掌柜处，不在，至其家中，看大兴土木，看所费当在万元。开设茶馆能有此收入，非勤俭哪得有。此人守本分，诚实最要。其家乐融融，难得。
路遇韩乐平兄，言有一小房3500元，看不看，看后即付定洋40元，巧极。

4月17日（十三日）
落雨。写小字100个，读《三国志·诸葛武侯传》，心觉凄然。

4月18日（十四日）
傅品三君约竹戏，坐有陈兄季超、杨姓青岛会长、张姓食粮管理局局长，结果正好未输未赢，免伤感情。管翼贤君请日本文学家，辞谢。
刘筱波兄言前晚建设总署官舍演堂会戏，幸而事先与丽久说好，不然定难逃过欢迎陈公博堂会戏。
日处饥饿之乡，哪有此心取乐，朱门酒肉臭，路有冻死骨。

4月19日（十五日）
拜丽久不在，因谢其代辞堂会戏，故又至韩诵裳先生处，因屡次请吃饭均辞谢故。
张君秋处送《柳迎春》剧本。李德久兄处谈1小时。
二兄处谈1小时，海淀房子事。

4月20日（十六日）

看电影《未完成交响乐》，导演很好。至金先生处，谈房主极可恶，催其搬家。晚饭后李锡之伯约至余三舅处探病，三舅处有周二爷、宝七爷，真是好朋友，为人当有二三知好可互相照应。归后锡之伯写买卖房声明稿，又多长一见识，以后就可自写。

4月21日（十七日）

至吴镜芙先生处，看唐孝坚，言及罗瘿公师有孙，名生生，最近叶誉虎先生曾将香港报刊登之文剪寄，提及瘿师孙生生，介绍诸交好注意此事，命保存此报，等将来或有用，交友如此很难得！

留香旅馆回看，孙兰亭兄不在，见留香招牌，留字已去半个，极不美观，不似艺术家所布置一切。

惠丰堂参加李世芳结婚典礼，新郎很高兴。荀令香亦在，李夫妇晚回其旧居，定有鹊巢鸠占之感，李世芳现居慧生所卖之房故。

4月22日（十八日）

颐和园花开甚盛，自家院内丁香、海棠开亦极佳，连年春季外出，园中所有之花未见其开落，今始见之。年年苦筹衣食计，不知院内有花开。

同静贞、静宜至万寿山寻永源。9点出发，10点到，在营街吃自带大饼炖牛肉。

打票入内，3元门票，不便提名道姓。拨船至龙王堂未见，回石舫见永源四同学叉鱼，刘、包二生均好，另二生曹、刘，说话极俗，十句话带有二三十个"他妈的"，想是听广播电台所请对口相声处学来的。广播对于学生教育能不慎而注意耶！海淀买茨菰、荸荠与锡之伯祝寿。

4月23日（十九日）

与仲苏先生至王耕木先生处，请其题"十八岁生日册"，谈话滔滔不绝，广论。晚饭中谈及朱深委员大请名流赏花，静宜言目下人民流难饥苦，在上位者不应有此赏心乐事之举，应节省下银钱与苦人筹划衣食，在上提倡节俭定有很大效果。

年幼能道出此语,很好,我甚愉快。至二兄处,交定洋1000元与刚姓,外100元备请人叫饭。

4月24日(廿日)

数日前至二兄处,二嫂言大嫂至其家住了两天,言与大兄生气,两天未起床亦未吃饭。因大兄要吃薄饼大嫂主张吃厚饼,意见不合,大兄极为震怒,见其两日不起床要将其送回其内兄处,大嫂言若如此当将俩兄弟找来,大家要讨论讨论,怒气数日不息,归罪于被我所气,又言每月给120元不够,岂有此理!二兄言大兄每月上储蓄会二十几元意思叫我担负,不过替大嫂打算未来计,未免待嫂太厚待兄弟太薄。

看电影,素瑛、静贞、静宜、永源,片名《西班牙夜曲》,女主角表情很佳,导演者极有心思,减少废场很多。

西湖饭店回看陈季超君,已搬至花园大院甲24号李宅。步行到北海公园,见市立中学生追一三轮车夫大打,因叫车他未理,将其招恼,大打车夫嘴巴,又找警察讲论,指手画脚,又见随警察车夫看热闹人等蜂拥而去,想必不完,小题大做,看之不平。二兄晚由海淀归,代办买刚姓房子事,红契均拿来,定洋未要。路遇大兄面容消瘦,言叫我所气,奇怪我未与其见面,气从何而生。

4月25日(廿一日)

仲苏、耕木先生来送所题"生日册"题词,很佳;言陈叔通先生所题意义好而不深刻,我亦以为然。又言叔通吝啬,向不请人吃饭。我当言叔通先生有美德,听其与我谈:每年家用若干、银行存款生息若干、年底结算盈余多少,帮助朋友子弟读书;等等。

耕木言,尚不知其人如此做法,果如此非吝啬也。人处社会不宣扬人不知;耕木与叔通多年至交尚不知,何况交浅者。我佩服叔通先生者,还因与我相同处很多,每次至上海请我饭有数次,可证明非吝啬,想因人而施,叔通君子人也。

4月26日(廿二日)

张君秋来送还《柳迎春》剧本,写对联两副、扇页两个。晚,李德久兄处吃饭，自带羊肉7斤至二嫂处，鸣岐夫妇亦在，羊肉请了姑爷。至德久处写买房字据。10时至王瑶卿先生处，见姚玉芙、王吟秋均在，大谈荀慧生兄不善经营，饭店前途不能乐观，债务所欠尚不能还，年前，朱复昌介绍大中银行借款20000元，今春赴上海包银60000元，为何不还债。瑶卿先生言，外界哪知戏界苦，年前所借当然光了，还有40000元开支同人，所余不过万把块钱，哪能还欠。此语对极，听数目大，到手无多，报上再扩大宣传，人如何不红眼。

4月27日（廿三日）

《实报》今日起登征购房子广告，锡之伯处通融3000元，按照买房手续先付半价，腾清再付半价，因济刚振清之急，又有刘李二兄关系，先付清只落得到转向人借。刚振清房价已全付清共16000元，新丰楼请中人刘永泉、李德久兄等。

高紫云先生来大发牢骚，悔以前不买小房，今生活如此艰难。我想不怕你英雄好汉，不填饱肚腹，任何高论、壮志计划，均谈不到。今日所谓俭以养廉，钱可要人之命，与朋友交，有交情别提钱，一提钱就远啦。

二嫂处谈合并问题，试办半年，不好再搬出，好似戏界搭班，好笑。二兄的外妇想归回，为省费用故。

4月28日（廿四日）

写小字100个，大字36个。《三国志》蜀刘巴甚合我心，因其有个性。

4月29日（廿五日）

王孟群督办请晚宴，坐有吴省长赞周、赵市长瑞泉、陈季超、傅品三、曹少彰、陈半丁、李锡之、金城银行杨三、中南银行马竹铭。赵市长与吴省长言我们不如他们，上台有真本事吃饭，我亦如此作想，倘叫我去做官吏，气亦要把我气死，幸而自食其力做劳动阶级好几十年。

程希贤家喜事，遇管翼贤、彭涵锋先生，畅谈问为何又发脾气不唱了？答：所谓人最喜安居乐业，现下既不能安居亦无心乐业，道消之时还有何可言？彭神仙道：看你之相尚有两笔财要到手，还有好多人靠你衣食，如何能不唱，就有种种疾病不必去医，天自然叫你会好，因拉车拉到半路不拉如何能饶了你，此话诚然。至仲荪先生处，将《十八岁生日册》陈叔通先生所删赵剑秋先生题词，仲荪代补写。

4月30日（廿六日）

事变后，所有当局者换了数个，没有一个给百姓留有点滴好印象，所谓放着河水不洗船。

同素瑛至国际剧场看电影《永恋之歌》：情节简单，导演者亦平凡不佳。

李律阁君家看梅师母，不在。锡之伯来谈永年在京谋事，不如在银行做事稳妥，不要见异思迁；又谈华中食粮已办妥，打数次电报与汪督办催即汇款，汪甚从容不急，我想此正积阴功之时，为何不急作，不解。

5月1日（廿七日）

锡之伯来，请其商银行透支事。

同素瑛准备看明日巴金所作剧本《家》。岳父来谈广济寺和尚今日起沿街募化食粮，准备维持200余人伙食。我想和尚向来享受是由施主供给，今日若要叫市民起同情心，不会有圆满结果，因民间艰辛不亚于僧人，你就是讲得天花乱坠亦是等于白说。

金先生来谈几时将生日册请邢勉之先生去题，借《晋纪》10册拿走。复唐省长露岩信为永年农业银行事，劝其速归。

5月2日（廿八日）

大雨，红山口旱地大佳。同素瑛、静贞、静宜、永源、永江，去新新剧场看电影《家》，不佳。看上去总感觉肉麻不自然，《铁窗红泪》亦同此感。中国电影已创办20余年，导演方法始终未能抓住中国人应有的作风、举动、态度、表情、对白、套场，应在中国人情社会，服装、技巧、特长中去研讨，万不能采用外国影片情节动作。《家》极有名著作，极有名诸明星表演，看过之后使我大不满意。

导演设计者太幼稚,类如折梅花,枝极大折下却极不费力,可不必照出,诸如此类尚甚多,不可枚举。

《实报》房子事登广告今日截止。

5月3日(廿九日)

锡之伯拿走高碑胡同房契纸至中南银行作透支,共欠锡之伯5500元。

梅师母来,谈从前什么柴米煤皆不懂多少钱一斤,今始皆知。我想此番战争赐予贵族化太太小姐们不少的恩惠。与二兄约明早去海淀写买房字据。

5月4日(四月初一日)

还锡之伯5500元整,余下9500元。

上午10时,至西直门魁兴居约马鹤田至海淀写字据,请中人等吃饭。有旗人杨姓者,系东北张作霖将军之卫兵,述说张氏经过并枪毙杨宇霆事,极详,言杨氏待下属极苛刻,故死时连受七枪,很惨。畅谈掌故,极有趣。韩乐平兄处竹戏,晚8时进城,锡之伯透支事手续办妥。

5月5日(初二日)

至二嫂处,谈大兄前见二兄时,二兄应帮其上储蓄汇21元。前日令永年至大兄处送21元。大兄至二兄处说,这样办法不妥,令二兄与其找一事作。看事太易,永利年轻力壮尚无事做,谈何容易,转多少弯,将来定又转到我头上。

至李德久兄处道谢。二兄进行小辛庄房子事。

岳父母言修改宗帽胡同房子事。我意盖南房三间成四合房,因系不负责容易说出,后极悔,现下动工极贵,后悔不应乱发意见。

5月6日(初三日)

晚9时乘一路电车至二兄处,车中遇三兄。永庆来尚言其父未归,亦未有信来,昨晚10时,静贞回家看望亦言其父未回,在张家口住窑。静华来亦未说对,太不诚实,所谓穷撒谎,大人如此小孩不该仿效,家庭教育要紧，环境亦极重要，思之不满。

金仲荪先生约同看邢勉之先生，请其题生日册。至谷九峰先生处，畅谈庞德后人领30000人马大战太行山，抬棺战关时，气概甚壮。

白塔寺买十二只小鸡，花25元2毛，可谓之闻所未闻。卖鸡人言，等于2元6毛，账算得甚清。

永年来言回济南，看他神气不愿意，生活高，一切当然不能满足欲望，青年人应有的心理。

5月7日（初四日）

锡之伯言永年在银行妥当，吴仲言先生亦如此说，言银行事比官场中可靠，我想二公皆在官场多年，经验之谈当令其自思，然而二兄主张在京谋事，所以北方人失败就在这不能忍受艰辛，求速效。

永年来，已至陈季超兄处，命其管会计，令人助理，言令永年指挥不要喧宾夺主。当嘱其始开办应慎思谨诚不要将事看易，开始时要筹划点成绩出来做事方有为。

岳父来，言若搬家，家具太多，新居放不开，王雨臣先生代设一办法，记好号封，封定价值多少，这方法极妥。不过，岳母恐又受人骗，因有一次亦是这样办法，结果伤财生气，恐又像上次一样。我想代人办事甚难，头次信用最要紧，与人好印象，不然至终总令人怀疑，处世当慎！

5月8日（初五日）

我常感做官之无味，尤其做现代官。极想子弟务农，他等心理恐不我同。民国几十年来，有人才所学非所用，青年若不懂花天酒地应酬谋事太难，青年若习成吃喝嫖赌，还能有国家思想吗，痛心！

写扇页3个，临大字40个。

岳父母、锡之伯来，锡之伯为永利觅彰德商品检验局事，30元薪水50元津贴，令永利学做饭。找事真难，要有文凭，结果有事尚不够两饱。

锡之伯拿来农林试验场学生学习简单，学生练习实习，备自身加入练习授课，因极喜园艺生活，与世无害，始其因收其果。戏生活暂停止，不能不作另生活，以免落白食无可对天之事。

5月9日（初六日）
前日吴君玉文有一信言，李兄希文受新新戏院所托至，新新表示任何条件均可，听说患耳病，代请一专看耳病者义务诊治，若非爱好艺术者绝不做此呆事。

仝浩之君来访，此君对于我派唱法很研究。刘生迎秋亦来看，言社会人士听我不唱之信，皆言无戏可听，我想唱到适可而止告一段落，与人回忆极有味。因向不与人争论，请新闻界吃饭向不作此利用，好坏自有公论，埋头多年研讨，今始大家公认不唱可惜，我心极欣慰，不枉多年苦练习。

与二兄商永利事，80元当然不够吃，恐其丢盔卸甲而归，若营私舞弊，怕对不起锡之伯，我想甚对。

5月10日（初七日）
吴富琴兄来言此行甚顺利，甚喜甚慰。

永年来言，由青岛特约之人非常客气。锡之伯来言，青岛托卖房料事已有成仪。看张体道兄，不在家。回看仝浩之，扇写就送还。

晚再至体道兄处，告其前次托其为三兄房涨租，今已解决，谈明日系释迦牟尼佛诞辰，香案打扫洁净，内有各佛像、其母我先母遗像，均在内供奉，并言每日为先母及对其有好处之人祈祷祝福，诚实人也。

5月11日（初八日）
吉人弟来访，孙局长为一袋白面争了4个月，与日本人今达到目的，所谓有志者事竟成。

金先生来谈，令阅《世说新语》。张君秋来送星期五所演《朱痕记》包厢票。

金先生言君秋要前来讨教，不似陈丽芳虽系学生不知来学习，优劣之分，于此已见。诚然，君秋言马连良上海已不去，言马之为人待下极苛，只知利己不知有人，前在烟台等船，结果要求商会一再续演，船来独身回青岛，置同人于不顾，所谓见利忘义系此辈也。

商会送同人张裕公司葡萄酒，均折卖，所住饭店真经济。

5月12日（初九日）
读《明英烈传》蔡子英、廓子忠等，读之甚兴奋。
元朝之尽节死者众，所被破省城县，无一不死节，极壮，真难得！

5月13日（初十日）
读《太上老君常清静经》觉味道甚深。
临大字20个，与老范谈种地之事，极有趣。

5月14日（十一日）
刘阶三兄请晚餐雅叙园，座客五花八门：警局局长、特务课长、"剿共"委员、财务署长等人，本不酬应，因刘兄自济南来，客请地主不能不去，可是吃完饭胃实不消化，饭后又至跳舞场，亦是从不愿至之所，坐片刻溜回家已11时，即听张君秋《朱痕记》，"举头不见我衰亲"的"衰"唱倒，待他来时告他。

5月15日（十二日）
万峻峰君请晚餐，畅饮其自制白干酒，好极。畅谈畅食真快乐，就是酒后言多，事后思之极悔。其二兄慷慨又甚谦恭，或有心得，想是练武术应有之态，可仿效之。

5月16日（十三日）
马君竹铭请晚餐，竹戏，极避免酬应，结果不已，真出人意外。不管作任何消遣，皆应立品，张友焜大夫吃一张看一张，同戏者最忌。输钱打之不已，至夜3时散场。结果我一人输皆大欢喜而散。吃酒赌博最见性情，最好免赌。

5月17日（十四日）
韩诵裳先生请晚餐，座中有人谈及俞振飞桃色事，当即答现陈女人已与其名正言顺了，言后极悔，语太刻，失之忠厚，下次不可。

张君秋来与他改正《朱痕记》之唱，并告其用字法——四声活用法。

5月18日（十五日）
至李洪春家吊唁。德国医院检查身体，烤电。天桥看旧货摊，遇马富禄。二兄处，二嫂做饭，吴妈已辞，甚对。不过觉得苦一点，虽苦尚在一般平民生活之上，所谓水平线上是也。

5月19日（十六日）
邢勉之先生送还生日册，畅谈各处名山；南以黄山最佳，北以崂山最佳，待将来可同游其他之山。

西直门看地，与孟君珏斋步行至城外四道口，又步行而归，郊外空气极佳。

锡之伯告叫永利持履历片至他处备介绍谋事。很应一记此事。

晚又电告，余三舅已病故，未接到讣告，可免赔泪。

5月20日（十七日）
永利来，言见及锡之伯。永年来，话很多，好似有高兴事似的。静贞生日。

至德国医院烤电，李昆山君谈郭世五性情特别古怪，常吃饭掀桌骂人等等，可与尚小云、三兄并美。三兄常将掸瓶、果盘往地上扔，脾气三人相仿，可谓败家之子。

5月21日（十八日）
三舅处接三，外界人到多数，内行人寥寥。素瑛出风疹块，与我在上海时所得相同。

静贞要35元，其母将斗篷押在白面房，因朝鲜人最近回国者极多，所押各物命即赎回。治外法权既撤，这伙害人禽兽早应驱逐。

是否实有其事，待考。

5月22日（十九日）

锡之伯来送胰子头，7元1斤。言永年、永利运气不错，二人可拿380元，永利出马就拿到150元，或因能说日语故。

上海包小蝶、陈祖荫、李慕良来，言诸坤伶到上海酬应手段各有作风，尤其言女士更特别，可叹！

孟珏斋打电话言，德胜门外40亩地：20亩菜园20亩旱地，要价10万元，市面疯狂了。

5月23日（廿日）

为永年事看唐省长露岩并畅谈其在山东到各县视察事，极凄惨，百姓食草根树皮已极满足，不过要求官兵不要抢他等所食，真难过。至二兄处，二嫂甚欢喜，想因其二子可以谋生故。谈1小时，带永江、永源归。

三兄处打四次电话，言尚有各物押在白面房子，须用60元赎，所谓得寸进尺，真岂有此理，难道就图他二老便宜，就不替他亲生女儿设想吗？

5月24（廿一日）

早晨7时，刘永泉兄来，言昨日乘电车被扒手将居住证、50元由内衣剪破偷走，手法极快，并言目下摩登女郎扒手专做此事，明知被其偷走而不敢问，中国人真聪明。

2时至青龙桥看房。至孟珏斋处定明日看地。

晚餐，永江言昨至二大妈处，对他说前日有侦缉队名哑巴者，拉住二大妈打手势出三指纵肩，又出三指形容揩泪，不用说定是指三兄夫妇，真是南城大有名。

5月25日（廿二日）

孟珏斋言索家坟地已卖出，广三之子又言万牲园旁有40亩，卖主新买尚未税契，备大价卖出，不知有其事无有，社会可怕。

至林三舅处拜看，畅谈其得意经过，又谈其目下依子生活状态，家家有本难念的经。

静贞赎其大褂归，并将其父5月9号由张家口寄来之信拿来我瞧，证明其父确至张家口之意。我在5月6号电车相遇其父，定在8号由京动身，假并不假，不过信中语气是才由京到张，绝非是4月9号走的。与其解释，那就不研究他啦。亦只好如此说，大大小小皆来骗我，由小孩时代讲假话，成人不问可知。

5月26日（廿三日）

与解煤之人王傻子（王志才之绰号）谈买煤事，备与其合伙，我出钱他出力，待到二哥处再详商办法。

二兄处王傻子已在，谈一切条件均依我方，我出钱他去买煤，赚钱两方对分，赔钱令其拿十成之四，他拿地契作押，写好手续再商。

王季洪已将代税之契拿来，过20日后即可领到新契。安定门外傅祥麟之地，傅某言已有六十亩之契现在律师处，并与看坟人打官司打赢之判词，均在他处，备明日看傅某去约律师。傅某借钱介绍人赵达斋。其妻告二兄其夫与子要注意他等，因其夫奸巧无所不为。奇怪，妻对夫如此莫名其妙。

5月27日（廿四日）

锡之伯电话告，法院调查结果无傅某一案，我想是律师串好，要谋傅某人，亦许傅某要同赵某吃二兄，我想。

5月28日（廿五日）

王志才合作买煤事，看其人尚是诚实。韩诵裳先生请竹戏，送了50元。

哈尔滨中国银行田君谈，现吃臭鱼烂虾，倘有白米亦被拿走，吃不到口。苹果每月配到一个。

与青岛王玉圃兄函托其卖地。与刘永泉函买青龙桥刘姓房子事，海淀刚姓之房，涨租事，因不演戏不得不如此，维持生活收入。

5月29日（廿六日）

高紫云先生来，谈现教上海黄金戏院驻京之人吴君之子仲什太极拳，备将来请我吃饭，送扇子两把命写，吹气请客，实想扇子快写。至二兄处。

5月30日（廿七日）
锡之同至青龙桥看房，写装修，看契纸，系乾隆年间之契，待税新契后再进行此事。同刘永泉、赵工程之子、永江、永源至万寿山营市街吃饭，后至海淀写装修。

永年由济南回，静贞参观模范监狱，同来。

5月31日（廿八日）
至余三舅处，明日伴宿，王福山谈戏界末路，彩头班甚流行，大非吉兆，我亦早此论。

张君秋来拿新编剧本与我看，路介白所编，初次试编，很好很难得。